NOUVELLES ANGLAISES ET AMÉRICAINES D'AUJOURD'HUI
volume 2

English and American short stories of today

H.E. Bates • Mary Bowen • Truman Capote • Dylan Thomas • Saki • Liam O'Flaherty • Graham Greene • James Thurber • Ernest Hemingway • Ray Bradbury

Enregistrements sur cassettes

Choix, traduction et notes par Henri YVINEC
Professeur agrégé au Lycée Hector-Berlioz de Vincennes

PRESSES POCKET

Les langues pour tous

Collection dirigée par Jean-Pierre Berman, Michel Marcheteau et Michel Savio

ANGLAIS

Pour débuter (ou tout revoir) : • **40 leçons**

Pour mieux s'exprimer et mieux comprendre :
- **Communiquer**

Pour se perfectionner et connaître l'environnement :
- **Pratiquer l'anglais** • **Pratiquer l'américain**

Pour évaluer et améliorer votre niveau :
- **Score** (200 tests d'anglais)

Pour aborder la langue spécialisée :
- **L'anglais économique & commercial** (20 dossiers)
- **La correspondance commerciale (GB/US)**
- **Dictionnaire économique, commercial et financier**
- **Dictionnaire de l'anglais de l'informatique**

Pour s'aider d'ouvrages de référence :
- **Dictionnaire d'anglais d'aujourd'hui**
- **Grammaire de l'anglais d'aujourd'hui**
- **Correspondance pratique pour tous**
- **L'anglais sans fautes**
- **La prononciation de l'anglais**

Pour prendre contact avec des œuvres en version originale :
- **Série bilingue :**

GB	US

➔ **Niveaux :** ☐ facile (1er cycle) ☐☐ moyen (2e cycle) ☐☐☐ avancé

- **Anglais par les chansons** (GB/US) ☐
- **Bilingue anglais scientifique** (US/GB) ☐☐☐
- **Nouvelles** (US/GB) I, II ☐☐

Dickens (Ch.) : Contes ☐☐
Doyle (C) : Nouvelles I, II, III, IV ☐

L'Amérique à travers sa presse ☐☐☐

Grands maîtres de l'insolite (US/GB)

Greene (G.) : Nouvelles ☐☐
Lawrence (D.H.) : Nouvelles ☐☐☐
Kipling (R.) : • Nouvelles ☐☐ • Le Livre de la jungle
Mansfield (K.) : • l'Aloès ☐☐☐ • La Garden Party (etc.) ☐☐☐
Maugham (S.) : Nouvelles I ☐☐
Stevenson (R.L.) : Dr Jekyll et M. Hyde ☐☐
Wilde (O.) : • Nouvelles ☐ • Il importe d'être constant ☐☐

Bellow (S.) : Nouvelles ☐☐☐
Bradbury (R.) : Nouvelles ☐☐
Fitzgerald (S.) : le Diamant gros comme le Ritz ☐☐
Highsmith (P.) : Nouvelles I, II, III, IV ☐☐
Hitchcock (A.) : Nouvelles ☐☐
James (H.) : Le Tour d'écrou ☐☐☐
King (S.) : Nouvelles (à par.) ☐☐
London (J.) : Nouvelles ☐☐
Nouvelles classiques (US) ☐☐
Twain Mark : Nouvelles ☐☐

☐ Pour les « Juniors » (à partir de 8 ans)
- **Can you speak English ?**

Autres langues disponibles dans les séries de la collection **Les langues pour tous**

Allemand - Arabe - Espagnol - Français - Italien
Latin - Néerlandais - Portugais - Russe

Sommaire

ISBN : 2-266-03404-9

Comment utiliser la série « Bilingue » ?

La série « Bilingue » anglais/français permet aux lecteurs :

• d'avoir accès aux versions originales des nouvelles célèbres en anglais, et d'en apprécier, dans les détails, la forme et le fond ;

• d'améliorer leur connaissance de l'anglais, en particulier dans le domaine du vocabulaire dont l'acquisition est facilitée par l'intérêt même du récit, et le fait que mots et expressions apparaissent en situation dans un contexte, ce qui aide à bien cerner leur sens.

Cette série constitue donc une véritable méthode d'auto-enseignement, dont le contenu est le suivant :

• page de gauche, le texte anglais ;

• page de droite, la traduction française ;

• bas des pages de gauche et de droite, une série de notes explicatives (vocabulaire, grammaire, prononciation, etc.).

Les notes de bas de page et les listes récapitulatives à la fin de chaque nouvelle aident le lecteur à distinguer les mots et expressions idiomatiques d'un usage courant aujourd'hui, et qu'il lui faut mémoriser, de ce qui peut être trop daté ou trop exclusivement lié aux événements et à l'art de l'auteur.

Il est conseillé au lecteur de lire d'abord l'anglais, de se reporter aux notes et de ne passer qu'ensuite à la traduction ; sauf bien entendu s'il éprouve de trop grandes difficultés à suivre le récit dans ses détails, auquel cas il lui faut se concentrer davantage sur la traduction, pour revenir finalement au texte anglais, en s'assurant bien qu'il en a maintenant maîtrisé le sens.

Un enregistrement sur cassette (une cassette de 60 mn) d'extraits de longueur et de difficultés croissantes complète cet ouvrage. Chaque extrait est suivi de questions et de réponses qui permettent de contrôler et de développer la compréhension auditive.

Prononciation

Elle est donnée dans la nouvelle transcription — Alphabet Phonétique International modifié — adoptée par A.C. GIMSON dans la 14e édition de l'*English Pronouncing Dictionary* de Daniel JONES (Dent, London).

Sons voyelles

[iː] comme dans **SEAT**
[ɪ] comme dans **SIT**
[e] comme dans **BED**
[æ] comme dans **CAT**
[ɑː] comme dans **FATHER**
[ɒ] comme dans **NOT**
[ɔː] comme dans **DOOR**
[ʊ] comme dans **PUT**
[uː] comme dans **MOON**
[ʌ] comme dans **DUCK**
[ɜː] comme dans **BIRD**
[ə] comme dans **DOCTOR**

Diphtongues

[eɪ] comme dans **DAY**
[əʊ] comme dans **BOAT**
[aɪ] comme dans **MY**
[aʊ] comme dans **NOW**
[ɔɪ] comme dans **BOY**
[ɪə] comme dans **HERE**
[eə] comme dans **THERE**
[ʊə] comme dans **POOR**

Sons consonnes

[p] comme dans **POT**
[b] comme dans **BOY**
[t] comme dans **TEA**
[d] comme dans **DOWN**
[k] comme dans **CAKE**
[g] comme dans **GIRL**
[tʃ] comme dans **CHILD**
[dʒ] comme dans **JOY**
[f] comme dans **FAT**
[v] comme dans **VERY**
[θ] comme dans **THICK**
[ð] comme dans **THIS**
[s] comme dans **SEE**
[z] comme dans **EASY**
[ʃ] comme dans **SURE**
[ʒ] comme dans **PLEASURE**
[h] comme dans **HOT**
[m] comme dans **MOTHER**
[n] comme dans **NOW**
[ŋ] comme dans **THING**
[l] comme dans **LOVE**
[r] comme dans **RICH**

Semi-consonnes
[j] comme dans **YES**
[w] comme dans **WITH**

Accentuation

ˈ - accent unique ou principal, comme dans MOTHER (ˈmʌðə]
ˌ - accent secondaire, comme dans PHOTOGRAPHIC [ˌfəʊtəˈgræfɪk]

Signes et principales abréviations utilisés dans les notes

▲	faux ami
⚠	attention à
≠	antonyme, contraire
adj.	adjectif
adv.	adverbe
amér.	américain (usage)
cf.	confer (voir)
fam.	familier
irr.	irrégulier
m. à m.	mot à mot
n.	nom
N.B.	Nota bene
p.p.	participe passé
prépos.	préposition
pl.	pluriel
qqn	quelqu'un
qqch.	quelque chose
syn.	synonyme
v.	verbe

L'auteur : Henri YVINEC

Professeur agrégé d'anglais, Henri Yvinec enseigne au lycée Hector-Berlioz de Vincennes et à Paris IV-Sorbonne. Il est également lecteur aux Éditions Gallimard, dans le domaine anglo-saxon.

Il a publié à ce jour :
Life in a big town (Éditions Hachette)
Dictionnaire de l'anglais d'aujourd'hui, en collaboration (Éditions Garnier et France-Loisirs)
Petite Grammaire pratique de l'anglais (Éditions Didier où H. Yvinec dirige la collection des « Petites Grammaires pratiques » (allemand, espagnol, latin...)
Nouvelles anglaises et américaines d'aujourd'hui (volume I), édition bilingue annotée, avec cassette (Éditions Presses Pocket, collection « Les langues pour tous » et France-Loisirs).

En 1987 paraîtra *Nouvelles* de Graham Greene, édition bilingue annotée avec cassette (Éditions Presses Pocket, collection « Les langues pour tous »).

à Maryse

H.-E. BATES (1905-1974)

The Goat and the Stars

Le chevreau et les étoiles

H.-E. Bates est né en Angleterre dans le Northamptonshire. D'abord journaliste, il publie son premier roman, *The poacher*, à l'âge de vingt ans. Après son mariage en 1941, il s'installe dans le Kent. Un grand nombre de ses romans et de ses nouvelles s'inspirent de la vie rurale, comme *The goat and the stars*, présenté ici : *The watercress girl and other stories, The wild cherry tree, The wedding party, Selected stories*... (quatre recueils de nouvelles disponibles en Penguin Books, comme de nombreuses œuvres de Bates). La guerre, qu'il a faite dans la Royal Air Force, lui fournit d'autres thèmes : *The greatest people in the world, How sleep the brave, Fair stood the wind of France* (qui a pour héros deux aviateurs anglais abattus en France et cachés par des paysans). Enfin, de son expérience en Extrême-Orient, il tire, entre autres, le roman intitulé *The Jacaranda Tree*. Écrivain prolifique, H.-E. Bates, traduit en seize langues, laisse une quarantaine de livres, romans, nouvelles (plus de vingt recueils), essais et pièces de théâtre.

Every morning, when he came into the town, going to school, he would [1] see this large [2] and to [3] him discomforting [4] notice [5] in blue and scarlet [6] letters on a board outside [7] the church. It had been there since a month before Christmas. "Annual Collection of Christmas Gifts [8] in this Church on Christmas Eve. Help Us to Help Others. No Gift too Large. None too Small. Give generously." And then, in very much larger, startling [9] and to him almost angry [10] letters : "THIS MEANS [11] YOU !"

He was a small, extremely puzzled-looking [12] boy with a look of searching [13] determination on his rather thin lips. Large brown trousers, which looked as if they had been cut down from his father's [14], gave him a curious look of being out of place in the world. His hair looked as if it had been shorn [15] off with sheep shears [16] ; his forehead had in it small, constant knots of perplexity [17]. There was always mud on his boots and, though he did not know it, there were times when he did not smell very sweet.

There was a reason for this smell. His father and mother had a small farm-holding [18] of about ten acres [19] two miles out in the country. On a little pasture they grazed [20] a mare and two or three cows, with a score of foraging [21] hens. Outside the house ran a wide strip of roadside verge [22], and here they grazed a dozen goats. It was because of the goats that the boy sometimes created a very pungent [23] and startling impression.

---

1. **would :** exprime une habitude, dans le passé (« **Every morning** ») ; ⚠ différent de **would** du conditionnel.
2. **large : ▲** *grand ;* wide, broad, *large.*
3. **to :** (ici) *pour, à ses yeux.*
4. **discomforting : discomfort** 1. *gêner, incommoder.* 2. *troubler, inquiéter* (m. à m. *troublant pour lui*).
5. **notice :** *avis, annonce, affiche, placard.*
6. **scarlet :** *écarlate ;* go scarlet, *devenir rouge, écarlate.*
7. **outside :** (ici) *devant ;* I'll wait for you outside the pub.
8. **gifts : gift,** *don,* to give, gave, given, *donner ;* gifted, *doué.*
9. **startling :** *saisissant ;* startle, *faire tressaillir* (start).
10. **angry :** m. à m. *en colère.* ⚠ I'm angry with him.
11. **means : mean, meant, meant,** *signifier, vouloir dire.*

Chaque matin, quand il entrait dans la ville, sur le chemin de l'école, il voyait cette grande affiche qui le troublait, avec ses lettres bleues et rouges, collée sur un écriteau, devant l'église. Elle était là depuis un mois avant Noël. « Collecte annuelle de cadeaux dans cette église la veille de Noël. Aidez-nous à aider les autres. Aucun don ne sera trop grand. Aucun ne sera trop petit. Donnez généreusement. » Et puis, en lettres nettement plus grandes, frappantes et presque agressives à ses yeux : « CECI VOUS CONCERNE ! »

C'était un petit garçon au regard tout étonné, et sur ses lèvres plutôt minces passait un air de ferme résolution. Un grand pantalon marron qui semblait avoir été taillé dans celui de son père lui donnait une curieuse allure d'étranger dans ce monde. On eût dit que ses cheveux avaient été coupés à l'aide de ces grands ciseaux destinés à la tonte des moutons ; son front, légèrement plissé, portait les marques d'une constante perplexité. Il y avait toujours de la boue à ses gros souliers et, à son insu, certains jours, il ne sentait pas très bon.

Il y avait une raison à cette odeur. Son père et sa mère exploitaient une petite propriété d'environ quarante ares à trois kilomètres de la ville. Dans un petit pré ils faisaient paître une jument et deux ou trois vaches, et une vingtaine de poules y picoraient. Devant la maison de ferme s'étendait une large bande d'herbe au bord de la route et ici ils gardaient une douzaine de chèvres. C'était à cause des chèvres que le petit garçon dégageait parfois une impression forte, saisissante.

---

12. **puzzled-looking : puzzle,** *laisser perplexe, intriguer ;* **look,** *avoir l'air, sembler, paraître ;* **look** (n.) *air.*
13. **searching :** *pénétrant, scrutateur ;* **search,** *fouiller.*
14. **father's :** sous-entendu **trousers** *(celui de, celle de...)*
15. **shorn : shear, sheared, sheared** ou **shorn,** *tondre.*
16. **shears :** 1. *grands ciseaux,* 2. *cisailles* (pour la haie...).
17. **knots of perplexity :** m. à m. *des nœuds de perplexité.*
18. **farm-holding :** terre exploitée par un métayer.
19. **acre :** unité de superficie (environ 4 000 m² ou 40 ares).
20. **grazed : graze** 1. (ici) *faire paître,* 2. *paître.*
21. **foraging : forage** ['fɒrɪdʒ] *fourrager, fouiller ;* **forage about in a drawer,** *fouiller dans un tiroir.*
22. **verge :** 1. *bord, accotement.* 2. *bordure en gazon.*
23. **pungent :** 1. *âcre, piquant* (odeur). 2. *piquant, relevé* (au goût). 3. *acerbe, caustique* (remarque...).

He was very fond of the goats and it was his job to tether[1] them on the road side grass every morning and again, if he were[2] home before darkness[3] fell, to house[4] them up in the disused pigsty for the night. He treated the goats like friends. He knew that they were his friends. At frequent intervals the number of goats was increased, but his father could never sell the kids or even give them away. The boy was always glad about this[5] and now they had thirteen goats : the odd[6] one a kid of six weeks, all white, as pure snow.

Every morning when he went by[7] the church the notice had some power of making him uneasy[8]. It was the challenge in large letters, THIS MEANS YOU ! that troubled him. More and more[9] as Christmas came near, he got into the habit of[10] worrying about it. The notice seemed to spring[11] out and hit him in the face ; it seemed to make a hole in his conscience[12]. It singled him out[13] of the rest of the world : THIS MEANS YOU !

Soon, as he walked down from the country in the mornings and then back again in the evenings[14], he began to think if there was anything he could do about it. It seemed to him that he had to do something. The notice, as time went on, made him feel[15] as if it were watching him. Once[16] he had heard a story in which there had been a repetitive phrase[17] which had also troubled him : God Sees All.

---

1. **tether :** *attacher* (animal) à l'aide d'une longe **(a tether)** ; **he's at the end of his tether,** *il est au bout du rouleau.*
2. **if he were : were,** subjonctif, exprime l'hypothèse.
3. **darkness :** *obscurité, ténèbres ;* **in utter (total) darkness.**
4. **to house :** *loger, héberger ;* **our school can't house more than 1.000,** *notre école ne peut pas recevoir plus de 1 000 élèves.*
5. **glad about this :** *content de ceci :* notez la préposition.
6. **odd :** (ici) *impair* (nombre) ≠ **event** ['iːvən].
7. **by :** *près de ;* aussi **near, beside, close to** *(tout près de).*
8. **uneasy :** ou **ill at ease,** *inconfortable, mal à l'aise, gêné.*
9. **more and more :** *de plus en plus ;* N.B. **more and more interesting** (adj. long) ; **higher and higher** (adj. court).
10. **he got into the habit of,** *il prit l'habitude de* (notez l'expression) ; aussi **he's in the habit of doing it,** *il a l'habitude de le faire.*

Il aimait beaucoup les chèvres et il avait pour besogne de les attacher sur l'herbe au bord de la route tous les matins et puis encore, s'il était de retour avant qu'il ne fît noir, de les rentrer pour la nuit dans la porcherie désaffectée. Il considérait les chèvres comme ses amies. Il savait qu'elles étaient ses amies. A intervalles fréquents le nombre des chèvres augmentait, mais son père n'arrivait jamais à vendre les chevreaux ni même à les donner. Le garçon s'en réjouissait toujours et maintenant ils avaient treize chèvres ; la treizième était un chevreau de six semaines, tout blanc comme de la neige fraîche.

Chaque matin, quand il passait près de l'église, l'affiche avait le pouvoir de le mettre mal à l'aise. C'était le défi inscrit en grosses lettres qui le préoccupait : CECI VOUS CONCERNE ! Plus Noël approchait, plus il s'inquiétait. Les mots semblaient sauter de l'affiche et le frapper au visage ; on eût dit qu'ils pénétraient sa conscience, y formant une faille. Ils le désignaient entre tous dans le monde entier : CECI TE CONCERNE !

Bientôt, alors qu'il venait de la campagne le matin et qu'il rentrait le soir, il commença à se demander s'il y avait quelque chose qu'il pourrait faire. Il lui sembla qu'il devait faire quelque chose. A mesure que le temps passait, il eut l'impression que l'affiche le regardait. Un jour il avait entendu raconter une histoire où revenait toujours une phrase qui l'avait également troublé : Dieu voit tout.

---

11. **spring : spring, sprang, sprung,** 1. (ici) *bondir.* 2. *jaillir.*
12. **make a hole in his conscience :** m. à m. *faire un trou...*
13. **singled him out : single out,** 1. *choisir* 2. *distinguer de la foule ;* **single.** 1. *seul, simple, unique.* 2. *particulier, individuel ;* **every single day,** *tous les jours sans exception.*
14. **in the mornings... in the evenings :** notez l'emploi de la préposition **in.**
15. **made him feel : ⚠ make** est suivi de l'infinitif sans **to.**
16. **once :** (ici) *une fois, à un moment donné, un jour.*
17. **phrase : ▲** *expression, mot, dicton ;* **as the phrase goes,** *comme on dit ;* **catchphrase,** *expression qui frappe, retenue par tous ;* **sentence,** *phrase.*

Gradually he got into his head the idea that in addition to the notice God, too, was watching him. In a way God and the notice were one.

It was not until [1] the day before Christmas Eve that he decided to give the goat-kid to the church. He woke up with the decision lying, as it were [2], in his hands. It was as if it had been made for him and he knew that there was no escaping it [3].

He had already grown [4] deeply fond of the little goat and it seemed to him a very great thing to sacrifice. That day there was no school and he spent most of the afternoon in the pigsty, kneeling [5], on the strawed [6] floor, combing the delicate milky hair of the little goat with a horse comb [7]. In the sty the powerful congested [8] smell of goats was solid, but he did not notice [9] it. It had long since penetrated his body and whatever clothes [10] he wore [11].

By the time he had finished brushing [12] and combing the goat he had begun to feel extremly proud and glad of it ; he had begun to get the idea that no other gift would be quite [13] so beautiful [14]. He did not know what other people would give. No gift was too great, none [15] too small, and perhaps people would give things like oranges and nuts [16], perhaps things like toys and Christmas trees. There was no telling what would be given. He only knew that no one else [17] would give quite what he was giving : something small and beautiful and living [18], that was his friend.

---

1. **until :** ou till (2 l !) *jusqu'à,* employé pour le temps, jamais pour le lieu ! ⚠ **I'm going to Berlin, I'll stay till** Wenesday.
2. **as it were :** ou so to speak, *pour ainsi dire.*
3. **there was no escaping it :** ⚠ there is no + gérondif en ing ; there's no doing it, *il n'y a pas moyen de le faire.*
4. **grown : grow** + adj, *devenir ;* grow angry, *se mettre en colère ;* grow, grew, grown, *pousser, croître.*
5. **kneeling :** *à genoux ;* **kneel, knelt, knelt,** *s'agenouiller* ⚠ lying *couché ;* sitting, *assis,* standing, *debout :* les attitudes s'expriment à l'aide du p. présent (en ing).
6. **strawed : straw,** *couvrir de paille :* straw (n.) *paille.*
7. **horse comb** [kəum] : m. à m. *peigne à cheval.*
8. **congested :** *surpeuplé, encombré, embouteillé ;* le mot suggère que la *porcherie,* **(pig)sty** était pleine de chèvres.
9. **notice :** *notice,* to take notice of, *remarquer.*

Peu à peu il se mit dans la tête qu'en plus de l'affiche, Dieu, lui aussi, le regardait. En quelque sorte, Dieu et l'affiche ne faisaient qu'un.

Ce ne fut guère avant le jour précédant Noël qu'il décida de donner le chevreau à l'église. Il s'éveilla avec, pour ainsi dire, la décision placée au creux de sa main. On aurait cru qu'elle lui était destinée et qu'il n'y avait pas moyen d'y échapper.

Il aimait déjà profondément le petit chevreau et à ses yeux c'était une grande chose à sacrifier. Ce jour-là il n'y avait pas d'école et il passa la plus grande partie de son après-midi dans la porcherie, agenouillé sur le sol couvert de paille, peignant les poils délicats, blancs comme lait, du petit chevreau, avec une étrille. Dans la porcherie l'odeur forte, concentrée des chèvres était tenace mais il n'y faisait pas attention. Elle avait depuis si longtemps imprégné son corps et tous les vêtements qu'il portait.

Quand il eut fini de brosser et de peigner le chevreau, il commença à se sentir très fier et très content de celui-ci ; il se prit à caresser l'idée qu'aucun cadeau ne serait tout à fait aussi beau. Il ne savait pas ce que les autres donneraient. Aucun don n'était trop grand, aucun n'était trop petit et peut-être les gens offriraient-ils des choses comme des oranges et des noix, peut-être des jouets et des arbres de Noël. On ne pouvait pas savoir ce qu'ils donneraient. Il savait seulement que personne d'autre ne donnerait tout à fait ce qu'il allait donner ; quelque chose de petit et de beau et de vivant, qui était son ami.

---

10. **whatever clothes :** *tous les vêtements ;* de même : **whenever,** *toutes les fois (que),* **whoever,** *qui que ce soit.*
11. **wore : wear, wore, worn,** *porter* (vêtements, barbe).
12. **he had finished brushing : finish, stop, start, go on** ou **keep on** *(continuer à)* sont suivis du gérondif : **stop talking ! start working ! go on reading !**
13. **quite** [kwaɪt] : *tout à fait* ⚠ **quiet** [kwaɪət] *calme* (adj.)
14. **so beautiful : so** *(tant),* **too** *(trop),* **as...as** s'emploient seuls avec adj. et adv. Mais : **so much bread.**
15. **none :** (pronom) *nul, aucun, personne.* ⚠ **I'won't eat any cakes** ou **I'll eat no cakes** ou **I'll eat none.**
16. **nuts : nut,** terme générique pour *noix* **(walnut),** *noisette* **(hazel nut)...** tous fruits à écale.
17. **no one else :** ou **nobody else,** *personne d'autre ;* **nothing else,** *rien d'autre.*
18. **living :** ou **alive,** *vivant ;* **to live,** vivre ; **life,** *la vie.*

When the goat-kid was ready he tied a piece of clean [1] string [2] round its neck and tethered it to a ring in the pigsty. His plan [3] for taking it down into the town was simple. Every Christmas Eve he had to go and visit [4] an aunt who kept a small corner grocery store [5] in the town, and this aunt would give him a box of dates for his father, a box of chocolates for his mother and some sort of present for himself. All [6] he had to do was to take the kid with him under cover [7] of darkness. It was so light that he could carry it in his hands.

He got down into the town just before seven o'clock. Round the goat he had tied a clean meal-sack, in case of rain. When the goat grew tired of walking he would carry it in his arms ; then when he got tired [8] of carrying it the goat would walk again. Only one thing troubled him. He did not know what the procedure [9] at the church would be. There might [10], he imagined, be a long sort of desk [11], with men in charge [12]. He would go to this desk and say, very simply, "I have brought this", and come away.

He was rather disconcerted to find the windows [13] of the church full of light. He saw people, carrying parcels, going [14] through the door. He saw the notice, a little torn by weather [15] now, but still flaring [16] at him : THIS MEANS YOU ! and he felt slightly [17] nervous [18] as he stood on the other side of the street, with the kid at his side, on the string [19], like a little dog.

---

1. **clean :** *propre* (≠ dirty) ; to clean, *nettoyer.*
2. **string :** *ficelle, corde ;* a ball of string, *une pelote de ficelle ;* stringy, *filandreux* (viande...)
3. **plan :** *plan, projet ;* five-year plan, *plan quinquennal.*
4. **he had to go and visit : have to,** équivalent de must, employé quand la contrainte est extérieure ; notez l'emploi de **and.** De même avec l'impératif : come and see me tomorrow.
5. **grocery store :** ou grocery ou grocer's shop ; groceries, *articles d'épicerie ;* grocer, *épicier.*
6. **all :** ou all that ou everything that. ⚠ surtout pas what !
7. **cover :** 1. (ici) *couverture, protection.* 2. *couvercle.*
8. **when the goat grew tired... When he got tired :** prétérit et non conditionnel, présent et non futur après when, while : when I am a man I'll be a teacher.

Quand le chevreau fut prêt, il noua un morceau de corde neuve à son cou et il l'attacha à un anneau dans la porcherie. Son projet pour l'emmener à la ville était tout simple. A chaque veille de Noël il devait aller rendre visite à une tante qui tenait une épicerie au coin d'une rue de la ville et cette tante lui donnerait une boîte de dattes pour son père, une boîte de chocolats pour sa mère et un quelconque cadeau pour lui. Tout ce qu'il avait à faire, c'était d'emporter le chevreau avec lui à la faveur de la nuit. Il était si léger qu'il le porterait dans ses bras.

Il entra dans la ville juste avant sept heures. Autour du chevreau il avait attaché un sac à farine, tout propre, en cas de pluie. Quand le chevreau serait fatigué de marcher, il le porterait dans ses bras ; et quand lui serait fatigué de porter le chevreau, celui-ci marcherait à son tour. Une seule chose le tracassait. Il ne savait pas comment les choses se passeraient à l'église. Il y aurait peut-être, imaginait-il, une espèce de longue table avec des responsables. Il irait jusqu'à cette table et il dirait tout simplement : « J'ai apporté ceci », et il repartirait.

Il fut assez décontenancé de trouver les vitraux de l'église embrasés de lumière. Il vit des gens chargés de paquets qui franchissaient le porche. Il aperçut l'affiche, un peu déchirée par les intempéries maintenant mais toujours menaçante : CECI VOUS CONCERNE ! Et il était un peu tendu alors qu'il se tenait de l'autre côté de la rue avec le chevreau près de lui, au bout de la corde, pareil à un petit chien.

---

9. **procedure** [prəˈsiːdʒə] : *façon de procéder, procédure.*
10. **might :** prétérit de **may,** exprime l'éventualité.
11. **desk :** 1. *pupitre, bureau.* 2. *caisse* (dans un magasin...)
12. **charge :** *charge, responsabilité ;* **who is in charge ?** *qui est responsable ? qui prend les affaires en main ?*
13. **windows (stained glass) windows :** *vitrail.*
14. **He saw people, carrying... going : see,** hear, feel, sont suivis du participe présent ou de l'infinitif sans to.
15. **weather :** *temps* (qu'il fait) ; **time,** *temps compté.*
16. **flaring : flare** 1. *jeter un éclat vif.* 2. *flamboyer.* 3. (au figuré) *s'emporter, se mettre en colère.*
17. **slightly :** *légèrement, un peu ;* **slight,** *léger, insignifiant.*
18. **nervous : ▲** 1. *nerveux.* 2. *énervé.* 3. *inquiet, timide.*
19. **on the string :** notez **on ; on leash,** *en laisse.*

Finally when there were no more people going into the church and it was very quiet he decided to go in. After taking [1] the sacking off the kid he took it into his arms, smoothing [2] its hair into place with the nervous tips of his fingers.

When he went into the church he was surprised to find it almost full of people. There was already a sort of service in progress and he sat hastily [3] down at the end of a pew [4], seeing at the other end of the church, in the soft light of candles [5], a reconstruction of the manger and Child and the Wise Men who had followed the moving [6] star. The stable and its manger reminded him of [7] the pigsty where the goats were kept, and his first impression was that it would be a good sleeping-place for the kid.

He sat for some minutes before anything [8] happened. A clergyman [9], speaking from the pulpit, was talking of the grace of giving. "They", he said, "brought frankincense and myrrh ! You cannot bring frankincense, but what you have brought has a sweeter smell : the smell of sacrifice for others." [10]

As he spoke a man immediately [11] in front of the boy turned [12] to his wife, sniffing, and then whispering :

"Funny smell of frankincense."

"Yes", she whispered. She too was sniffing now. "I noticed it but didn't like [13] to say."

---

1. **after taking :** ⚠ emploi du gérondif après les prépositions : I undress before going to bed ; come in without knocking.
2. **smoothing... into place :** m. à m. *mettre en place en lissant ;* to smooth, *rendre lisse (*smooth, adj.).
3. **hastily :** *en hâte* (haste) ; make haste, *se dépêcher ;* hasty, *hâtif, précipité* ⚠ adj + ly = adv. de manière (quickly...)
4. **pew** [pju:] : *banc d'église ;* bench, seat, *banc.*
5. **candle :** *bougie, cierge ;* candle-lit dinner, *dîner aux chandelles ;* he can't hold a candle to his brother, *il n'arrive pas à la cheville de son frère.*
6. **moving : move** 1. (ici) *bouger, se déplacer.* 2. *déménager.*
7. **reminded him of :** ⚠ remind sb. of sthg, *rappeler*

Enfin, quand il n'y eut plus personne à entrer à l'église et que tout fut parfaitement calme, il se décida à y aller. Après avoir enlevé le sac à farine, il prit le chevreau dans ses bras et il arrangea ses poils, les lissant du bout de ses doigts tremblants.

En entrant dans l'église il fut surpris de la trouver presque pleine. Il y avait un genre d'office en cours et il se dépêcha de s'asseoir au bout d'un banc et vit à l'autre extrémité de l'église, dans la douce lumière des cierges, une reconstitution de la crèche avec l'Enfant Jésus et les Rois Mages qui avaient suivi l'étoile. L'étable et la mangeoire lui rappelèrent la porcherie où il gardait ses chèvres et sa première idée fut que ce serait un bon endroit où dormir pour son chevreau.

Il resta assis quelques minutes avant qu'il se passât quoi que ce soit. Un pasteur prêchant du haut de la chaire parlait de la grâce du don. « Eux », disait-il, « ont apporté l'encens et la myrrhe ! Vous, vous ne pouvez pas apporter de l'encens mais ce que vous avez apporté exhale un parfum plus doux. C'est le parfum du sacrifice en faveur des autres. »

Pendant qu'il parlait, un homme qui se tenait juste devant le petit garçon se tourna vers sa femme en reniflant et chuchota : « Drôle d'odeur pour de l'encens ! »

« Oui », murmura-t-elle. Elle aussi reniflait maintenant. « J'ai remarqué mais je n'osais pas le dire. »

---

quelque chose à quelqu'un, **remember sthg,** *se rappeler quelque chose, se souvenir de quelque chose.*

8. **anything :** *quoi que ce soit, n'importe quoi* ⚠ **any** dans une phrase affirmative : **any doctor will tell you that,** *n'importe quel docteur vous dira cela.*

9. **clergyman :** *pasteur* (protestant) ; **priest,** *prêtre* (catholique).

10. **others : other** pronom est variable, **other** adj. est invariable : **the other boys are English** mais **the others are English.**

11. **immediately :** syn. (ici) **directly ; immediate,** *immédiat.*

12. **turned : turn** (ici) (pas de réfléchi !), *se retourner.*

13. **like :** (ici) *vouloir, oser :* **I didn't like to disturb you,** *je ne voulais pas vous déranger ;* **I thought of asking him but I didn't like to,** *j'ai bien pensé à lui demander mais je n'ai pas osé.*

They began to sniff together, like dogs. After some moments the woman turned and saw the boy, sitting tense and nervous, the knots of perplexity tight[1] on his forehead and the goat in his arms.

"Look round !" she said.

The man turned and now he too saw the goat.

"Well !" he said. "Well, no wonder[2] !"

"I hate[3] them", the woman whispered. "I hate that smell[4]."

They began sniffing[5] now with deliberation[6], attracting the attention of other people, who too turned and saw the goat. In the pews about[7] the boy there was a flutter[8] of suppressed consternation. Finally, at the instigation of his wife, the man in front of the boy got up and went out.

He returned a minute later with an usher. Before going back to his pew he whispered :

"There. My wife can't stand[9] the smell."

A moment later the usher was whispering into the boy's ear, "I'm afraid[10] it's hardly[11] the right[12] place for this. I'm afraid you'll have to go out." At the approach of a strange[13] person the little goat began to struggle[14], and suddenly let out[15] a thin[16] bleat of alarm. As the boy got up it seemed to him that the whole[17] church turned and looked at him partly[18] in amusement, partly alarm, as though[19] the presence of the kid were on the fringe[20] of sacrilege.

---

1. **tight :** 1. *serré,* 2. *raide, tendu* (corde...)
2. **wonder :** I. (ici) *étonnement, surprise, émerveillement.* 2. *merveille, prodige, miracle ;* **no wonder he came late,** *ce n'est pas étonnant qu'il soit arrivé en retard ;* **he failed, and little wonder,** *il a échoué, ce qui n'est guère étonnant.*
3. **hate :** *haïr, détester ;* **hate** ou **hatred,** *haine.*
4. **smell :** *odeur ;* **smell, smelt,** *sentir ;* **smell of garlic,** *sentir l'ail ;* **I smell a rat,** *je soupçonne quelque chose.*
5. **they began sniffing : begin** est suivi, soit du gérondif, soit de l'infinitif : **he began crying** ou **he began to cry.**
6. **with deliberation :** ou **deliberately ; deliberate,** *voulu.*
7. **about :** (ici) *autour de, auprès de, à l'entour de.*
8. **flutter :** 1. *battement, palpitement,* 2. *émoi, agitation.*
9. **stand : stand, stood, stood** (ici) *endurer, supporter.*
10. **I'm afraid :** (excuse polie, très employée) *je suis désolé...*
11. **hardly :** *à peine* (aussi **barely, scarcely**).
12. **right :** (ici) *approprié, qui convient* (≠ **wrong**) ; **he's**

Ils se mirent à renifler en même temps, comme des chiens. Après quelques instants la femme se retourna et vit le garçon qui était assis, nerveux, agité, le front barré par les marques de la perplexité, tenant le chevreau dans ses bras.

« Regarde derrière toi ! » dit-elle.

L'homme se retourna et vit lui aussi le chevreau.

« Eh oui ! » dit-il. « Oui, rien d'étonnant ! »

« Je ne peux pas les souffrir », murmura la femme. « Je déteste leur odeur. »

Ils se mirent alors à renifler ostensiblement, attirant l'attention d'autres fidèles qui se retournèrent à leur tour et virent le chevreau. Dans les autres bancs proches du petit garçon passa une vague de consternation retenue.

Finalement, à l'instigation de sa femme, l'homme qui se trouvait devant l'enfant se leva et sortit.

Il revint une minute plus tard avec un huissier. Avant de regagner son banc il dit à voix basse :

« Voilà. Ma femme ne peut pas supporter l'odeur. »

Quelques instants après l'huissier chuchotait à l'oreille du garçon : « Je crains que ce ne soit pas l'endroit indiqué pour un chevreau. Je suis désolé mais il va falloir que tu sortes ». A l'approche d'un inconnu le chevreau commença à se débattre et tout à coup fit entendre un petit bêlement craintif. Quand le garçon se leva il lui sembla que l'assemblée tout entière se retournait et le dévisageait, moitié amusée, moitié épouvantée, comme si la présence du chevreau était à la limite du sacrilège.

---

the right man in the right place, *c'est l'homme qu'il nous faut, l'homme de la situation.*

13. **strange :** (ici) (adj.) *inconnu ;* **a stranger,** *un inconnu, un étranger.*

14. **struggle :** *lutter, se débattre, se démener.*

15. **let out : let out, let, let,** *pousser* (cri)... (ou **give, utter**).

16. **thin :** 1. (ici) *léger, qui a peu de force ;* **a thin voice,** *une voix fluette.* 2. *mince* (≠ **thick**).

17. **whole :** *entier, complet* ⚠ **The whole family,** *toute la famille* (l'ensemble) ; **all the members of the family** (les différentes parties de l'ensemble).

18. **partly :** *en partie, partiellement.*

19. **as though :** plus littéraire que **as if,** *comme si.*

20. **fringe :** *frange, bord, bordure, lisière :* **live on the fringe of society,** *vivre en marge de la société.*

Outside, the usher pointed down the steps. "All right, son [1], you run [2] along."

"I wanted to give the goat", the boy said.

"Yes, I know", the man said, "but you got the wrong [3] idea. A goat's no use [4] to anybody. »

The boy walked down the steps of the church into the street, the goat quiet now in his arms. He did not look at the notice which had said [5] for so long THIS MEANS YOU ! because it was clear to him now that he had made a sort of mistake [6]. It was clear that the notice did not mean him at all.

Outside the town he walked slowly in the darkness [7]. The night air was silent [8] and the kid seemed almost asleep [9] in his arms. He was not now troubled that they [10] did not want the goat, but was already glad that it would be his [11] again.

It was only by some other things that he was troubled. He had for a long time believed that at Christmas there must be snow on the ground, and bells ringing [12], and a moving star.

But now there was no snow [13] on the ground. There were no bells ringing, and far above [14] himself and the little goat the stars were still [15].

---

1. **son :** 1. (ici) *fiston ! mon gars ! mon garçon !* 2. *fils.*
2. **you run :** impératif utilisé pour donner un ordre sur un ton nettement moins catégorique que **run.**
3. **wrong :** (ici) *mauvais, qui ne convient pas* (≠ **right,** *qui convient*).
4. **use :** 1. *usage, emploi.* 2. *utilité.* ⚠ **It's no use trying.**
5. **which had said :** le *pluperfect* indique qu'il n'y a pas rupture entre deux actions du passé (cf. traduction).
6. **he had made a sort of mistake :** m. à. m. *il avait fait une sorte d'erreur* ⚠ **make a mistake** (pas **do** !).
7. **darkness :** *obscurité ;* **dark,** *sombre ;* généralement adj. + **ness** = nom abstrait ; **goodness,** *bonté ;* **kindness,** *gentillesse.*
8. **silent :** *silencieux ;* **be** ou **keep silent,** *se taire.*
9. **asleep :** *endormi ;* **be sound asleep,** *dormir d'un sommeil*

Hors de l'église l'huissier indiquait du doigt les marches. « Très bien, mon p'tit, file. »

« Je voulais donner le chevreau », dit l'enfant.

« Oui, je sais », dit l'homme, « mais ce n'est pas une bonne idée. Un chevreau, ce n'est utile à personne. »

Le petit garçon descendit les marches de l'église et s'en alla dans la rue avec dans ses bras le chevreau qui s'était calmé. Il ne posa pas un regard sur l'affiche qui depuis si longtemps disait : CECI VOUS CONCERNE, car désormais il lui était évident qu'il avait commis quelque erreur. Il était clair que l'affiche ne le concernait pas le moins du monde.

Sorti de la ville, il marchait dans les ténèbres. L'air nocturne était silencieux et le chevreau semblait presque endormi dans ses bras. Il n'était guère préoccupé maintenant du fait qu'on ne voulait pas de son chevreau mais déjà il se réjouissait à l'idée que celui-ci était de nouveau à lui.

Mais c'était tout autre chose qui le tracassait. Pendant longtemps il avait cru qu'à Noël il devait y avoir de la neige sur la terre et des cloches pour carillonner et l'Étoile qui avançait dans le ciel.

Mais désormais il n'y avait plus de neige sur la terre. Nulle cloche ne carillonnait et tout là-haut, au-dessus de sa tête, au-dessus du petit chevreau, les étoiles demeuraient immobiles.

---

profond ; **fall asleep,** *s'endormir* (aussi **go to sleep**).

10. **they :** équivaut parfois à *on,* comme **we** ou **they,** selon le contexte : **we drink a lot of wine,** dira un Français ; **they drink a lot of tea,** dira le même Français parlant des Anglais.

11. **that it would be his :** m. à m. *que ce serait le sien.*

12. **ringing : ring, rang, rung :** 1. *sonner, (faire) tinter.* 2. *résonner, retentir,* 3. *téléphoner* (aussi **ring up**).

13. **there was no snow :** ou **there was not any snow.**

14. **far above :** m. à m. *loin au-dessus de* ⚠ **I walked farther than the bridge** *(plus loin) ;* **he gave no further answer** *(autre, supplémentaire) ;* **the farthest, the furthest** *(le plus loin).*

15. **still :** (adj.) 1. *tranquille, calme, paisible, en repos.* 2. *silencieux ;* **keep still,** *ne bougez pas.*

RÉVISIONS

1. Tous les matins il voyait cette grande annonce sur un panneau devant l'église.
2. Il y avait de la boue sur ses gros souliers ; il y avait des fois où il ne sentait pas très bon.
3. Au fur et à mesure que Noël approchait, il prit l'habitude de s'en inquiéter.
4. En un sens, Dieu et l'annonce ne faisaient qu'un.
5. Il savait qu'il n'y avait pas moyen d'y échapper.
6. Il s'était déjà profondément épris du chevreau.
7. Il passa le plus clair de l'après-midi dans la porcherie, agenouillé sur le sol recouvert de paille.
8. Il ne savait pas ce que donneraient les autres.
9. Aucun cadeau n'était trop grand, aucun n'était trop petit.
10. Chaque veille de Noël il devait aller rendre visite à une tante qui tenait une petite épicerie au coin d'une rue.
11. Tout ce qu'il y avait à faire c'était d'emmener le chevreau avec lui à la faveur de la nuit.
12. Quand le chevreau se fatiguerait de marcher il le porterait dans ses bras.

1. **Every morning he would see this large notice on a board outside the church.**
2. **There was mud on his boots ; there were times when he did not smell very sweet.**
3. **More and more as Christmas came near he got into the habit of worrying about it.**
4. **In a way God and the notice were one.**
5. **He knew that there was no escaping it.**
6. **He had already grown deeply fond of the kid.**
7. **He spent most of the afternoon in the pigsty kneeling on the strawed floor.**
8. **He did not know what other people would give.**
9. **No gift was too great, none too small.**
10. **Every Christmas Eve he had to go and visit an aunt who kept a small corner grocery store.**
11. **All he had to do was to take the goat with him under cover of darkness.**
12. **When the goat grew tired of walking he would carry it in his arms.**

MARY BOWEN (1900-1955)

Just a Little Story in Return

Une toute petite histoire en retour

Née aux États-Unis, Mary Bowen est tour à tour préceptrice, professeur dans une école secondaire et bibliothécaire. Elle voyage aussi à travers le monde, notamment en France et en Grande-Bretagne où elle se fixe pendant plusieurs années, à l'aube de la Seconde Guerre mondiale. C'est à partir de cette époque qu'elle commence à écrire des nouvelles qui seront publiées dans divers magazines anglais et américains. Les thèmes favoris en sont l'enfance, la famille, la guerre, la nature que l'on trouve dans *Just a little story in return,* titre d'un recueil à paraître prochainement en livre de poche (*Just a little story in return and others*). On trouve dans les nouvelles de Mary Bowen un subtil mélange de tendresse, d'ironie légère, de retenue et de pudeur — toute cette distanciation vis-à-vis des personnages, typique de la manière anglo-saxonne. Son style clair et limpide fait de ses récits une lecture agréable, un peu dans le genre de Somerset Maugham.

Back[1] in April 1943... Not very far from[2] the end, is it ? The end of what ?... Oh no ! Another war story ! Sorry I can't help it[3]. I can't keep from paying a tribute to someone to whom I owe so much and to a family who lived in shameful[4] secrecy[5] for years. Yes, just a little story. Something quite unlike the Croix de guerre. Something different from[6] those ugly monuments to be seen in the remotest[7] villages of France representing soldiers petrified in bronze, brandishing their rifles in such a way[8] that you ask yourself "Did they die[9] in that posture ? Are they ready for another war or what ?"

Well this one, obviously[10], is not the Great War with a capital[11] G. This is only World War II. Numbers are convenient. They clearly suggest there's more to come. Never fear[12] ! And in any case there are many more going on just now but there isn't so much fuss[13] made about them, what with[14] the force of habit and the telly and the distance. Besides, we "the developed countries" are busy building Europe. After all, everyone has to fend for themselves, haven't they[15] ?

I was told this true story[16] by my French husband years after we were married. He went through the ordeal at a very tender age. He was nine, you know ; that time of life when adults think children[17] are so carefree[18], gambolling in the corn fields, bird nesting[19], building huts with chestnut branches for a roof and neat[20] fern floors, climbing up trees blindfold[21],

---

1. **back :** (ici) *en arrière ;* **a week back,** *il y a une semaine.*
2. **far from :** *loin de ;* notez la préposition **from.**
3. **I can't help it :** *je n'y peux rien ;* **I can't help (keep, refrain from) laughing,** *je ne peux m'empêcher de rire.*
4. **shameful :** *honteux* (≠ **shameless,** *éhonté*).
5. **secrecy** ['si:krɪsɪ] *secret* (n.) ; *secret* (adj.) **secret.**
6. **different from :** *différent de ;* notez la préposition **from.**
7. **remotest : remote,** *éloigné* (dans l'espace et le temps).
8. **such a way :** *d'une telle façon ;* notez la place de **a.**
9. **die :** *mourir.* ⚠ **be dead,** *être mort* (état).
10. **obviously :** *évidemment ;* **obviously not !** *bien sûr que non ;* **obvious,** *évident ;* syn. **clear** ; cf. plus loin **clearly.**
11. **capital :** (ici) *majuscule ;* ≠ **small** ; **a small g** [dʒi:].
12. **never fear : never** *(ici négation renforcée) ne... pas du tout ;* **fear** (ici v.) *craindre ;* **fear** (n.) *crainte.*
13. **fuss :** *histoire (s), beaucoup de bruit pour rien.*

Avril 1943... Pas très loin de la fin, n'est-ce pas ?... La fin de quoi ?... Oh, non ! Encore une histoire de guerre ! Désolée ! Je ne puis m'en empêcher. Je ne peux me retenir de rendre hommage à quelqu'un à qui je dois tant, à une famille qui a vécu des années durant dans la honte la plus secrète. Oui, une toute petite histoire, simplement. Quelque chose qui ne ressemble en rien aux Croix de Guerre. Quelque chose de tout différent de ces affreux monuments aux morts rencontrés dans les villages les plus reculés de France, qui représentent des soldats fixés dans le bronze, brandissant leurs fusils d'une manière telle que vous vous demandez : « Sont-ils morts dans cette position ? Sont-ils prêts pour une autre guerre ou quoi ? »

Eh bien, celle-ci, de toute évidence, ce n'est pas la Grande Guerre avec un grand G. C'est seulement la Seconde Guerre mondiale. Les chiffres sont commodes. Ils suggèrent clairement qu'il y en a plein d'autres à venir. N'ayez aucune crainte ! Et de toute façon il y en a plein d'autres qui se déroulent en ce moment même, mais on n'en fait pas tant de cas, entre la force de l'habitude, la télé, les distances. De plus, nous autres, « les pays développés », nous sommes occupés à bâtir l'Europe et, après tout, il faut bien que chacun se débrouille, non ?

Cette histoire vraie me fut racontée par mon époux français, des années après notre mariage. Il vécut la rude épreuve à un âge très tendre. Il avait neuf ans, vous savez, cette période de la vie où les adultes s'imaginent que les enfants ont le cœur léger puisqu'ils gambadent dans les champs de blé, vont chercher des nids, construisent des cabanes avec des branches de châtaigniers pour toit, de la fougère, impeccablement rangée, en guise de parquet ; puisqu'ils grimpent, les yeux fermés, dans les arbres,

---

14. **what with : what with one thing and another,** *entre une chose et l'autre :* notez ce sens de **what with.**
15. **everyone has to fend for themselves, haven't they ? :** ⚠ notez les pluriels **themselves, they** avec **enveryone.**
16. **I was told this true story :** ⚠ passif idiomatique ; aussi avec give, offer buy, sell, teach, tell, ask, show...
17. **adults... children :** ⚠ pas d'article **the** (cas général).
18. **carefree :** *insouciant = libre* **(free)** *de tout souci* **(care).**
19. **nesting : nest,** *chercher des nids ;* **a nest,** *un nid.*
20. **neat :** *net, ordonné, bien tenu, impeccable.*
21. **blind-fold :** (ici adv.) I. *les yeux bandés ;* 2. *aveuglément, sans réfléchir ;* **blind,** *aveugle* (≠ **sighted,** *voyant*).

their homes [1], "on top of the world [2]", as unknowing parents will [3] say, but playing soldiers, too, ready to dominate the world somehow when their hour comes [4]. And at the same time, these kids do not miss [5] a thing of what is going on beyond their imaginary battlefields. At least they sense everything without clearly understanding one [6] thing about the chaotic world of supposed adulthood [7].

My husband, then, — let's call him Herbert — had two brothers, Terry, aged twenty-three at the time, and Ron who was fourteen [8] but looked much older, being very tall, mature and clear-sighted, as you'll see. Ron wasn't very much interested in [9] school. Books weren't his forte. He didn't need them to think [10]. There are so many who read plenty of them and never think. Terry was disappointed about that, though. He acted as father and was very angry with [11] Ron when he had bad marks, played truant, pinching [12] strawberries in the large [13] fields, or made model planes, beautifully too (they ornamented many trees in the garden), instead of doing his homework. Herbert, on the contrary, made "Father Terry" very happy because, unlike mischievous [14] Ron, he was no good with his hands, but enjoyed [15] school and did all that [16] he was asked to do [17] there, add and subtract and multiply, learn poetry by heart or whatever.

---

1. **homes : home**, *maison, foyer, chez soi ;* **he's at home in English**, *il est à l'aise en anglais ;* **house**, *maison* (construction).
2. **on top of the world** (fam.) : m. à m. *sur le sommet du monde,* c'est-à-dire *aux anges, très heureux.*
3. **will :** exprime ici une disposition naturelle (des parents à croire que les enfants sont sans soucis).
4. **when their hour comes : when** suivi du présent et non du futur, du prétérit et non du conditionnel ; **he said he would come when he was ready** (aussi avec **while, as soon as**... conjonctions de temps).
5. **miss :** (ici) *laisser passer sans voir, laisser échapper.*
6. **one :** ⚠ (ici) *un(e) seul(e), unique.*
7. **adulthood :** *l'âge adulte ;* **childhood**, *l'enfance ;* **manhood**...
8. **fourteen** [,fɔː'tin] : *quatorze,* mais **forty** [,fɔːtɪ], *quarante.*

leur royaume, « au septième ciel » (comme disent les parents inconscients), ces enfants qui jouent aussi à la petite guerre, prêts à dominer le monde d'une façon ou d'une autre, quand leur heure sonnera. Et pendant ce même temps, rien n'échappe à ces gamins de ce qui se passe au-delà de leurs champs de bataille imaginaires ou du moins ils sentent tout, confusément, sans jamais rien comprendre clairement au monde chaotique de ceux qu'on appelle les adultes.

Mon époux, donc (appelons-le Herbert), avait deux frères : Terry, âgé de vingt-trois ans à l'époque, et Ron qui en avait quatorze mais paraissait bien davantage, étant très grand, mûr et clairvoyant, comme vous le verrez. Ron ne s'intéressait pas beaucoup à l'école ; les livres n'étaient pas son fort ; il n'en avait pas besoin pour réfléchir (il y a tant de gens qui en lisent beaucoup et ne réfléchissent jamais à rien), mais Terry était déçu de cela, cependant ; il jouait le rôle du père et il était très en colère contre Ron quand il rapportait de mauvaises notes, qu'il faisait l'école buissonnière pour aller voler des fraises dans les grands champs ou qu'il fabriquait de petits avions, avec beaucoup d'habileté (ils ornaient de nombreux arbres dans le jardin), au lieu de faire ses devoirs. Herbert, au contraire, apportait beaucoup de joie à Terry-Père parce que, n'étant pas habile de ses mains, contrairement à Ron l'espiègle, il aimait l'école et faisait tout ce qu'on lui disait de faire, des additions, des soustractions, des multiplications, parce qu'il apprenait ses poésies par cœur et que sais-je.

---

9. **interested in : ▲ I'm interested in art,** *je m'intéresse à...*
10. **to think : to** (ici) aussi **in order to,** *pour, afin de.*
11. **angry with :** *en colère contre* (quelqu'un) ; notez **with.**
12. **pinching : pinch** (fam.) *faucher, piquer, chiper.*
13. **large : ▲** (ici) *vaste, spacieux ;* **wide, broad,** *large.*
14. **mischievous** ['mɪstʃɪvəs] : *espiègle, malicieux ;* **mischief,** *malice, coquinerie ;* **get into mischief,** *faire des sottises.*
15. **enjoyed : enjoy,** *aimer.* **I enjoy music = I like music.**
16. **all that :** *tout ce qui, tout ce que* ▲ ne pas employer **what** !
17. **he was asked to do :** passif idiomatique cf. p. 29 note 16.

Watching over those three was a widow whose husband[1] was gassed in the war, the *Great* One[2], this time. Since[3] she was thirty-eight she had been working hard to support[4] the family who also included a girl. For some time the latter[5] conscientiously helped the mother keep a small grocer's shop[6] but then at a "reasonable" age she married and left the nest as all birds will[7] one day or other. She too had her share of the torment because courting[8] must have been full of mixed joy, torn as she certainly was between the delights of incipient, ever-growing love and the idea of having to leave a luckless[9] mother with her boys.

This is of course what made Terry take over. He relieved the mother no end. He served at the bar that went with the grocer's shop as is often the case[10] in France. A very strong man, tall, broad-shouldered, dark-haired[11], he sometimes had to chuck out drunkards who wanted more to drink and started behaving[12] badly. Young Herbert[13] hid under the kitchen table in those circumstances. He was particularly frightened of one of the regulars, a fat giant of a worker who had a job in the brick factory just opposite the shop. Terry also accompanied his mother on the bus to the nearest[14] big town, twenty kilometres away. They came back loaded with groceries[15] that cost less in the Co-op than they would have even wholesale[16]. You have to[17] fend for yourself in your own little way...

---

1. **a widow whose husband :** notez la construction avec **whose**, *dont*, exprimant une relation de possession.
2. **one :** pronom, employé pour éviter la répétition d'un nom (ici war) ; give me that blue book, not the red one.
3. **since :** 1. (ici) *depuis que*. 2. *depuis* ; I've been learning English since I left primary school, since 1978.
4. **to support :** 1. (ici) *faire subsister* ; 2. *encourager*.
5. **the latter :** *dernier* (de deux). Both John and Peter are British, the former (John) is English, the latter (Peter) is Welsh.
6. **grocer's shop :** ou grocery, *épicerie* ; grocer, *épicier*.
7. **as all birds will (leave...) :** cf. p. 30 note 3.
8. **courting :** *action de courtiser* **(court)** (n. verbal en -ing).
9. **luckless :** *qui n'a pas de chance* **(luck)** ; notez le rôle du suffixe - less : joyless, *triste*, childless, *sans enfants*.

Veillant sur ces trois, il y avait une veuve ; son mari avait été gazé durant la guerre, la Grande, cette fois ; depuis ses trente-huit ans elle travaillait très dur pour élever sa famille qui comptait également une fille ; pendant quelques années celle-ci aida consciencieusement la mère à tenir une petite épicerie mais à un âge « raisonnable », elle quitta le nid comme le font tous les oiseaux un jour ou l'autre. Elle aussi a porté sa part du fardeau car ce n'est pas sans joie mêlée qu'elle a dû se laisser courtiser, déchirée qu'elle était, sans nul doute, entre les délices d'un amour naissant puis à jamais grandissant et l'idée de devoir abandonner la veuve malheureuse et ses garçons.

C'est la raison pour laquelle, bien sûr, Terry prit la relève. Il soulageait la mère sans relâche. Il servait au débit de boissons qui allait avec l'épicerie, comme c'est souvent le cas en France. Très robuste, grand, les épaules larges, les cheveux bruns, il devait parfois vider les ivrognes qui réclamaient davantage à boire et commençaient à faire du grabuge ; le jeune Herbert se cachait sous la table de la cuisine dans ces cas-là, tant il était effrayé par un des habitués en particulier, un gros ouvrier, un géant, qui travaillait à la briqueterie située juste en face de la boutique. Terry accompagnait également sa mère en autobus jusqu'à la grande ville la plus proche, à vingt kilomètres de là ; ils revenaient chargés de provisions qui coûtaient moins cher à Monoprix qu'ils ne les auraient payées au prix de gros (il faut bien se débrouiller à sa modeste façon !).

---

10. **as is... the case :** notez l'absence de sujet devant **is.**
11. **broad-shouldered, dark-haired :** adj. composés : adj. ou n. + imitation du participe passé : **lion-hearted, blue-eyed...**
12. **started behaving : start, begin** sont suivis du n. verbal en - ing ou de l'infinitif ; **behave,** *se conduire, se comporter.*
13. **young Herbert :** pas d'article (appellation familière + n.).
14. **the nearest : near** (adj.) *proche ;* **in the near future,** *dans un proche avenir ;* **a near relative,** *un parent proche.*
15. **groceries :** (n. pluriel) *article d'épicerie.*
16. **wholesale :** *en gros* (≠ **retail,** *au détail) ;* **sale,** *vente.*
17. **have to :** ou **have got to,** équivalent de **must,** employé surtout quand la contrainte est extérieure (ici la guerre).

All this Terry did, and much more in his spare[1] time, because he had quite[2] an "official" occupation too. As a matter of fact he worked in an office in the German submarine base in the big town in question and had another name and a false identity card. Nobody in the family knew anything about this for obvious reasons. And yet strange things happened[3] from time to time[4], which filled Mother and Ron and even[5] Herbert with suspicion. For instance, Terry went away from home, supposedly[6] on business and at quite regular intervals.

One night[7], far into the night[8], he took the train to the distant capital and the two younger brothers bade[9] him farewell in an odd fashion which only Ron could think of[10]. He smuggled a hurricane lamp out of the lean-to and accompanied by Herbert, who admired Ron for his inventiveness, walked stealthily[11] to the nearest level-crossing. The kids hid in a bush by the railway track and at the approach of the rumbling train, Ron, taking Herbert by the hand, rushed[12] out in time to wave[13] goodbye. Seeing the light, the engine[14] driver[15] probably interpreted it as a sign of danger, and the fast train soon slowed down[16]. Long before it came to a standstill[17], quick-witted[18] Ron realized what he had been doing just for love's sake[19].

---

1. **spare :** 1. (ici) *libre* (temps). 2. *disponible, de reste.* 3. *de rechange ;* **spare wheel,** *roue de secours ;* **spare room,** *chambre d'amis.*
2. **quite** [kwait] : *tout à fait* ▲ **quiet** ['kwaɪət], *calme.*
3. **happened : happen,** *arriver* (événement), ou **occur.**
4. **from time to time :** aussi **now and then, now and again.**
5. **even** ['iːvn] : *même ;* **even if, even though,** *même si ;* **even as,** *au moment même où ;* **even now,** *à l'instant même.*
6. **supposedly :** p. passé ou adj. + **ly** = adv. de manière : **immediately, completely, absolutely, quickly...**
7. **one night :** de même, **one day, one morning.**
8. **far into the night :** notez cet emploi de **far** *(loin).*
9. **bade : bid, bade** ou **bid, bidden** ou **bid.** 1. (ici) *dire ;* **bid somebody good-bye,** *dire au revoir à quelqu'un.* 2. *ordonner, commander.*
10. **which only Ron could think of :** notez le rejet de **of** en fin de proposition, obligatoire si on supprime le relatif ; **the chap I was telling you about (about whom I was...)**

Tout cela, Terry le faisait, et bien davantage, dans ses moments de loisir, car il avait une profession tout à fait « officielle » également. En fait il travaillait dans un bureau à la base sous-marine allemande de la grande ville en question, il avait un nom d'emprunt et une fausse carte d'identité ; personne dans la famille n'en savait rien pour des raisons évidentes. Et cependant des choses étranges se passaient de temps en temps, qui remplissaient de soupçons la mère et Ron, et même Herbert. Par exemple, Terry partait pour affaires, « soi-disant », et, qui plus est, à intervalles tout à fait réguliers.

Une nuit, tard dans la nuit, il prit le train pour la lointaine capitale, et les deux jeunes frères lui firent leurs adieux d'une bien étrange manière que seul Ron était capable d'imaginer ; il prit en cachette une lampe tempête dans l'appentis et, accompagné de Herbert qui l'admirait pour son ingéniosité, se dirigea furtivement en direction du passage à niveau le plus proche. Les enfants se cachèrent dans un buisson près de la voie ferrée durant quelques minutes et, le grondement du train approchant, Ron, prenant Herbert par la main, surgit juste à temps pour faire des signes d'adieu ; voyant s'agiter la lampe, le chauffeur de la locomotive prit probablement cela pour un signal de danger et le rapide ne tarda pas à ralentir sa marche. Bien avant qu'il ne s'immobilisât, notre Ron, l'esprit agile, se rendit compte de ce qu'il avait fait juste par amour.

---

11. **stealthily :** *à la dérobée, comme un voleur* (adv. dérivé de **steal, stole, stolen,** *voler* (cf. plus haut).
12. **rushed : rush,** *(se) précipiter.*
13. **to wave :** 1. (ici) *faire signe de la main, agiter le bras.* 2. *flotter, onduler, ondoyer* (blés, cheveux au vent...).
14. **engine :** 1. (ici) *locomotive.* 2. *moteur.* 3. **(fire) engine,** *pompe à incendie.*
15. **driver :** dérivé de **drive, drove, driven,** *conduire ;* de même **garden,** *jardiner,* **gardener,** *jardinier,* **call on,** *visiter,* **caller,** *visiteur :* v. + **er** = n. désignant celui qui fait l'action.
16. **slowed down :** *(se) ralentir ;* **slow** (adj.) *lent.*
17. **standstill :** *arrêt ;* **still,** *calme, paisible, en repos.*
18. **quick-witted :** *à l'esprit* **(wit)** *rapide* **(quick).**
19. **sake :** (employé avec **for**) *pour l'amour de, pour, à cause de ;* **for god's sake !** *pour l'amour de Dieu !* **Do it for her sake,** *fais-le pour elle ;* **for peace's sake,** *pour avoir la paix.*

For love's sake too, to save the sleeping mother any trouble, he galloped home[1] with his little brother on his shoulders and the shaking lantern in his hand. Nobody ever knew[2] what had happened. So many strange things did occur[3] in those strange days. The children slipped into bed, the widow slept on quietly, the train continued its journey but the family still tell the tale — there is always the silver lining[4].

But the clouds soon built up[5] and danger was not long in hemming in the close-knit, reduced family. At irregular intervals there came "visitors" to call upon Terry. There were two of them. One was very tall and dark from head to foot — long black coat, black broad-brimmed hat, black bushy eyebrows in a face that never seemed properly shaved. Yet everything about him looked so neat, so impeccable that it made you feel suspicious somehow. He spoke perfect French too. He was accompanied by a fat balding[6] German officer with the typical accent you hear in films[7], one that will ring in your ears for life.

Both were extremely polite, too polite to be true[8], it seemed, even to Herbert who always grew[9] nervous[10] whenever these two came unexpectedly[11]. In fact, on most of these occasions[12], the boy would[13] shamefully avoid seeing[14] too much of them, leaving his mother to cope[15]. He would go to the back of the garden and walk up and down for endless minutes, not knowing what to do next[16].

---

1. **he galloped home :** ⚠ pas de préposition ; **come, go... home.**
2. **Nobody ever knew :** ⚠ **ever,** pas **never** ! (une seule négation dans la phrase anglaise !).
3. **strange things did occur : did, do, does** ne s'emploient à la forme affirmative que si on veut insister.
4. **silver lining : silver,** *argent ;* **lining,** *doublure ;* allusion à l'expression : **every cloud has a silver lining,** *à quelque chose malheur est bon.*
5. **built up : build up, built, built,** *s'accumuler, augmenter.*
6. **balding :** *qui devient chauve* **(bald) : go** ou **become bald.**
7. **the accent (which) you hear in films :** ⚠ suppression fréquente du relatif ; ⚠ **you** a ici le sens de *on.*

Par amour aussi, pour éviter des ennuis à la mère qui dormait, il se mit à galoper en direction de la maison, son petit frère sur les épaules, la lanterne secouée à la main. Personne ne sut jamais ce qui s'était passé ; il se passait, en effet, tant de choses étranges au cours de ces jours étranges. Les enfants se glissèrent dans leur lit, la veuve continua de dormir tranquillement, le train reprit sa course mais l'histoire circule toujours dans la famille — il y a toujours le bon côté des choses.

Mais les nuages s'amoncelèrent bientôt et le danger ne tarda pas à se presser autour de la famille très unie, réduite. A intervalles irréguliers, il y avait des « visiteurs » qui venaient voir Terry. Il y en avait deux. L'un d'eux était très grand et tout en sombre — long manteau noir, chapeau noir à larges bords, sourcils noirs épais dans un visage qui ne semblait pas très bien rasé. Pourtant tout en lui avait l'air si net, si impeccable que cela vous rendait soupçonneux sans savoir pourquoi ; il parlait aussi un français impeccable. Il était accompagné d'un gros officier allemand, à la calvitie naissante, avec cet accent caricatural que l'on entend dans les films, qui résonne à vos oreilles pour le restant de vos jours.

Ils étaient tous deux extrêmement polis, trop polis pour être honnêtes, semblait-il, même aux yeux de Herbert qui était toujours angoissé quand ces deux arrivaient à l'improviste. En fait, la plupart du temps, dans ces occasions, le petit garçon, honteux, évitait de trop les voir, laissant sa mère se débrouiller avec eux. Il allait habituellement au fond du jardin et marchait de long en large durant d'interminables minutes, ne sachant que faire.

---

8. **too polite to be true :** allusion à **too good to be true,** *trop beau pour être vrai.*
9. **grew : grow, grew, grown** + adj. = *devenir* **(become)** ; on a aussi, dans le même sens : **get, go** + adj. (cf. note 6, p. 36).
10. **nervous :** ⚠ (ici) *énervé, inquiété, agité.*
11. **unexpectedly :** *de manière inattendue ;* **expect,** *s'attendre à.*
12. **on most of these occasions :** notez la préposition **on.**
13. **would :** exprime ici une habitude dans le passé.
14. **seeing :** n. verbal (le fait, l'action de voir).
15. **cope : cope with a situation,** *faire face à une situation.*
16. **next :** (adv.) *ensuite, après.*

Or else he would join his friends and play marbles in the sand heaps that stood on building-sites. Strangely enough [1], houses were being built [2] in the area at the time. God only knew whether they would be of any use one day but Herbert did not in the least enjoy the games. He just couldn't help thinking he was letting his mother down. Nothing good, he sensed, could come out of the blackness that invaded the home. This became obvious to him [3] especially at meal-times when, the visits being closer and closer [4], his brother Terry would tear [5] out through the garden into the wide [6] fields whenever the door bell rang [7] and his mother would swiftly slip the unused plate into the drawer under the table.

Once [8], though, Herbert decided he would stand by his mother. Hardly had the bell rung when [9] the two callers were there. Their politeness had somewhat worn off [10]. They had grown rather brusque in their manners and way of speaking.

"How is it [11]", one of them said flatly, "that your son Terry is never in [12] when we call ?"

"Well, as you know », the widow answered, "he doesn't work in this town"...

"That doesn't prevent him from [13] coming to see his mother from time to time, does it ?"

"Well that's just the point [14]. You see, I don't know what's come over him. It may be something to do with drinking [15]... I don't know...

---

1. **strangely enough :** *très curieusement ;* sure enough, *à coup sûr ;* I'll come sure enough, *je viendrai sans faute.*
2. **houses were being built :** voix passive employée à la forme progressive (forme progressive de **be** + participe passé).
3. **this became obvious to him :** notez cet emploi de **to** *(pour).*
4. **closer and closer :** *de plus en plus proche* **(close)** ; avec un adj. long : more and more interesting.
5. **tear : tear, tore, torn** (ici) *aller à toute allure.*
6. **wide :** 1. (ici) *grand, vaste, immense, ample* 2. *large.*
7. **rang : ring, rang, rung,** 1. *sonner, (faire) tinter* 2. *retentir.*
8. **once :** *une fois ;* twice, *deux fois ;* puis **three, four... times.**
9. **hardly had the bell rung when : hardly** *(à peine),* not

Ou alors il allait rejoindre ses camarades pour jouer aux billes dans les tas de sable qui se trouvaient sur les chantiers de construction ; très curieusement, on bâtissait des maisons dans le quartier à l'époque ; Dieu seul savait si elles serviraient un jour à quoi que ce soit. Mais Herbert n'appréciait pas ces jeux le moins du monde ; il ne pouvait absolument pas s'empêcher de penser qu'il avait laissé tomber sa mère. Rien de bon, il le pressentait, ne pouvait sortir de ces ombres ténébreuses qui avaient envahi sa maison. Cela lui apparut très clairement, surtout à l'heure des repas, lorsque, les visites se faisant de plus en plus rapprochées, son frère Terry sortait précipitamment par le jardin, traversait les champs immenses à chaque coup de sonnette et que sa mère glissait prestement l'assiette inutilisée dans le tiroir placé sous la table.

Un jour, cependant, Herbert décida de rester aux côtés de sa mère. A peine la sonnette avait-elle retenti que les deux visiteurs étaient là. Leur politesse s'était quelque peu émoussée. Il y avait une certaine brusquerie dans leur comportement et leur manière de parler.

« Comment se fait-il », dit l'un d'eux tout net, « que votre fils Terry ne soit jamais là quand nous venons ? »

« Eh bien, comme vous savez », répondit la veuve, « il ne travaille pas dans cette ville... »

« Cela ne l'empêche pas de venir voir sa mère de temps en temps ? »

« Eh bien, justement, voyez-vous, je ne sais pas ce qui lui prend. C'est peut-être la boisson... Je ne sais pas...

---

only, never placés en tête de phrase entraînent la construction interrogative ; notez l'emploi de **when** avec **hardly.**

10. **worn off : wear off, wore, worn,** *s'effacer, disparaître.*

11. **How is it :** aussi **how come,** *comment se fait-il (que...).*

12. **in :** notez cet emploi ; **is Ian in ?** *Ian est-il là ?* (à la maison, chez lui) **No he's out,** *non, il est sorti.*

13. **prevent... from :** *empêcher de :* notez l'emploi de **from.**

14. **point :** 1. *point* (dans une discussion) ; **the point at issue,** *le sujet du débat.* 2. *point essentiel d'un raisonnement ;* **come to the point !** *venez-en au fait.*

15. **it may be something to do with drinking :** ou **perhaps it has something to do with drinking** (*le fait de boire* p. 37 note 14).

But my son hardly[1] visits me these days. He's become impossible... It's horrible !" she said falteringly[2] with tears in her eyes.

"In any case", the officer went on, " we have wasted enough time over this. Your relationship with your son is none of our business[3]. Since[4] we can't see him here, will you please tell him that we want him to come[5] to the Kommandantur any[6] time from now. It won't last more than a quarter of an hour[7], I promise you. We just have a few questions[8] to put to him, that's all. Will you tell him that ?"

"Yes I will", said the terrified mother following the men down the steps out of the house.

The next night, at one a.m.[9] there were loud bangs at the door. The road resounded with heavy footfalls. In that dreadful bustle the widow opened the door as she was demanded[10]. She was accompanied by the dazed children. Terry had gone to Paris (he travelled extensively those days). Sure enough, he didn't have much time to visit. One of the soldiers pounced[11] on Ron and dragged[12] him out. Herbert and his mother were kept in the front[13] bedroom by one of the armed men while the others[14] were busily foraging throughout the house. At one time, the mother, standing between the rifle and Herbert, saw Ron sitting[15] in a car with the big radio-set, a pile of sheets and a few odd[16] objects on his knees.

---

1. **hardly :** *à peine,* ou **barely, scarcely** (cf. p. 38 note 9).
2. **falteringly : falter** 1. *hésiter, s'entrecouper* (voix) 2. *vaciller, chanceler* 3. *faiblir* (courage, mémoire)
3. **none of our business : none** (ici) *aucunement, en aucune façon ;* **business** (ici) *ce qui regarde qqn. ;* **mind your own business !** *occupe-toi de tes affaires !*
4. **since :** (ici) *étant donné que, puisque.*
5. **we want him to come :** proposition infinitive avec **want,** expect, prefer (would) like... ⚠ pronom complément **(him).**
6. **any :** *n'importe,* dans une phrase affirmative.
7. **a quarter of an hour :** on a aussi **half an hour, an hour and a half** (notez la place de l'article).
8. **a few questions :** (a) **few, many** + n. dénombrable pluriel ; (a) **little, much** + n. indénombrable sing. **a little bread.**
9. **one a.m. :** *une heure du matin ;* **two p.m,** *deux heures de l'après-midi.*

Mais mon fils ne vient presque plus me voir ces temps-ci, il est devenu impossible... C'est horrible ! » dit-elle d'une voix tremblante, les larmes aux yeux.

« De toute façon », poursuivit l'officier, « nous avons perdu assez de temps. Vos rapports avec votre fils ne nous regardent pas. Puisque nous n'arrivons pas à le voir, pourriez-vous, s'il vous plaît, lui dire que nous voulons qu'il vienne à la Kommandantur à n'importe quel moment à partir d'aujourd'hui. Il n'y en aura pas pour plus d'un quart d'heure, je vous assure. Nous avons simplement quelques questions à lui poser, c'est tout. Vous lui direz cela ? »

« Oui », dit la mère terrifiée en suivant les hommes qui descendirent l'escalier et sortirent de la maison.

La nuit qui suivit, à une heure, il y eut de grands coups à la porte. La rue résonnait de bruits de pas lourds. Dans cet affreux tintamarre la veuve ouvrit la porte comme on l'exigeait. Elle était accompagnée des deux enfants, effarés. Terry était parti à Paris (il voyageait beaucoup à cette époque-là). Nul doute, il n'avait pas beaucoup le temps de venir à la maison. L'un des soldats se jeta sur Ron et l'entraîna au-dehors. Herbert et sa mère furent gardés dans la chambre qui donnait sur la rue par un des hommes armés tandis que les autres, affairés, fouillaient la maison de fond en comble. A un certain moment, la mère, debout entre le fusil et Herbert, vit Ron assis dans une voiture avec, sur les genoux, le gros poste de radio, une pile de draps et quelques objets divers.

---

10. **as she was demanded :** passif idiomatique ; **demand,** *réclamer, exiger ;* **demand** (n.) *exigence.*
11. **pounced : pounce on** 1. (ici) *s'attaquer à, fondre sur* (proie) 2. *se jeter, se précipiter sur* (un objet).
12. **dragged : drag,** *entraîner quelqu'un contre son gré ;* ⚠ doublement de la consonne finale dans les mots formés d'une seule syllabe (ou de plusieurs dont la dernière est accentuée : **prefer, begin...**) terminée par une seule consonne précédée d'une seule voyelle : **hit, hitting,** mais **speak, speaking.**
13. **front room :** *chambre de devant (***front,** *façade)* ≠ **back room.**
14. **the others :** ou the other soldiers (**other** adj. sans s !)
15. **sitting :** *assis ;* **standing,** *debout ;* **lying,** *couché...*
16. **odd :** 1. (ici) *dépareillé, déparié.* 2. *étrange, bizarre.*

Suddenly seizing her youngest son by the hand she dashed over to the window, flung[1] it open and yelled in the darkness "Kill us both ! Kill us both ! Right[2] now !". They did nothing of the sort but took Ron away with them. It was a long, long sleepless[3] night for the remaining two.

Strangely enough the family was reunited. Ron had indeed been asked quite a few questions and given quite a few knocks... Mistaken identity ? Divine Providence ?... As for Terry he had taken the fast train back[4] and found home as soon as he had been able to[5].

Soon after his return he had to flee[6] once more into the garden and the large meadows beyond, the brothers' football fields. And the interrupted supper was followed by the same conversation except that there was definitely more edge[7] in the voices of the visitors.

Hours after that Terry came out of the darkness. Supper[8] was set for him but to no avail[9]. Mother and son talked on and on[10] for hours. The younger children in the adjoining room could not get to sleep[11]. Broken[12] snatches[13] of conversation came to their troubled minds. "I wouldn't go if I were you[14]"... "Yes, but, what if they decide to... instead of me..." "I'm afraid a quarter of an hour would..." "Don't worry that much[15], I'm sure the best solution... for all of us..."

---

1. **flung : fling, flung, flung,** *jeter vivement, violemment.*
2. **right :** (ici) *tout, tout à fait ;* **right in front of you,** *directement devant vous ;* **right at the start,** *dès le début.*
3. **sleepless :** *sans sommeil* **(sleep) ; sleep, slept, slept,** *dormir*
4. **back :** *de retour ;* **I did the journey there and back in two hours,** *j'ai fait le trajet aller et retour en deux heures.*
5. **and found home as soon as he had been able to :** sous-entendu : **find it ;** effacement fréquent qui évite des répétitions : **would you like to come ? No I don't want to.**
6. **flee : flee, fled, fled,** *fuir, s'enfuir.*
7. **edge :** 1. *tranchant, côté coupant* (d'une lame) 2. *arête, bord,* 3. (ici) *mordant ;* **take the edge off sthg,** *émousser* (appétit), *gâter* (le plaisir), *couper tout l'effet* (d'un argument).
8. **supper :** *souper* ⚠ pas d'article devant les n. de repas.

Saisissant soudain le plus jeune de ses fils par la main, elle se précipita vers la fenêtre, l'ouvrit toute grande d'un geste brusque et s'écria dans les ténèbres : « Tuez-nous tous les deux ! Tuez-nous ! Tout de suite ! » Ils n'en firent rien mais emmenèrent Ron. Ce fut une longue, une très longue nuit sans sommeil pour les deux qui restèrent là.

Curieusement, la famille fut à nouveau réunie. On avait bien posé plus d'une question à Ron et il avait reçu plus d'un coup... Erreur d'identité ? Providence divine ?... Quant à Terry, il était revenu par le rapide et il était rentré à la maison dès qu'il avait pu.

Peu de temps après son retour il avait dû fuir une fois encore par le jardin dans les vastes prairies au-delà, terrains de football des trois frères. Et le souper interrompu fut suivi de la même conversation, à ceci près qu'il y avait nettement plus d'irritation dans la voix des visiteurs.

Des heures après, Terry émergea des ténèbres. Le couvert était mis pour lui mais cela ne servit à rien. La mère et le fils parlèrent des heures et des heures. Les jeunes enfants dans la pièce contiguë ne pouvaient s'endormir. Des bribes de conversations parvenaient à leurs esprits troublés : « Je n'irais pas si j'étais toi »... « Oui, mais... et s'ils décident de... à ma place... » « Je crains qu'un quart d'heure ne... » « Ne t'inquiète pas tant que ça, je suis sûr que la meilleure solution... pour nous tous... »

---

9. **to no avail :** *sans résultat* (l'émotion ayant probablement coupé l'appétit de Terry) ; **your advice was of no avail,** *vos conseils n'ont eu aucun effet.*

10. **on :** marque ici la continuation ; **go on,** *continuez ;* **speak on,** *continuez à parler ;* **and so on,** *et ainsi de suite.*

11. **get to sleep :** ou **go to sleep,** *s'endormir ;* **sleep, slept, slept,** *dormir ;* **go to bed,** *aller se coucher.*

12. **broken : break, broke, broken,** 1. (ici) *interrompre.* 2. *casser.*

13. **snatches : snatch,** *fragment, petit morceau, bout, bribe.*

14. **if I were you : were,** subjonctif, exprime l'hypothèse.

15. **don't worry that much : that** (ici), *si aussi ;* **he isn't that stupid,** *il n'est pas stupide à ce point* **(as much as that).**

At this stage Ron couldn't help saying out loud "Oh no ! He's *not* going to do that, is he ?" By that time Herbert was dreaming of newly built houses crumbling down, of gigantic soldiers smashing mammoth marbles against them.

The morning dawned[1]. Ron had hardly gone to sleep. It was one of those grey Sundays in the middle of April that makes you forget[2] that Spring is afoot[3]. The seasons ran into one another[4] unnoticed[5] in those times[6]. It was always dark winter in your heart. It was certainly not a day which called for final decision-making[7] that leaves your conscience clear as a summer sky. And yet a decision had to be made. The family had just had breakfast in the kitchen as usual. The dining-room, as was mostly the case[8] with such people in France at that time, was a cold state room, as it were, barely used except on solemn occasions, three or four times a year[9] at the most. There was something stale[10] about[11] it. Today Terry was standing there before the huge mirror framed[12] in dark oakwood above the mantlepiece. He was looking into his eyes searchingly[13]. In through the glass door came the mother attended by the two other children.

Terry started[14]. "I think I'll go", he said.

"When ?" the mother asked.

"Now. I had rather be done[15] with it as soon as possible. I've had enough of playing hide-and-seek[16] with those Huns ! I won't be long."

---

1. **dawned : dawn,** *poindre, se lever ;* dawn, *aube.*
2. **that makes you forget :** ⚠ base verbale, sans to, après make ; de même après let.
3. **afoot :** *en marche, en route, en train ;* there's something afoot, *il se prépare* ou *il se trame quelque chose.*
4. **the seasons ran into one another :** notez cet emploi de **run, ran, run** (m. à m... *couraient l'une dans l'autre).*
5. **unnoticed :** *inaperçu ;* notice, *remarquer, s'apercevoir.*
6. **times :** (au pluriel) *époque.*
7. **decision-making :** ⚠ make ou take a decision.
8. **as was mostly the case :** ⚠ **was** n'a pas de sujet ; **mostly** *le plus souvent, la plupart du temps, en général.*
9. **four times a year :** *quatre fois par an* (a ou per year)
10. **stale :** 1. *vieux, passé, qui a perdu sa fraîcheur.* 2. *rassis* (pain), *éventé, plat* (bière, cidre...) 3. *usé, rebattu.*

A ce moment-là Ron ne put s'empêcher de dire tout fort : « Oh, non ! Il ne va pas faire cela, non. » Mais déjà Herbert rêvait à des maisons neuves qui s'écroulaient, à des soldats gigantesques qui les écrasaient au moyen de billes énormes.

Le lendemain matin, l'aube se leva. Ron s'était à peine endormi. C'était un de ces dimanches gris de la mi-avril qui vous font oublier que le printemps est là. Les saisons se succédaient sans qu'on s'en aperçût en ce temps-là. Dans votre cœur c'était toujours le sombre hiver. Ce n'était certes pas un de ces jours propres à favoriser des décisions franches qui vous laissent la conscience claire comme un ciel d'été. Et pourtant il fallait bien décider. La famille venait de prendre le petit déjeuner dans la cuisine, comme d'ordinaire ; la salle à manger, comme c'était pratiquement toujours le cas à cette époque chez de pareilles gens, était une froide pièce d'apparat, pour ainsi dire, rarement utilisée, sauf pour des occasions solennelles, trois ou quatre fois par an tout au plus ; il y régnait une certaine raideur. Aujourd'hui Terry s'y tenait debout, devant l'immense miroir, avec son cadre de chêne sombre, accroché au-dessus du manteau de la cheminée ; il plongeait dans ses yeux un regard pénétrant. Et par la porte vitrée, voici qu'entra la mère accompagnée des deux enfants. Terry sursauta. « Je crois que je vais y aller », dit-il.

« Quand ? » demanda la mère.

« Maintenant. Je préfère en finir le plus vite possible avec ça. J'en ai assez de jouer à cache-cache avec ces Boches ! Je ne serai pas long. »

---

11. **about :** notez cet emploi ; **there's sthg strange about him** : *il y a quelque chose d'étrange en lui, chez lui.*
12. **framed : frame,** *encadrer ;* **frame** (n.) *cadre.*
13. **searchingly :** *de façon pénétrante ;* **search**, *chercher.*
14. **started : start** (ici) *tressaillir ;* **Terry started with fear,** *Terry tressaillit de peur ;* **startle,** *faire tressaillir.*
15. **I had rather be done : I had rather** *(je préférerais),* **I had better** *(je ferais mieux de)* + infinitif sans **to** ; **do** (ici) *finir ;* **have you done with that book ?** *en avez-vous terminé avec ce livre ?* notez l'emploi de **be** par Mary Bowen.
16. **hide-and-seek :** *cache-cache ;* **hide, hid, hidden,** *(se) cacher ;* **seek, sought, sought,** *chercher, rechercher.*

Ron, who had always been quick on the uptake[1], immediately understood where his elder[2] brother intended to go. He could not help talking again, hoping for more response[3] this time, every one being wide awake in the cheerless[4] room.

"You are not going to the Kommandantur, are you ?"

"Mind your own business !" Terry answered curtly.

"You don't believe they're going to keep you for just a quarter of an hour, do you ?"

A slap on the face was Terry's answer. Ron did not wince. Nor did the mother[5], appalled. Very shortly after that, Terry was embracing[6] his two brothers lovingly. He kissed his mother and went out into the grey morning air following the road like an automaton. He stopped within[7] a few hundred yards of his destination. After a few moments'hesitation he became more clearly aware[8] than ever[9] now that that was the only[10] solution if he wanted to spare them[11]. Deliberately[12] he walked the remaining yards[13] and entered[14] the solid[15] stern[16] house by[17] the river, trembling.

---

1. **quick on the uptake :** (fam.) *à la compréhension* **(uptake)** *vive* **(quick)** ≠ slow on the uptake, *lent à comprendre.*
2. **elder :** ⚠ (comparatif de old) *aîné de deux ;* **my elder brother is much older than me,** *mon frère aîné est beaucoup plus âgé de moi.*
3. **response :** 1. (ici) *réaction* 2. *réponse.*
4. **cheerless :** *morne, maussade, triste* ≠ **cheerful,** *gai, plaisant.*
5. **nor did the mother (wince) :** *la mère non plus* (ne broncha pas) **I don't like swimming, nor (ou neither) does he.**
6. **embracing : embrace,** *embrasser, étreindre.*
7. **within :** (ici) *à moins de, pas plus de.*
8. **aware :** 1. (ici) *conscient ;* **become aware of,** *prendre conscience de.* 2. *informé, avisé ;* **politically aware,** *politisé ;* **socially aware,** *au courant des problèmes sociaux.*
9. **ever** (employé dans une phrase affirmative ou interrogative) *jamais* (à un moment quelconque). **Have you ever met a Mr. Wingate ?** *avez-vous jamais rencontré un certain Mr. Wingate ?*
10. **only :** (adj.) *seul, unique ;* **she's an only child,** *c'est une enfant unique.*

Ron, qui avait toujours été prompt à saisir ce qui se passait, comprit immédiatement où son frère avait l'intention d'aller. Il ne put s'empêcher de parler de nouveau, espérant cette fois obtenir une réponse, tout le monde étant bien éveillé dans la salle austère.

« Tu ne vas pas aller à la Kommandantur, non ? »

« Occupe-toi de tes affaires ! » répondit sèchement Terry.

« Tu ne crois quand même pas qu'ils vont te garder là-bas un quart d'heure seulement, non ? »

Il reçut une gifle en guise de réponse. Ron ne broncha pas, ni la mère, atterrée. Très peu de temps après, Terry tenait tendrement serrés contre lui ses deux frères. Il embrassa sa mère, sortit dans l'air gris du matin et suivit la rue, tel un automate ; il s'arrêta à quelques centaines de mètres à peine de son but. Après quelques instants d'hésitation il se rendit compte plus clairement que jamais que c'était là la seule solution s'il voulait les sauver. D'un pas résolu il arpenta les derniers mètres et entra, tremblant, dans la maison massive et sévère située près de la rivière.

---

11. **if he wanted to spare them :** ⚠ **want, like, prefer** ne sont jamais suivis d'une simple base verbale : I dont want **to** work, I prefer **to** play ; **spare,** *épargner.*
12. **deliberately :** 1. *exprès, à dessein, délibérément, de propos délibéré.* 2. *avec mesure, posément.*
13. **he walked the remaining yards : walk** (v. transitif ici) *faire à pied, parcourir ;* **remaining,** *qui reste ;* **remain,** *rester ;* **yard :** *1 yard* = 3 pieds = 91,44 cm.
14. **enter :** ⚠ v. transitif (sans préposition) ; **he entered the house.**
15. **solid :** *solide, massif, plein.*
16. **stern** [stəːn] : 1. *sévère, rigide, austère.* 2. *dur, sombre* (air) 3. *rigoureux, impitoyable* (châtiment) 4. *inflexible* (discipline).
17. **by :** (ici) *près de ;* aussi : **near, beside ; close by, hard by,** *tout près* (de).

RÉVISIONS

1. Il faut bien que tout le monde se débrouille, n'est-ce pas ?
2. Mon époux français m'a raconté cette histoire vraie.
3. Ron, âgé de quatorze ans à l'époque, paraissait bien plus vieux.
4. Herbert aimait l'école et faisait tout ce qu'on lui demandait de faire.
5. Il y avait une veuve dont le mari fut gazé pendant la guerre, la Grande.
6. Elle se maria et quitta le nid comme le font tous les oiseaux.
7. Terry était un homme très fort, grand, aux épaules larges et aux cheveux bruns.
8. Le jeune Herbert allait dans le fond du jardin et marchait de long en large.
9. On bâtissait des maisons dans le quartier à l'époque.
10. Cela ne l'empêche pas de venir voir sa mère de temps en temps, non ?
11. Les autres étaient occupés à fouiller la maison de fond en comble.

1. Everyone has to fend for themselves, haven't they ?
2. I was told this true story by my French husband.
3. Ron aged fourteen at the time looked much older.
4. Herbert enjoyed school and did all that he was asked to do there.
5. There was a widow whose husband was gassed in the war, the Great one.
6. She married and left the nest as all birds will one day or other.
7. Terry was a very strong man, tall, broad-shouldered and dark-haired.
8. Young Herbert would go to the back of the garden and walk up and down.
9. Houses were being built in the area at the time.
10. That doesn't prevent him from coming to see his mother from time to time, does it ?
11. The others were busily foraging throughout the house.

TRUMAN CAPOTE (1924-1984)

A Lamp in a Window

Une lampe à la fenêtre

Truman Capote est né en Louisiane, à la Nouvelle-Orléans. Il passe son enfance dans une plantation de l'Alabama, refusant d'aller au collège. Il écrit ses premières nouvelles dès dix-sept ans puis parcourt l'Amérique en exerçant les métiers les plus divers. Il est tour à tour danseur sur un bateau du Mississippi, peintre sur verre, reporter au *New Yorker*, etc.

« Je me considère essentiellement comme un styliste », a-t-il déclaré un jour dans une interview. Son œuvre présente une grande variété, allant du réalisme le plus brutal (*In cold blood*, roman) à la peinture du monde enchanté de l'enfance (*The grass harp*, roman). Truman Capote a écrit plusieurs recueils de nouvelles, assez courtes et d'une lecture stimulante, parus, comme ses romans, en livres de poche américains (Siguet Books, New American Library) ou anglais (Penguin Books) : *Music for chameleons* (d'où est tirée *A lamp in a window*), *A tree of night, Tea at Tiffany's, A Christmas memory.*

Once I was invited to a wedding ; the bride suggested I drive [1] up from New York with a pair of other guests, a [2] Mr. and Mrs. Roberts, whom I had never met before. It was a cold April day, and on the ride [3] to Connecticut [4] the Robertses [5], a couple in their early forties [6], seemed agreeable enough — no one you [7] would want to spend a long weekend with [8], but not bad.

However [9], at the wedding reception a great deal of liquor [10] was consumed, I should say a third of it by my chauffeurs [11]. They were the last to leave the party — at approximately 11 P.M. — and I was most wary [12] of accompanying [13] them ; I knew they were drunk, but I didn't realize *how* drunk. We had driven about twenty miles [14], the car weaving [15] considerably, and Mr. and Mrs. Roberts insulting each other in the most extraordinary language (really, it was a moment out of *Who's Afraid of Virginia Woolf* [16] *?*), when Mr. Roberts, very understandably [17], made a wrong [18] turn and got lost on a dark country road. I kept asking [19] them, finally begging them, to stop the car and let me out, but they were so involved [20] in their invectives that they ignored me. Eventually [21] the car stopped of its own accord (temporarily) when it swiped against the side of a tree. I used the opportunity to jump out the car's back door [22] and run into the woods.

---

1. **I drive :** subjonctif exprimant l'hypothèse, l'éventualité.
2. **a :** (ici) **a Mr. Roberts,** *un certain monsieur Roberts.*
3. **ride :** 1. (ici) *trajet* 2. *promenade, balade, tour* (à cheval, à bicyclette, en voiture, à moto) ; **ride, rode, ridden.**
4. **Connecticut :** petit État du nord-est des États-Unis.
5. **the Robertses :** ⚠ s aux n. de famille : **the Martins.**
6. **early forties :** *entre 40 et 45 ans* (≠ **late forties**).
7. **you :** (ici) *on ;* de même **we, they,** selon le contexte.
8. **with :** rejeté à la fin de la proposition car il y a suppression du relatif **(no one with whom you would spend...).**
9. **however :** *pourtant, cependant, toutefois, néanmoins.*
10. **liquor** ['lɪkə] : (amér.) *alcools, spiritueux.*
11. **chauffeur(s) :** *chauffeur(s)* (de maître).
12. **wary :** (of) : *prudent, sur ses gardes, circonspect.*
13. **accompanying :** (n. verbal) *le fait d'accompagner,* **accompany.**

Un jour je fus invité à un mariage ; la future mariée me suggéra de venir en voiture de New York avec deux autres invités, un certain Mr. Roberts et sa femme que je n'avais jamais rencontrés auparavant. C'était une froide journée d'avril et durant le voyage qui nous mena dans le Connecticut, les Roberts, un couple d'une quarantaine passée, me semblèrent assez sympathiques, non pas de ces gens avec qui on passerait un long week-end, mais nullement désagréables.

Quoi qu'il en soit, au cours de la réception, on consomma une grande quantité d'alcool ; un tiers, je dirais, fut absorbé par mes chauffeurs. Ils furent les derniers à quitter la fête, aux environs d'onze heures du soir, et je me méfiais beaucoup du retour ; je savais qu'ils étaient saouls mais à quel point, je ne m'en rendais pas compte. Nous avions parcouru à peu près vingt *miles*, la voiture zigzaguant tant et plus et Mr. et Mrs. Roberts s'insultant dans le langage le plus invraisemblable (une véritable scène sortie tout droit de *Qui a peur de Virginia Woolf ?*), lorsque Mr. Roberts, naturellement, tourna dans une mauvaise direction et se perdit sur une route de campagne au milieu des ténèbres. Je leur demandai sans cesse, finalement je les suppliai d'arrêter la voiture et de me laisser sortir mais ils étaient si absorbés dans leurs invectives qu'ils m'oublièrent totalement. Enfin la voiture s'immobilisa d'elle-même (provisoirement) lorsqu'elle heurta le flanc d'un arbre. Je saisis l'occasion pour sortir d'un bond par la porte arrière et m'enfuir à toutes jambes à travers bois.

---

14. **mile :** *1 mile* = 1,609 km ; 5 miles = 8 km, environ (about).
15. **weaving : weave, wove, woven** (ici) *zigzaguer.*
16. ***Who's Afraid of Virginia Woolf ?* :** pièce d'Edward Albee.
17. **understandably : understandable,** *qui se comprend* (aisément).
18. **wrong :** (ici) *qui n'est pas celui qu'il faut* (≠ **right**).
19. **kept asking : keep** (on), **kept, kept** + ing, *ne pas cesser de.*
20. **involved : involve,** *mêler à, impliquer* (dans).
21. **eventually :** ▲ *finalement ;* possibly, *éventuellement.*
22. **to jump out the car's back door : jump,** *sauter ;* ⚠ absence de of en amér. (out of) ; back door ≠ front door.

Presently[1] the cursed vehicle drove off, leaving me alone in the icy[2] dark. I'm sure my hosts never missed[3] me ; Lord[4] knows I didn't miss them.

But it wasn't a joy to be stranded[5] out there on a windy[6] cold night. I started walking, hoping I'd reach[7] a highway. I walked for half an hour without sighting[8] a habitation. Then, just off the road, I saw a small frame[9] cottage with a porch[10] and a window lighted[11] by a lamp. I tiptoed[12] onto the porch and looked in the window ; an elderly[13] woman with soft white hair[14] and a round pleasant face was sitting by a fireside reading a book. There was a cat curled in her lap[15], and several others slumbering at her feet.

I knocked at the door, and when she opened it I said, with chattering[16] teeth : "I'm sorry to disturb you, but I've had a sort of accident ; I wonder if I could use your phone[17] to call a taxi".

"Oh, dear," she said, smiling. "I'm afraid[18] I don't have a phone. Too poor. But please, come in." And as I stepped[19] through the door into the cozy[20] room, she said : "My goodness, boy. You're freezing[21]. Can I make coffee ? A cup of tea ? I have a little whiskey[22] my husband left — he died[23] six years ago."

---

1. **presently :** 1. ▲ (ici) *sous peu.* 2. (amér.) *actuellement.*
2. **icy :** *glacial ;* **ice,** *glace ;* **black ice,** *verglas.*
3. **missed : miss** 1. *noter l'absence de.* 2. *regretter l'absence de ;* **I miss the sunshine,** *le soleil me manque.*
4. **Lord :** (majuscule) *Seigneur ;* **the Lord's day,** *le jour du Seigneur, le dimanche.*
5. **stranded : strand,** *échouer, laisser en rade* ou *en plan.*
6. **windy :** *venteux, exposé au vent* **(wind) ; it's windy today,** *il y a du vent aujourd'hui.*
7. **reach :** *atteindre ;* **I reached London at six o'clock.**
8. **sighting : sight,** *apercevoir ;* **sight** (n.) *vue.*
9. **frame :** 1. (ici) *charpente* (de construction). 2. *cadre.*
10. **porch :** ▲ 1. (ici) (amér.) *véranda.* 2. *porche.*
11. **lighted : light, lighted** ou **lit, lighted** ou **lit,** *éclairer.*
12. **tiptoed : tiptoe,** *aller sur la pointe des pieds* **(on tiptoes).**
13. **elderly :** *assez âgé, d'un certain âge.*
14. **hair :** *cheveux ;* **my hair is white,** *mes cheveux sont blancs.*
15. **lap :** (littéraire) *giron, genoux.*

Peu de temps après, la maudite voiture repartit, me laissant seul dans la nuit glaciale. Je suis persuadé que mes hôtes ne s'aperçurent jamais de ma disparition et Dieu sait qu'ils ne me manquèrent pas.

Mais ce n'était pas réjouissant d'échouer là dans le noir, avec le vent et le froid. Je commençais à marcher, espérant trouver une grand-route. Je marchais pendant une demi-heure sans voir une seule habitation. Puis, tout à coup, un peu à l'écart du chemin, j'aperçus une petite maison de bois avec une véranda et une fenêtre éclairée par une lampe. Sur la pointe des pieds je gagnais la véranda et jetais un coup d'œil à la fenêtre ; une vieille dame aux cheveux blancs et soyeux, au visage rond et gracieux, était assise au coin du feu et lisait un livre. Il y avait un chat pelotonné sur ses genoux et plusieurs autres sommeillaient à ses pieds.

Je frappai à la porte et lorsqu'elle l'ouvrit, je dis en claquant des dents : « Excusez-moi de vous déranger, mais j'ai eu une espèce d'accident ; ça ne vous dérangerait pas si j'utilisais votre téléphone pour appeler un taxi ? »

« Oh, mon Dieu ! » dit-elle en souriant, « je suis désolée mais je n'ai pas le téléphone. Manque d'argent. Mais je vous en prie, entrez. » Et au moment où je franchis le seuil et pénétrai dans la pièce confortable, elle ajouta : « Mon Dieu, jeune homme ! Vous êtes frigorifié. Permettez-moi de vous faire du café. Ou bien une tasse de thé ? J'ai un peu de whisky que mon mari m'a laissé... Il est mort il y a six ans. »

---

16. **chattering : chatter** 1. *claquer des dents.* 2. *jacasser, jaser.*
17. **I wonder if I could use your phone :** m. à m. *je me demande si je pourrais utiliser...* **wonder** ou **ask oneself.**
18. **I'm afraid :** (excuse polie) **I'm afraid I can't do it,** *je regrette, je suis désolé, je crains de ne pouvoir le faire.*
19. **stepped : step,** *faire un pas* **(a step).**
20. **cozy :** (amér.), **cosy,** *douillet, confortable.*
21. **freezing : freeze, froze, frozen,** *geler.*
22. **whiskey :** orthographe amér. et irlandaise de *whisky.*
23. **died : ⚠ die,** *mourir ;* **be dead,** *être mort ;* **death,** *la mort.*

I said a little whiskey would be very welcome.

While [1] she fetched it I warmed [2] my hands at the fire and glanced [3] around the room. It was a cheerful [4] place [5] occupied by six or seven cats of varying [6] alley [7]-cat colors [8]. I looked at the title of the book Mrs. Kelly [9] — for that was her name, as I later learned — had been reading : it was *Emma* by Jane Austen [10], a favorite writer of mine [11].

When Mrs. Kelly returned with a glass of ice [12] and a dusty quarter-bottle [13] of bourbon, she said : "Sit down, sit down. It's not often I have company. Of course, I have my cats. Anyway, you'll spend the night ? I have a nice little guest [14] room that's been waiting such a long time for a guest. In the morning you can walk to the highway and catch a ride [15] into town, where you'll find a garage to fix [16] your car. It's about five miles away."

I wondered aloud how she could live so isolatedly, without transportation or a telephone ; she told me her good friend, the mailman [17], took care of all her shopping needs. "Albert. He's really so dear and faithful [18]. But he's due [19] to retire next year. After that I don't know what I'll do. But something will turn up [20]. Perhaps a kindly new mailman. Tell me, just what sort of accident did you have ?"

---

1. **while :** 1. (ici) *pendant que.* 2. *tandis que, alors que* (= whereas) ; you like pop music while I prefer jazz.
2. **warmed : warm** (v.) *(se) chauffer ;* warm (adj.) *chaud, tiède.*
3. **glanced : glance,** *jeter un coup d'œil* (a glance).
4. **cheerful :** *plaisant, agréable, gai, animé* (≠ cheerless).
5. **place : ▲** *endroit, lieu ;* square, circus, *place* (publique).
6. **varying :** ou various, *varié, divers ;* vary, *varier.*
7. **alley :** *ruelle, allée ;* blind alley, *impasse.*
8. **colors :** pas de u en amér. : colo(u)r, hono(u)r, humo(u)r...
9. **the book (which) Mrs. Kelly... :** effacement très fréquent de which, whom, relatifs compléments ; the man I know.
10. **Jane Austen :** (1775-1817), romancière anglaise.
11. **of mine :** ⚠ he's a friend of mine (one of my friends) ; a friend of yours, a friend of hers, a friend of his...
12. **ice :** *glace ;* ice cube, *glaçon* (boisson) ; icicle (au toit).

Je lui dis qu'une goutte de whisky serait tout à fait bienvenue.

Pendant qu'elle allait en chercher, je me chauffais les mains au feu de bois et promenais mon regard autour de la pièce. Elle était agréable et occupée par six ou sept chats de différentes couleurs, des chats de gouttières. Je regardai le titre du livre que lisait Mrs. Kelly (car tel était son nom, comme je l'appris plus tard) : c'était *Emma* de Jane Austen, un de mes écrivains préférés.

Quand Mrs. Kelly revint avec un verre de glaçons et une bouteille de bourbon recouverte de poussière, elle dit : « Asseyez-vous. Asseyez-vous. Ce n'est pas souvent que j'ai de la compagnie. Bien sûr, j'ai mes chats. N'importe comment, vous passez la nuit là ? J'ai une belle petite chambre d'amis qui est prête depuis si longtemps à accueillir un invité. Le matin vous pourrez aller à pied jusqu'à la grand-route et de là vous faire emmener en voiture à la ville où vous trouverez un garage pour réparer votre voiture. C'est environ à cinq miles d'ici. »

Je me demandais tout haut comment elle pouvait vivre dans un tel isolement, sans moyen de transport et sans téléphone ; elle me dit que son grand ami le facteur se chargeait de tous ses besoins en ravitaillement. « Albert. Il est vraiment si charmant et si dévoué. Mais il doit prendre sa retraite l'année prochaine. Après ça, je ne sais pas ce que je vais faire. Mais quelque chose se présentera. Peut-être un autre gentil facteur. Mais, racontez-moi, qu'est-ce que vous avez eu comme accident au juste ? »

---

13. **quarter-bottle :** *bouteille d'un quart.*
14. **guest :** *invité, hôte ;* **paying guest,** *hôte payant.*
15. **catch a ride : get a lift,** *se faire prendre en stop* (p. 50 note 3).
16. **to fix :** (ici amér. ou fam.) *réparer,* aussi **repair, mend.**
17. **mailman :** (amér.), **postman,** *facteur ;* **mail, post,** *courrier.*
18. **faithful :** *fidèle, loyal ;* **faith.** 1. *confiance.* 2. *foi.*
19. **due :** (ici) *attendu, qui doit arriver ;* **the train is due to arrive at 4 p. m.,** *le train doit arriver à 16 heures.*
20. **turn up :** ou **happen, occur,** *arriver, se présenter.*

When I explained the truth of the matter [1], she responded [2] indignantly [3] : "You did exactly the right [4] thing. I wouldn't set [5] foot in a car with a man who had sniffed [6] a glass of sherry. That's how I lost my husband. Married [7] forty years, forty happy years, and I lost him because a drunken driver ran him down. If it wasn't for my cats..." She stroked an orange tabby purring [8] in her lap.

We talked by [9] the fire until my eyes grew heavy [10]. We talked about Jane Austen ("Ah, Jane. My tragedy is that I've read all her books so often I have [11] them memorized"), and other [12] admired authors : Thoreau, Willa Cather, Dickens, Lewis Carroll, Agatha Christie, Raymond Chandler, Hawthorne, Chekhov, De Maupassant — she was a woman with a good and varied mind ; intelligence illuminated her hazel eyes like the small lamp shining on the table beside [13] her. We talked about the hard Connecticut winters, politicians, far [14] places ("I've never been abroad, but if ever I'd had the chance [15], the place I would have gone is Africa. Sometimes I've dreamed of it, the green hills, the heat, the beautiful giraffes, the elephants walking about"), religion ("Of course, I was raised a Catholic, but now, I'm almost sorry to say [16], I have an open mind [17].

---

1. **matter :** (ici) *sujet, question, affaire ;* it's a matter of opinion, *c'est une question d'opinion.*
2. **responded : respond,** 1. *répondre à.* 2. *réagir à ;* responsive, *qui répond bien, qui réagit comme il faut* (≠ irresponsive).
3. **indignantly :** *d'un ton, d'un air indigné* (indignant).
4. **right :** *approprié, qui convient ;* he's the right man in the right place, *c'est l'homme qu'il nous faut* (≠ wrong p. 1 note 18).
5. **set : set, set, set** (ici) *mettre, poser, placer.*
6. **sniffed : sniff** 1. *respirer, renifler.* 2. *flairer, respirer l'odeur de.*
7. **married :** sous-entendu we were married (notez les phrases courtes, sans verbes, prononcées par Mrs Kelly (« Too poor... too much reading...) ; ceci ajoute au mystère.
8. **purring : purr** (2 r !) *ronronner ;* (n.) *ronronnement.*
9. **by :** *à côté (de) ;* close by, *tout à côté (de).*
10. **grew heavy :** m. à m. *devinrent lourds ;* **grow, grew, grown** ou get, got, got + adj. = *devenir ;* grow old, *vieillir.*

Quand je lui eus expliqué la vérité, elle répondit, indignée : « Vous avez fait exactement ce qu'il fallait faire. Je ne mettrais pas les pieds dans une voiture avec un homme qui aurait touché un verre de xérès. C'est comme ça que j'ai perdu mon mari. Quarante ans de mariage, quarante ans de bonheur et je l'ai perdu parce qu'un chauffeur ivre l'a écrasé. Si je n'avais pas mes chats... » Elle caressa un chat tigré, orange, qui ronronnait sur ses genoux.

Nous bavardâmes près du feu jusqu'à ce que je sentisse s'alourdir mes paupières. Nous parlâmes de Jane Austen (« Ah, Jane. Mon malheur, c'est que j'ai lu si souvent ses livres, que je les connais par cœur ») et d'autres auteurs favoris : Thoreau, Willa Cather, Dickens, Lewis Carroll, Agatha Christie, Raymond Chandler, Hawthorne, Tchekhov, Maupassant. C'était une femme à l'esprit solide et ouvert ; l'intelligence éclairait ses yeux couleur noisette comme la petite lampe qui brillait sur la table, près d'elle. Nous parlâmes des hivers rigoureux du Connecticut, d'hommes politiques et de contrées lointaines (« Je ne suis jamais allée à l'étranger », dit-elle, « mais si jamais j'en avais eu l'occasion c'est en Afrique que je serais allée. Il m'est arrivé d'en rêver, les vertes collines, la chaleur, les belles girafes, les éléphants en liberté »), de religion (« Bien sûr, j'ai été élevée dans le catholicisme, mais maintenant j'ai presque honte de le dire, j'ai les idées larges.

---

11. **so often I have :** omission de **that** en amér. dans **so that.**
12. **other :** adj. ici, donc sans s ; mais **the others** (pronom).
13. **beside :** *à côté de,* ⚠ **besides,** *en outre.*
14. **far :** ⚠ (adj. ici) *lointain, éloigné.*
15. **chance :** ▲ 1. *occasion* 2. *hasard ;* **by chance,** *par hasard.*
16. **I'm almost sorry to say :** m. à m. *je suis presque désolé de dire.*
17. **I have an open mind :** m. à m. *j'ai un esprit* **(mind)** *ouvert.*

Too much reading, perhaps"), gardening [1] ("I grow [2] and can [3] all my own [4] vegetables ; a necessity"). At last : "Forgive my babbling on [5]. You have no idea how much pleasure it gives me. But it's way [6] past [7] your bedtime. I know it is mine."

She escorted me upstairs, and after I was comfortably arranged in a double bed [8] under a blissful [9] load [10] of pretty scrap-quilts [11], she returned to wish me goodnight, sweet dreams. I lay awake thinking about it. What an exceptional experience — to be an old woman living alone here in the wilderness [12] and have a stranger knock on your door in the middle of the night and not only open it but warmly welcome him inside [13] and offer him shelter [14]. If our situations had been reversed, I doubt that I would have had the courage, to say nothing of the generosity.

The next morning [15] she gave me breakfast in her kitchen. Coffee and hot oatmeal with sugar and tinned [16] cream, but I was hungry and it tasted [17] great [18]. The kitchen was shabbier [19] than the rest of the house ; the stove, a rattling [20] refrigerator, everything seemed on the edge [21] of expiring. All except one large, somewhat modern object, a deep-freeze that fitted [22] into a corner of the room.

---

1. **reading, gardening :** n. verbaux ; to garden, *jardiner.*
2. **grow : grow, grew, grown** (ici) *faire pousser, faire croître.*
3. **can : to can** (surtout amér.) *mettre en conserve ;* **can** 1. (amér). *boîte de conserve* 2. *boîte métallique.*
4. **own :** *propre ;* **with my own eyes,** *de mes propres yeux.*
5. **my babbling on :** m. à m. *mon action de jaser* **(babble + ing** = n. verbal) ; exprime ici l'idée de continuation.
6. **way :** (adv.) *(très) loin* (dans l'espace ou dans le temps) ; **it way back in the twenties,** *ça remonte aux années vingt.*
7. **past :** (ici) *au-delà de* (dans le temps et dans l'espace).
8. **double bed :** *lit à deux personnes ;* **single bed** *(lit à une personne).*
9. **blissful :** *qui possède* ou *donne la félicité* **(bliss).**
10. **load :** 1. (souvent au pl.) *tas de, masse(s) de.* 2. *fardeau, poids.*
11. **scrap :** *morceau, fragment, bout, reste inutile.*
12. **wilderness :** *étendue déserte, région reculée* ou *sauvage.*
13. **inside :** (ici adv.) *à l'intérieur.*
14. **shelter :** 1. *abri, refuge* 2. (figuré) *asile.*

Trop de lectures, peut-être »), de jardinage (« Je cultive moi-même mes légumes et je les mets en conserve. Par nécessité »). Enfin elle dit : « Pardonnez mon incessant bavardage. Vous n'avez pas idée combien ça me fait plaisir. Mais vous devriez être au lit depuis longtemps. Moi, je sais que c'est mon heure. »

Elle m'accompagna dans l'escalier et quand je me trouvai confortablement installé dans un grand lit, au comble du bonheur, sous une montagne de jolis édredons en patchwork, elle revint pour me dire bonne nuit et me souhaiter de beaux rêves. Je demeurai éveillé et réfléchis à tout cela. Quelle expérience exceptionnelle ! Voici une vieille dame qui vit seule ici en pleine cambrousse ; un inconnu frappe à sa porte au milieu de la nuit et non seulement elle lui ouvre mais elle l'accueille chaleureusement dans sa maison et lui offre l'hospitalité. Si les rôles avaient été renversés, je doute que j'aurais eu le courage d'en faire autant, sans parler de la générosité.

Le lendemain matin elle m'offrit le petit déjeuner dans sa cuisine. Du café et des flocons d'avoine chauds avec du sucre et de la crème en boîte, mais j'avais faim et cela me parut délicieux. La cuisine était plus vétuste que le reste de la maison ; la cuisinière, un réfrigérateur branlant, tout semblait sur le point de s'écrouler. Tout, sauf un gros appareil, plutôt neuf, un congélateur, logé dans un coin de la pièce.

---

15. **the next morning :** m. à m. *le matin suivant (***next,** *prochain).*
16. **tinned : tin,** *mettre* (des conserves) *en boîte* (**tin,** n.).
17. **tasted : to taste,** *avoir un goût* (**a taste**) ; **it tastes nice.**
18. **great :** (fam.) *formidable, sensas(tionnel), génial.*
19. **shabbier : shabby,** *minable, délabré, miteux, en piteux état.*
20. **rattle :** *faire du bruit, s'entrechoquer, ballotter.*
21. **edge :** *bord, arête ;* **on the edge of disaster.**
22. **fitted : fit,** *s'ajuster à, s'adapter à, s'emboîter, aller bien.*

She was chatting on[1] : "I love birds. I feel so guilty about not tossing them crumbs during the winter. But I can't have them gathering[2] around the house. Because of the cats. Do you care for cats ?"

"Yes, I once[3] had a Siamese named[4] Toma. She lived to be twelve[5], and we traveled everywhere together. All over the world. And when she died I never had the heart[6] to get another[7]."

"Then maybe you will understand this," she said, leading[8] me over to the deep-freeze, and opening it. Inside was nothing but[9] cats : stacks[10] of frozen, perfectly preserved cats — dozens of them. It gave me an odd sensation. "All my old friends. Gone to rest[11]. It's just[12] that I couldn't bear[13] to lose them. *Completely*." She laughed, and said : "I guess[14] you think I'm a bit dotty."

A bit dotty. Yes, a bit dotty, I thought as I walked under grey skies in the direction of the highway she had pointed out[15] to me. But radiant : a lamp in a window.

---

1. **chatting on : chat,** *bavarder, babiller ;* **on** exprime l'idée de continuation.
2. **gathering : gather,** *(se) rassembler ;* gathering (n.) *rassemblement.*
3. **once :** *jadis, autrefois, à un moment donné ;* once upon a time there was a king, *il y avait une fois un roi.*
4. **named : to name,** *nommer, appeler ;* a name, *un nom.*
5. **she lived to be twelve :** pour un chat on emploie souvent **she** ; notez cette façon de dire (cf. traduction).
6. **heart :** 1. (ici) *courage ;* **lose heart,** *se décourager.* 2. *cœur.*
7. **another : ⚠ another** s'écrit en un seul mot.
8. **leading : lead, led, led,** *conduire, mener* (⚠ orthographe !).
9. **but :** (ici) *excepté, sauf ;* aussi **except.**

Elle ne tarissait pas : « J'adore les oiseaux. Je me sens si coupable de ne pas leur jeter de miettes pendant l'hiver. Mais je ne peux pas les faire venir autour de la maison. A cause des chats. Vous aimez les chats ? »

« Oui, à une époque j'avais un siamois nommé Toma. Il a vécu jusqu'à l'âge de douze ans et nous voyagions partout ensemble. Dans le monde entier. Et lorsqu'il est mort, je n'ai pas eu le courage d'en prendre un autre. »

« Alors peut-être comprendrez-vous ceci », dit-elle en me conduisant jusqu'au congélateur et en l'ouvrant. A l'intérieur il n'y avait que des chats, des chats empilés les uns sur les autres, surgelés, parfaitement conservés, des douzaines de chats. Cela me fit une étrange impression. « Tous mes vieux amis. Partis pour le repos éternel. Je ne pouvais simplement pas me résoudre à m'en séparer. *Complètement.* » Elle se mit à rire et dit : « Je suppose que vous me croyez un peu timbrée. »

Un peu timbrée. Oui, légèrement timbrée, me dis-je en marchant sous le ciel gris dans la direction de la grand-route qu'elle m'avait indiquée. Mais rayonnante, une lampe à la fenêtre.

---

10. **stacks :** (fam.) **he's got stacks of things to do,** *il a plein de choses à faire ;* **stack,** *pile, tas.*
11. **rest :** (n.) *repos ;* **he was laid to rest on Thursday,** *on l'a inhumé jeudi.*
12. **just :** (ici) *seulement ;* **just a moment, please,** *un instant, je vous prie.*
13. **bear : bear, bore, born,** *supporter.*⚠ **support,** *encourager.*
14. **guess :** 1. (ici amér.) *supposer, croire, penser.* 2. *deviner.*
15. **point out :** *montrer, désigner, indiquer* (du doigt).

RÉVISIONS

1. Les Roberts avaient entre quarante et quarante-cinq ans.
2. Je ne cessais de les supplier de me laisser sortir.
3. Je marchai pendant une demi-heure sans voir une habitation.
4. Je me demande si je pourrais utiliser votre téléphone pour appeler un taxi.
5. « Mon mari est mort il y a six ans », dit la vieille femme assise près du feu.
6. Le titre du livre était *Emma* de Jane Austen, un de mes écrivains favoris.
7. Le facteur doit prendre sa retraite l'année prochaine.
8. « Vous avez fait exactement ce qu'il fallait faire ».
9. « Je ne suis jamais allée à l'étranger », dit la vieille femme aux cheveux blancs et soyeux.
10. Je cultive moi-même mes légumes et je les mets en conserve.
11. Pardonnez mon incessant bavardage.
12. Vous n'avez pas idée combien cela me fait plaisir.
13. J'avais faim et c'était délicieux.
14. J'adore les oiseaux... Aimez-vous les chats ?

1. **The Robertses were in their early forties.**
2. **I kept begging them to let me out.**
3. **I walked for half an hour without sighting a habitation.**
4. **I wonder if I could use your phone to call a taxi.**
5. **"My husband died six years ago", said the old woman sitting by the fire.**
6. **The title of the book was *Emma* by Jane Austen, a favorite writer of mine.**
7. **The mailman is due to retire next year.**
8. **"You did exactly the right thing".**
9. **"I've never been abroad", said the old woman with soft white hair.**
10. **I grow and can my own vegetables.**
11. **Forgive my babbling on.**
12. **You have no idea how much pleasure it gives me.**
13. **I was hungry and it tasted great.**
14. **I love birds. Do you care for cats ?**

DYLAN THOMAS (1914-1953)

After The Fair

Après la fête

Dylan Thomas est né au Pays de Galles où il passe son enfance et sa jeunesse. Après des études secondaires dans une école de Swansea où son père est professeur, il devient reporter au *South Wales Evening Post*. Dès l'âge de vingt ans, il attire l'attention par un recueil de poèmes intitulé *Eighteen poems*. Sa réputation s'affirme avec *Twenty-five poems* (1936) et *The map of love* (1938). Pendant la guerre, Dylan Thomas, déclaré inapte au service national, travaille pour la BBC et collabore à la production de films. En 1940, il publie *Portrait of the artist as a young dog*, recueil de récits plus ou moins autobiographiques avec pour thèmes majeurs l'enfance et la nature (J.M. Dent and Sons Ltd). C'est en 1946 que paraît l'un de ses meilleurs recueils poétiques, peut-être, *Deaths and Entrances*, suivi de *In a country sleep* et de *Collected poems* (1934-1952) (J.M. Dent and Sons Ltd). En 1953, le poète gallois meurt brutalement à New York au cours d'une tournée de lectures poétiques. Deux œuvres posthumes paraissent : *Adventures in the skin trade*, roman inachevé, ainsi que *Under Milk Wood*, pièce radiophonique, disponible en disque, avec la voix de l'auteur ou celle de Richard Burton, son non moins célèbre compatriote.

The collected stories de Dylan Thomas sont publiées par J.M. Dent and Sons Ltd. Comme dans ses poèmes, on y trouve l'atmosphère du Pays de Galles, l'influence de la Bible, de Rimbaud, Eliot, Joyce et surtout Hopkins. Les thèmes sont les mêmes : le passage de l'enfance à l'adolescence, de l'adolescence à la maturité, la sexualité et par-dessus tout la mort.

The fair[1] was over[2], the lights in the coconut stalls were put out, and the wooden[3] horses stood still[4] in the darkness, waiting for the music and the hum of the machines that would set them trotting forward[5]. One by one, in every booth, the naphtha jets were turned down and the canvases[6] pulled over the little gaming[7] tables. The crowd went home, and there were lights in the windows of the caravans.

Nobody had noticed the girl. In her black clothes she stood against the side of the roundabouts, hearing the last feet tread[8] upon the sawdust and the last voices die in the distance. Then, all alone on the deserted ground, surrounded by the shapes of wooden horses and cheap fairy boats[9], she looked for a place to sleep. Now here and now[10] there, she raised[11] the canvas that shrouded[12] the coconut stalls and peered into the warm darkness. She was frightened to step[13] inside, and as a mouse scampered across the littered shavings on the floor, or as the canvas creaked and a rush of wind set it dancing, she ran away and hid again near the roundabouts. Once she stepped on the boards ; the bells round a horse's throat[14] jingled and were still ; she did not dare breathe[15] again until all was quiet[16] and the darkness had forgotten the noise of the bells. Then here and there she went peeping for[16] a bed, into each gondola, under each tent.

---

1. **fair :** fun fair, *fête foraine ;* cattle fair, *foire à bestiaux.*
2. **over :** (adv.) the meeting is over, *la réunion est terminée.*
3. **wooden :** *en bois* (wood) ; golden, *en or* (gold)...
4. **still :** (adj.) *en repos ;* keep still, *ne bougez pas.*
5. **set them trotting forward :** m. à m. *les faisaient trotter en avant ;* 1. set it dancing ; set, set + - ing, *faire faire.*
6. **canvases : canvas** 1. *toile* (tente, voile). 2. *toile à peindre.*
7. **gaming : game** (v.) *jouer, risquer au jeu ;* aussi gamble.
8. **tread :** ⚠ infinitif sans to ou p. présent en - ing après hear, see, watch, feel... (v. de perception) ; **tread, trod, trodden,** *fouler, écraser.*
9. **cheap fairy boats : cheap** 1. *bon marché.* 2. *de qualité médiocre ;* **fairy,** *fée ;* fairy tale, *conte de fées.*
10. **now... now :** ⚠ notez cet emploi de **now,** *tantôt... tantôt.*
11. **raise : raise,** *lever, soulever* (quelque chose) ⚠ rise, rose, risen, *se lever* (personne, soleil, vent...).

La fête foraine avait pris fin, les lumières dans les boutiques de noix de coco étaient éteintes et les chevaux de bois, immobiles dans le noir, attendaient la musique et le ronronnement des moteurs qui les feraient reprendre leur course. Une à une, dans chaque baraque, les lampes à pétrole étaient baissées, les bâches, tirées sur les petites tables de jeux. La foule rentrait et il y avait de la lumière aux fenêtres des roulottes.

Personne n'avait remarqué la petite fille. Vêtue d'habits noirs, elle se tenait tout contre les manèges, elle entendait les derniers pas qui piétinaient la sciure et les dernières voix qui se perdaient dans le lointain. Puis, toute seule sur le champ de foire désert, entourée des formes des chevaux de bois et des bateaux magiques délabrés, elle chercha un endroit pour dormir. Tantôt ici, tantôt là, elle soulevait la toile qui drapait les boutiques de noix de coco et scrutait la nuit tiède. Elle avait peur de pénétrer à l'intérieur et quand une souris détalait sur le plancher jonché de copeaux ou que la toile grinçait et qu'une rafale de vent la faisait ballotter, elle s'enfuyait en courant et se cachait de nouveau près des manèges. Une fois elle grimpa sur les planches ; les grelots qu'un cheval portait autour du cou se mirent à tinter et puis se turent ; elle n'osa plus reprendre sa respiration tant que le calme ne fut pas complètement revenu et que la nuit n'eut pas oublié le son des grelots. Puis, ici et là, d'un regard furtif, elle chercha un refuge dans chaque gondole, dans chaque tente.

---

12. **shrouded : shroud,** *envelopper d'un linceul* **(shroud).**
13. **to step :** *faire un pas* **(a step),** *des pas, aller, marcher.*
14. **throat :** *gorge ;* **I've a sore throat,** *j'ai mal à la gorge.*
15. **she did not dare breathe : ⚠ dare** est à la fois v. ordinaire et auxiliaire modal ; **she dared not answer** (p. 67 note 19). **⚠ breathe** [bri:ð], *respirer ;* **breath** [breθ] *souffle, haleine.*
16. **until all was quiet :** m. à m. *jusqu'à ce que* **(till)** *tout fût calme* ou *tranquille* **(quiet). ⚠ quite,** *tout à fait.*
17. **peeping for : peep,** 1. *regarder à la dérobée.* 2. *regarder par une ouverture ;* **for** indique l'idée de chercher.

But there was nowhere, nowhere in all the fair for her to sleep. One place [1] was too silent, and in another was the noise of mice [2]. There was straw in the corner of the Astrologer's tent, but it moved [3] as she touched it ; she knelt [4] by its side and put out her hand ; she felt a baby's hand upon her own [5].

Now there was nowhere, so slowly she turned [6] towards the caravans on the outskirts [7] of the field, and found all but two [8] to be unlit [9]. She waited, clutching [10] her empty bag, and wondering [11] which [12] caravan she should disturb. At last she decided to knock upon the window of the little, shabby [13] one [14] near her, and, standing on tiptoes [15], she looked in. The fattest [16] man she had ever seen was sitting in front of the stove, toasting a piece of bread. She tapped three times on the glass, then hid [17] in the shadows. She heard him come to the top of the steps and call out "Who ? Who ?" but she dared not answer. "Who ? Who ?" he called again.

She laughed [18] at his voice which was as thin as he was fat.

He heard her laughter and turned to where the darkness concealed her. "First you tap", he said, "then you hide, then you laugh".

She stepped into the circle of light, knowing she need no longer hide [19] herself.

---

1. **place :** ▲ *endroit ;* square, *place ;* room, *de la place* (espace).
2. **mice :** pl. irr. de **mouse,** *souris.* ▲ **man,** *men ;* **woman, women ; child, children ; tooth, teeth ; penny, pence** (valeur), **pennies** (pièces).
3. **moved : move,** *bouger, se déplacer ;* move (n.) *mouvement.*
4. **knelt : kneel, knelt, knelt,** *s'agenouiller ;* knee, *genou.*
5. **own :** *propre, personnel ;* I saw it with my own eyes.
6. **turned : turn,** *se (re) tourner* ▲ pas de réfléchi en anglais.
7. **outskirts :** 1. *bord, limite.* 2. *lisière.* 3. *faubourg.*
8. **all but two :** ou **all except two** ▲ notez ce sens de **but.**
9. **unlit :** *non éclairé ;* **light, lit, lit** (ou régulier) *éclairer.*
10. **clutching : clutch,** *empoigner, étreindre, saisir.*
11. **wondering : wonder** (sans réfléchi), **ask oneself,** *se demander.*

Mais il n'y avait nulle part, nulle part où dormir, dans toute la foire. Tel endroit était trop silencieux et dans tel autre, il y avait le bruit des souris. Il y avait de la paille dans le coin de la tente de l'Astrologue mais elle s'anima quand elle la toucha ; elle s'agenouilla à côté et tendit la main ; elle sentit une main de bébé contre la sienne.

Maintenant il n'y avait plus un recoin, aussi, lentement, elle se tourna en direction des roulottes stationnées à la limite du champ de foire et s'aperçut que toutes sauf deux étaient éteintes. Elle attendit, serrant contre elle son sac vide et se demandant laquelle elle allait déranger. Enfin elle décida de frapper à la fenêtre de la petite roulotte minable qui se tenait auprès d'elle et, se dressant sur la pointe des pieds, jeta un coup d'œil à l'intérieur. L'homme le plus gros qu'elle eût jamais vu était assis devant le fourneau et grillait un morceau de pain. Elle tapa trois coups à la vitre, puis se cacha dans l'ombre. Elle l'entendit venir jusqu'au sommet des marches et appeler : « Qui est là ? Qui ? », mais elle n'osa pas répondre. « Mais qui est-ce ? » reprit-il.

Elle se mit à rire de sa voix qui était aussi mince qu'il était gros.

Il entendit son rire et se tourna vers les ténèbres qui la dissimulaient. « Pour commencer tu frappes », dit-il, « après tu te caches, ensuite tu te mets à rire. »

Elle s'avança dans le cercle de lumière, comprenant qu'elle n'avait plus besoin de se cacher.

---

12. **which :** indique un choix ; s'emploie aussi comme interrogatif : **which (film) did you prefer, Bergman's or Woody Allen's ?**
13. **shabby :** *usé, rapé, pauvre, minable.*
14. **one :** pronom souvent employé pour éviter la répétition d'un n. (ici **caravan**) ; **give me the blue book, not the red one.**
15. **on tiptoes :** *sur la pointe des pieds.*
16. **the fattest :** superlatif de **fat**, *gras, gros, corpulent.*
17. **hid : hide, hid, hidden** *(se) cacher.*
18. **laughed : laugh,** *rire ;* **laugh at,** *se moquer de ;* **be the laughing stock of,** *être la risée de ;* **laugh** (n.), **laughter,** *rire.*
19. **she need no longer hide :** comme **dare** (p. 65 note 15) **need** est à la fois v. ordinaire et auxiliaire modal ; **need, dare** fonctionnent comme modaux surtout en négation et interr.

"A girl", he said. "Come in, and wipe your feet [1]". He did not wait but retreated into his caravan, and she could do nothing but follow him [2] up the steps and into the crowded [3] room. He was seated [4] again, and toasting the same piece of bread. "Have you come in ?" he said, for his back was towards her [5].

"Shall I close the door [6] ?" she asked, and closed it before he replied [7].

She sat on the bed and watched him toast the bread until it burnt.

"I can toast better than you", she said.

"I don't doubt [8] it", said the Fat Man.

She watched him put the charred toast upon a plate [9] by his side, take another round of bread and hold that, too, in front of the stove. It burnt very quickly.

"Let me toast it for you", she said. Ungraciously he handed her the fork and the loaf [10].

"Cut it", he said, "toast it, and eat it".

She sat on the chair.

"See the dent [11] you've made on my bed", said the Fat Man. "Who are you to come in and dent my bed ?"

"My name is Annie", she told him.

Soon all the bread was toasted and buttered [12] , so she put it in the centre of the table and arranged two chairs.

"I'll have [13] mine on the bed," said the Fat Man. "You'll have it here."

---

1. **wipe your feet :** ⚠ emploi du possessif avec les n. de parties du corps et de vêtements ; **I wash my hands,** *je me lave les mains.*
2. **but follow him :** m. à m. *sauf le suivre ;* pour **but** cf. p. 66 note 8.
3. **crowded :** *bondé, plein, encombré ;* **crowd** (n.) 1. *foule.* 2. *groupe, bande.* 3. (fam.) *grand nombre (de), tas (de).*
4. **he was seated :** ou **he was sitting.** ⚠ **seat** 1. *asseoir, faire asseoir.* 2. *contenir tant de places ;* **sit, sat, sat,** *être assis* (état, position) ; **sit down,** *s'asseoir* (mouvement).
5. **his back was towards her :** m. à m. *son dos était vers elle ;* **toward(s)** (ici) *vers, du côté de, dans la direction de.*
6. **shall I close the door :** *veux-tu que je ferme la porte ?* ⚠ **shall** est employé surtout à la forme interrogative avec **I** et **we** ; il sert à suggérer, à proposer ; **shall I help you ?**

« Une petite fille », dit-il. « Entre et essuie-toi les pieds ! » Il ne l'attendit pas mais se retira dans le fond de la roulotte et elle ne put rien faire d'autre que de monter les marches derrière lui et d'entrer dans la pièce encombrée. Il était de nouveau assis et grillait le même morceau de pain. « Tu es entrée ? » dit-il, car il lui tournait le dos.

« Je ferme la porte ? » demanda-t-elle et elle la ferma sans attendre de réponse.

Elle était assise sur le lit et le regardait griller le pain jusqu'à ce qu'il se mît à brûler.

« Je sais griller mieux que toi ! » dit-elle.

« Je n'en doute pas », dit le gros bonhomme.

Elle le regarda mettre le toast calciné sur une assiette près de lui, prendre une nouvelle tranche de pain et la tenir, elle aussi, devant le fourneau. Elle ne tarda pas à brûler...

« Laisse-moi faire », dit-elle. De mauvaise grâce, il lui passa la fourchette et la miche de pain.

« Coupe », dit-il, « fais le toast et mange. »

Elle était assise sur la chaise.

« Regarde le creux que tu as fait sur mon lit », dit l'homme. « Pour qui tu te prends, pour entrer chez moi et déformer mon lit comme ça ? »

« Je m'appelle Annie », lui dit-elle.

Bien vite le pain fut grillé et beurré, et elle le mit alors au centre de la table et disposa deux chaises.

« Moi, je vais manger sur le lit », dit le gros bonhomme. « Toi, tu vas manger ici. »

---

7. **before he replied : ⚠ before,** *avant que* (conjonction).
8. **doubt** [daut] : *douter de ;* **I doubted my own eyes,** *je n'en croyais pas mes yeux ;* **doubt,** *doute ;* **no doubt,** *sans doute.*
9. **plate : ▲** *assiette ;* dish, *plat.*
10. **loaf :** *miche* (de pain) pl. **loaves ⚠** pl. en - ves de la majorité des m. en f et fe (⚠ **handkerchiefs, roofs,** *toits).*
11. **see the dent (which) you have made on my bed : dent,** *marque de coup, bosselure ;* **dent** (v.) *bosseler, cabosser* (voiture...).
12. **buttered : ⚠** butter, comme **dent** et **toast**, est à la fois verbe (**to butter,** *beurrer*) et nom (**butter,** *beurre*).
13. **have :** (ici) *prendre* (repas, boisson).

When they had finished their supper, he pushed back[1] his chair and stared[2] at her across the table.

"I am the Fat Man," he said. "My home[3] is Treorchy[4] ; the Fortune-Teller next[5] door is Aberdare."

"I am nothing to do with[6] the fair," she said, "I am Cardiff[7]".

"There's a town"[8], agreed the Fat Man. He asked her why she had come away.

"Money", said Annie.

Then he told her about the fair and the places he had been to[9] and the people he had met. He told her his age and his weight and the names[10] of his brothers and what he would call his son. He showed her a picture of Boston Harbour and the photograph of his mother who lifted weights[11]. He told her how summer looked[12] in Ireland.

"I've always been a fat man", he said, "and now I'm the Fat Man ; there's nobody to touch[13] me for fatness." He told her of a heat-wave in Sicily and of the Mediterranean Sea. She told him of the baby in the Astrologer's tent.

"That's the Stars[14] again", he said.

"The baby'll die[15]", said Annie.

He opened the door and walked out into the darkness[16]. She looked about[17] her but did not move[18], wondering if he had gone to fetch a policeman.

---

1. **pushed back : push,** *pousser ;* **back,** *en arrière, vers l'arrière.*
2. **stare :** 1. *regarder fixement.* 2. *ouvrir de grands yeux.*
3. **home :** (ici) *patrie, terre natale, pays natal.*
4. **Treorchy... Aberdare :** villes du Pays de Galles **(Wales).**
5. **next :** *prochain, suivant, le plus proche ;* **my next door neighbour,** *mon voisin immédiat.*
6. **I am nothing to do with...** notez l'emploi de **be** et le sens de **do ; I am** (ou have) **nothing to do with it,** *je n'y suis pour rien, je n'ai rien à y voir.*
7. **I am Cardiff :** I am from Cardiff ; malicieuse, Annie imite le colosse (« **the Fortune Teller... is Aberdare** »).
8. **there's a town :** that's a town.
9. **the places he had been to :** the places to which he had been : la suppression du relatif complément d'objet indirect **(which, whom)** entraîne le rejet de la préposition **(to...).**
10. **names : name,** *nom ;* first name, *prénom ;* family

Quand ils eurent terminé leur souper, il recula sa chaise et regarda fixement la petite fille par-dessus la table.

« Je suis l'homme le plus gros du monde », dit-il. « Ma ville natale, c'est Treorchy ; la diseuse de bonne aventure à côté, c'est Aberdare. »

« Moi, je n'ai rien à voir avec la foire », dit-elle, « moi, c'est Cardiff. »

« Ça c'est une ville », approuva le gros bonhomme. Il lui demanda pourquoi elle était partie.

« L'argent », dit Annie.

Puis il lui parla de la foire, des endroits où il était allé et des gens qu'il avait rencontrés. Il lui dit son âge et son poids et les prénoms de ses frères et celui qu'il donnerait à son fils. Il lui montra un tableau représentant le port de Boston et la photographie de sa mère qui était haltérophile. Il lui parla de l'été en Irlande.

« J'ai toujours été gros », dit-il, « et maintenant je suis l'homme le plus gros du monde, et il n'y a personne qui m'arrive à la cheville pour les kilos. » Il lui parla d'une vague de chaleur en Sicile et de la mer Méditerranée. Elle lui parla du bébé qu'elle avait vu dans la tente de l'Astrologue.

« Ça c'est encore un coup des Étoiles », dit-il.

« Le bébé va mourir », fit Annie.

Il ouvrit la porte et disparut dans les ténèbres. Elle promena son regard autour d'elle mais demeura immobile, se demandant s'il était allé chercher un agent de police.

---

name, second name, *nom de famille ;* **nickname,** *surnom.*

11. **lifted weights : lift,** *soulever ;* **weight lifting,** *haltérophilie ;* **weight lifter,** *haltérophile.*

12. **looked : look,** *sembler, paraître, avoir l'air.*

13. **touch** [tʌtʃ] : (ici) *égaler, valoir ;* **there's nothing to touch mountain air to give you an appetite.**

14. **the Stars :** c'est ainsi que le colosse appelle l'astrologue.

15. **die :** *mourir.* ⚠ **be dead,** *être mort ;* **death,** *la mort.*

16. **walked out into the darkness :** m. à m. *marcha hors* (de la roulotte) *pour entrer dans* **(into)** *les ténèbres* **(darkness)** ; **dark,** *sombre.*

17. **about :** (ici) *autour de ;* **he likes to walk about the streets,** *il aime flâner dans les rues.*

18. **did not move :** m. à m. *ne bougea pas.*

It would never[1] do[2] to be caught[3] by the policeman again. She stared through the open door into the inhospitable night and drew her chair closer to[4] the stove.

"Better to be caught in the warmth,"[5] she said. But she trembled at the sound of the Fat Man approaching, and pressed her hands upon her thin breast as he climbed up the steps like a walking mountain. She could see him smile through the darkness.

"See what the stars have done," he said, and brought in[6] the Astrologer's baby in his arms.

After she had nursed it against her and it had cried on the bosom[7] of her dress, she told him how she had feared his going[8].

"What should I be doing with a policeman ?"

She told him that the policeman wanted her. "What have you done for a policeman to be wanting you ?"

She did not answer but took the child nearer to her wasted[9] breast. He saw her thinness[10].

"You must eat, Cardiff," he said.

Then the child began to cry. From a little wail its voice rose into a tempest[11] of despair. The girl rocked it to and fro[12] on her lap, but nothing soothed[13] it.

---

1. **never :** (ici) *ne... pas du tout ;* **he never said a word,** *il n'a pas dit le moindre mot ;* **I never slept a wink,** *je n'ai pas fermé l'œil ;* **never fear,** *n'ayez aucune crainte.*
2. **do :** (ici) *faire l'affaire, convenir ;* **that will do,** *cela suffit, c'est bien ainsi.*
3. **caught : catch, caught, caught,** *attraper, saisir, prendre.*
4. **drew her chair closer to :** m. à m. *tira sa chaise plus près de ;* **draw, drew, drawn,** *tirer ;* **close to,** *(tout) près de.*
5. **better be caught in the warmth :** sous-entendu, **it's better...** m. à m. *c'est mieux d'être prise dans la chaleur ;* **warmth,** *chaleur, tièdeur ;* **heat** (grande) *chaleur.* (adj. **warm** et **hot**).
6. **brought in : bring, brought, brought,** *apporter ;* **in** indique que le colosse porte le bébé dans la caravane.
7. **bosom** ['buzəm] : 1. (ici) *haut* (de robe). 2. *poitrine, sein.*
8. **how she had feared his going :** m. à m. *combien elle avait redouté son fait de partir ;* **going,** n. verbal en - **ing.**

Ça ne ferait pas du tout son affaire d'être de nouveau ramassée par l'agent. Elle jeta par la porte ouverte un regard fixe sur la nuit hostile et rapprocha sa chaise du fourneau.

« Tant qu'à se faire prendre, autant avoir chaud », dit-elle. Mais elle tremblait en entendant le gros homme qui approchait et elle serrait ses mains contre sa poitrine amaigrie alors qu'il escaladait les marches, pareil à une montagne vivante. Elle le vit sourire dans la pénombre.

« Regarde ce qu'il a fait, Etoiles », dit-il, portant le bébé de l'Astrologue dans ses bras.

Après qu'elle l'eut bercé contre elle et qu'il eut pleuré sur le corsage de sa robe, elle confia à l'homme toutes les craintes que lui avait causées son départ.

« Qu'est-ce que tu veux que je fasse avec un agent de police ? »

Elle lui dit que l'agent la recherchait. « Qu'est-ce que tu as fait pour qu'on te recherche ? »

Elle ne répondit pas mais serra plus fort l'enfant contre sa poitrine décharnée. Il vit combien elle était maigre.

« Il faut que tu manges, Cardiff », dit-il.

Puis le bébé se mit à pleurer. Une plainte légère monta d'abord pour se déchaîner en une rage de désespoir. La petite fille le berçait sur ses genoux mais rien ne le calmait.

---

9. **wasted :** *affaibli, usé, amaigri, décharné.*
10. **thinness :** *maigreur ;* **thin,** *mince, maigre* (≠ **thick**).
11. **from a little wail its voice rose into a tempest :** m. à m. *à partir d'un gémissement* **(wail)** *sa voix* **(voice)** *monta* **(rose)** *pour se transformer en* **(into)** *une tempête.* ⚠ parlant d'un bébé on emploie **its, it,** à moins qu'on ne veuille en préciser le sexe.
12. **to and fro :** *avec un mouvement de va-et-vient, de long en large ;* **move to and fro,** *aller et venir.*
13. **soothed : soothe,** *calmer, apaiser ;* **soothing,** *apaisant.*

"Stop it ! Stop it !" said the Fat Man, and the tears increased[1]. Annie smothered[2] it in kisses, but it howled again.

"We must do something," she said.

"Sing it a lullaby[3]."

She sang, but the child did not like her singing[4].

"There's only one[5] thing," said Annie, "we must take[6] it on the roundabouts." With the child's arm around her neck she stumbled[7] down the steps and ran towards the deserted fair, the Fat Man panting[8] behind her.

She found her way through[9] the tents and stalls into the centre of the ground where the wooden horses stood waiting, and clambered[10] up on to a saddle. "Start the engine", she called out. In the distance the Fat Man could be heard cranking[11] up the antique machine that drove the horses all the day into a wooden gallop. She heard the spasmodic humming of the engines ; the boards rattled under the horse's feet. She saw the Fat Man get up by her side, pull the central lever, and climb on to the saddle of the smallest horse of all. As the roundabout started, slowly at first and slowly gaining speed, the child at the girl's breast stopped crying[12] and clapped its hands[13].

---

1. **increased : increase** [ɪn'kriːs], *(s') augmenter, (s') accroître.*
2. **smother** ['smʌðə] : *étouffer ;* **smother-love**, *amour maternel possessif* ou *dévorant.*
3. **lullaby** ['lʌləbaɪ] : *berceuse ;* lull (n.) *accalmie, pause ;* lull (v.) *apaiser, calmer ;* lull a child to sleep.
4. **her singing :** *son action, son fait de chanter.* ⚠ le n. verbal s'emploie avec tous les déterminants du nom (the girl's singing...) en position de sujet, d'objet...
5. **one :** (ici) *un(e) seul(e), unique.*
6. **take... on :** généralement **take to,** *emmener, conduire à.*
7. **stumbled : stumble,** *trébucher, faire un faux pas.*
8. **panting : pant,** *haleter ;* **pant for breath,** *chercher à reprendre son souffle.*

« Arrête ! Arrête ! » disait le gros bonhomme et les larmes coulaient de plus belle. Annie étouffait l'enfant de baisers mais il hurlait à nouveau.

« Il faut faire quelque chose », dit-elle.

« Chante-lui une berceuse. » Elle chanta mais l'enfant n'appréciait guère.

« Il ne reste plus qu'une chose à faire », dit Annie, « il faut l'emmener sur les manèges. » L'enfant agrippé à son cou, elle descendit les marches en trébuchant et courut en direction de l'esplanade déserte, suivie du gros homme pantelant.

Elle se fraya un chemin entre les tentes et les boutiques pour arriver jusqu'au centre du champ de foire où les chevaux de bois les attendaient et elle se hissa sur une selle. « Mets le moteur en marche », cria-t-elle. Au loin on pouvait entendre l'homme remonter à la manivelle la vieille machine qui tout le jour poussait les chevaux de bois dans leur galop. Elle entendit le ronflement convulsif des moteurs ; les planches vibraient sous les pas des chevaux. Elle vit le gros homme se redresser près d'elle, tirer sur le levier central et monter sur la selle du plus petit d'entre tous. Quand le manège s'ébranla, lentement d'abord, puis gagnant peu à peu de la vitesse, l'enfant tout contre la poitrine de la petite fille cessa de pleurer et se mit à battre des mains.

---

9. **found her way through :** m. à m. *trouva son chemin à travers.*
10. **clambered : clamber,** *grimper en s'aidant des pieds et des mains ;* **clamber** (n.) *escalade difficile.*
11. **cranking : crank up,** *faire partir à la manivelle* **(crank).**
12. **stopped crying : stop, go on, keep on** *(continuer)* sont suivis du gérondif ou n. verbal (v. **+ ing**) ; **start, begin** sont suivis du gérondif ou de l'infinitif : **it started raining** ou **it started to rain.**
13. **clapped its hands : clap one's hands,** *claquer des mains, applaudir.*

The night wind tore[1] through its hair, the music jangled[2] in its ears. Round and round[3] the wooden horses sped[4], drowning[5] the cries of the wind with the beating[6] of their hooves[7].

And so the men from the caravans found them, the Fat Man and the girl in black with a baby in her arms, racing[8] round and round on their mechanical steeds[9] to the ever[10] -increasing music of the organ[11].

---

1. **tore : tear, tore, torn** (ici) *aller à toute allure ;* **she tore up the stairs,** *elle monta les escaliers quatre à quatre.*
2. **jangled : jangle,** *faire un bruit de ferraille ;* **jangle** (n.) *bruit discordant.*
3. **round :** (adv.) *autour de* (un centre, un pivot) ; **the earth revolves round an imaginary axis,** *la terre tourne autour d'un axe imaginaire.*
4. **sped : speed, sped,sped,** *aller vite, se hâter ;* **speed,** *vitesse.*
5. **drowning : drown** 1. (ici) *couvrir* (un son). 2. *(se) noyer.*

Le vent de la nuit passait, rapide, à travers ses cheveux, la musique discordante parvenait à ses oreilles. Tour après tour, les chevaux de bois filaient à vive allure, étouffant les cris du vent du battement de leurs sabots.

Et c'est ainsi que les forains sortis de leurs roulottes les trouvèrent, le gros bonhomme et la petite fille en noir avec un bébé dans les bras, tournant, tournant encore, emportés sur leurs coursiers mécaniques, accompagnés par la musique toujours plus forte de l'orgue de Barbarie.

---

6. **beating : beat, beat, beaten,** *battre, frapper.*
7. **hooves :** ou hoofs (cf. p. 69 note 10) ; **hoof,** *sabot* (d'animal).
8. **racing : race,** *aller à toute vitesse,* **race** (n.) *course.*
9. **steeds : steed** (poétique) *coursier, cheval.*
10. **ever :** (ici) *toujours, sans cesse ;* **ever ready,** *toujours prêt ;* **an ever-present recollection,** *un souvenir toujours présent.*
11. **organ :** *orgue ;* (ici) **barrel-organ,** *orgue de Barbarie.*

RÉVISIONS

1. Personne n'avait remarqué la petite fille habillée de noir.
2. Elle s'enfuit en courant et se cacha de nouveau près des manèges.
3. Elle attendit, se demandant quelle roulotte elle allait déranger.
4. Elle se moqua de sa voix qui était aussi mince qu'il était gros.
5. « Entre et essuie-toi les pieds », dit l'homme le plus gros qu'elle eût jamais vu.
6. Elle le regarda mettre le toast calciné sur une assiette près de lui.
7. Il lui parla des endroits où il était allé.
8. Ça ne ferait pas du tout son affaire d'être ramassée par l'agent.
9. Elle le vit sourire dans les ténèbres.
10. Qu'est-ce que tu as fait pour qu'un agent de police te recherche ?
11. La petite fille le berçait (le bébé) sur ses genoux.
12. Il n'y a qu'une chose à faire, il faut l'emmener sur les manèges.

1. **Nobody had noticed the girl in her black clothes.**
2. **She ran away and hid again near the roundabouts.**
3. **She waited, wondering which caravan she should disturb.**
4. **She laughed at his voice which was as thin as he was fat.**
5. **"Come in and wipe your feet", said the fattest man she had ever seen.**
6. **She watched him put the charred toast upon a plate by his side.**
7. **He told her about the places he had been to.**
8. **It would never do to be caught by the policeman.**
9. **She could see him smile through the darkness.**
10. **What have you be doing for a policeman to be wanting you ?**
11. **The girl rocked it to and fro on her lap.**
12. **There's only one thing to do, we must take it on the roundabouts.**

SAKI (1870-1916)

The Open Window

La fenêtre ouverte

H.H. Munro, alias Saki, tire son pseudonyme de la dernière strophe d'un des *Rubaiyat* d'Omar Khayyam. Né en Birmanie, élevé en Angleterre à Bedford Grammar School, il entreprend de nombreux voyages à travers l'Europe. Il entre ensuite dans la police montée de Birmanie. Atteint de fièvres, il doit être rapatrié moins d'un an après. Il devient alors correspondant de presse dans les Balkans, à Varsovie, à Saint-Pétersbourg et à Paris. Rentré en Angleterre en 1908, il se consacre à la littérature. En 1914, il s'engage dans l'armée. Il est tué sur le front français en 1916.

Saki a écrit plusieurs dizaines de nouvelles toutes contenues dans *The Penguin complete Saki* (Penguin Books). On trouve aussi en livre de poche (Picador published by Pan Books) une anthologie intitulée *The best of Saki*. L'œuvre de Saki est pleine d'humour glacé, mordant, de personnages bizarres, pittoresques, conventionnels ou farfelus, cyniques ou naïfs, tels Reginald et Clovis. Elle le place au rang des grands humoristes anglais, fort prisé par Graham Greene qui a présenté une sélection de ses nouvelles, avec préface (The Bodley Head Ltd).

"My aunt will be down presently[1], Mr. Nuttel", said a very self-possessed[2] young lady of fifteen ; "in the meantime you must try and put up[3] with me."

Framton Nuttel endeavoured to say the correct[4] something which should duly flatter the niece of the moment without unduly discounting[5] the aunt that was to come[6]. Privately he doubted more than ever whether these formal visits on a succession of total strangers[7] would do much towards helping[8] the nerve cure which he was supposed to be undergoing.

"I know how it will be", his sister had said when he was preparing[9] to migrate to this rural retreat ; "you will bury yourself down there and not speak to a living soul[10], and your nerves will be worse than ever from[11] moping. I shall just give you letters of introduction to all the people I know there. Some of them, as far as[12] I can remember, were quite nice."

Framton wondered[13] whether Mrs. Sappleton, the lady to whom he was presenting one of the letters of introduction, came into the nice division.

"Do you know many of the people round here ?" asked the niece, when she judged that they had had sufficient[14] silent[15] communion.

"Hardly[16] a soul," said Framton. "My sister was staying here, at the rectory, you know, some[17] four years ago, and she gave me letters of introduction to some of the people here."

---

1. **presently :** ▲ I. *bientôt, tout à l'heure.* 2. (amér.) *actuellement ;* at present, *à présent, actuellement.*
2. **self-possessed :** *maître de soi, qui garde son sang-froid.*
3. **you must try and put up with :** notez l'emploi de **and ;** de même : come and see me ; go and take it.
4. **correct :** (ici) *correct, convenable, bienséant, d'usage.*
5. **discounting :** discount, *ne pas faire cas de ;* I discount half of what he says, *je divise par deux tout ce qu'il dit.*
6. **was to come :** be to + v. indique quelque chose de prévu (souvent officiel) : President Reagan is to address the nation on T.V next Tuesday (ici la tante doit descendre, on l'attend).
7. **strangers :** he's a stranger to me, *je ne le connais pas.*
8. **would do much towards helping :** m. à m. *ferait beaucoup vers le fait d'aider* (helping, nom verbal : v. + ing)

« Ma tante va bientôt descendre, Mr. Nuttel », dit une jeune fille de quinze ans, parfaitement maîtresse d'elle-même ; « en attendant il vous faudra supporter ma présence. »

Framton Nuttel s'efforça de trouver les paroles adéquates qui flatteraient comme il se doit la nièce du moment sans trop négliger la tante qu'il allait rencontrer. En son for intérieur il doutait plus que jamais que ces visites protocolaires rendues à une série de personnes parfaitement étrangères pussent contribuer beaucoup à améliorer les effets de la cure qu'il était censé subir pour ses nerfs.

« Je sais comment ça va être », lui avait dit sa sœur, alors qu'il s'apprêtait à émigrer vers cette retraite pastorale ; « tu vas t'enterrer là-bas sans parler à âme qui vive et tes nerfs se porteront plus mal que jamais à force de broyer du noir. Je vais quand même te donner des lettres d'introduction pour tous les gens que je connais là-bas. Certains d'entre eux, autant que je me rappelle, étaient tout à fait charmants. »

Framton se demanda si Mrs Sappleton, à qui il venait présenter une de ces lettres d'introduction, entrait dans la catégorie des gens charmants.

« Connaissez-vous beaucoup de gens par ici ? » demanda la nièce quand elle estima qu'ils étaient restés assez longtemps en silence tous les deux.

« Pratiquement personne », dit Framton. « Ma sœur a séjourné ici au presbytère, vous savez, il y a à peu près quatre ans, et elle m'a donné des lettres d'introduction pour quelques personnes. »

---

9. **preparing : prepare** (sans pronom réfléchi) *se préparer.*
10. **soul :** 1. (ici) *être.* cf. « **Hardly a soul** » plus loin. 2. *âme.*
11. **from :** (ici) *de, à cause de, par suite de, par.*
12. **as far as : as far as I know** *(pour) autant que je sache.*
13. **wondered : wonder,** *se demander ;* aussi **ask oneself.**
14. **sufficient :** *suffisant ;* **sufficient money,** *assez d'argent.*
15. **silent :** *silencieux, peu loquace :* **be silent,** *se taire.*
16. **hardly :** *à peine ;* syn. **scarcely, barely ; hardly had the treaty been signed when it was broken,** *à peine avait-on signé le traité qu'il fut rompu.*
17. **some :** (ici) *quelque, environ ;* **some twenty men were present.**

He made the last statement[1] in a tone[2] of distinct[3] regret.

"Then you know practically nothing about my aunt ?" pursued the self-possessed young lady.

"Only her name and adress," admitted the caller[4].

He was wondering whether Mrs. Sappleton was in the married or widowed[5] state[6]. An undefinable something about[7] the room seemed to suggest masculine habitation.

"Her great tragedy happened[8] just three years ago," said the child ; "that would be since your sister's time[9]."

"Her tragedy ?" asked Framton ; somehow[10] in this restful[11] country spot[12] tragedies seemed out of place[13].

"You may wonder why we keep that window wide[14] open on an October afternoon[15], said the niece, indicating a large French window that opened on to[16] a lawn.

"It is quite warm[17] for the time of the year," said Framton ; "but has that window got anything to do with the tragedy ?"

"Out through that window, three years ago to a day, her husband and her two young brothers went off for their day's shooting[18]. They never came back.

---

1. **statement :** *déclaration, affirmation, dires ;* make a statement (pas do).
2. **in a tone :** *d'un ton,* notez l'emploi de **in.**
3. **distinct :** (ici) *marqué, net, caractérisé.*
4. **caller :** *visiteur ;* call on sb, *rendre visite à quelqu'un.*
5. **widowed : widow** (v. généralement au participe passé) *rendre veuf* ou *veuve ;* a widow, *une veuve ;* a widower, *un veuf.*
6. **state :** *état, condition ;* the married state, *l'état de mariage.*
7. **about :** notez ce sens. There is something mysterious about this room ; there is something ridiculous about him.
8. **happened : happen,** *arriver* (événement) ; syn. occur, take place.
9. **time :** (ici) *époque* (où la sœur de Framton vivait là) ; at this time of the year, *à cet époque-ci* (cf. plus loin).
10. **somehow :** *pour une raison ou pour une autre, je ne m'explique pas pourquoi, pour une raison quelconque.*
11. **restful :** *reposant ;* rest, *repos ;* to rest, *se reposer.*
12. **spot :** *endroit, lieu ;* beauty spot, *site touristique.*

Il prononça ces dernières paroles sur un ton de regret évident.

« Alors vous ne savez presque rien sur ma tante ? » poursuivit la jeune fille, pleine d'assurance.

« Seulement son nom et son adresse », reconnut le visiteur.

Il se demanda si Mrs. Sappleton était mariée ou veuve. Quelque chose d'indéfinissable dans la pièce semblait évoquer une présence masculine.

« Son grand drame a eu lieu il y a juste trois ans », dit l'enfant ; « cela devait être du temps de votre sœur. »

« Son grand drame ? » demanda Framton ; il ne savait pourquoi, dans ce paisible coin de campagne, les drames ne semblaïent pas avoir leur place.

« Vous vous demandez peut-être pourquoi nous gardons cette fenêtre grande ouverte un après-midi d'octobre », dit la nièce en indiquant une grande porte-fenêtre qui donnait sur une pelouse.

« Il fait tout à fait chaud pour la saison », dit Framton, « mais est-ce que cette fenêtre a quelque chose à voir avec le drame ? »

« Par cette porte-fenêtre, il y a trois ans jour pour jour, son mari et ses deux jeunes frères sont partis pour leur journée de chasse. Ils ne sont jamais revenus.

---

13. **place :** *endroit, lieu ;* **there is no place for surprise,** *il ne peut pas y avoir de surprise ;* **out of place,** *déplacé.*
14. **wide :** (adv.) *largement, tout grand ;* **wide** (adj.) *large.*
15. **on an October afternoon :** notez l'emploi de **on ; on Monday.**
16. **opened on to :** *donnait sur* (porte, porte-fenêtre) ; **open** *(s') ouvrir ;* **look into, overlook,** *donner sur* (fenêtre, maison).
17. **warm :** (assez) *chaud, tiède ;* **hot** (très) *chaud, brûlant.*
18. **their day's shooting :** emploi du génitif pour exprimer une durée : **a week's holiday ; shoot (at) shot, shot,** *tirer (sur).*

In crossing the moor to their favourite snipe-shooting ground they were all three engulfed in a treacherous[1] piece of bog. It had been that dreadful wet summer, you know, and places that were safe in other years gave way suddenly without warning[2]. Their bodies were never recovered. That was the dreadful part[3] of it." Here the child's voice lost its self-possessed note and became falteringly[4] human. "Poor aunt always thinks that they will come back some day[5], they and the little brown spaniel that was lost[6] with them, and walk in at that window just as they used to[7] do. That is why the window is kept open[8] every evening till it is quite dusk[9]. Poor dear aunt, she has often told me how they went out, her husband with his white waterproof[10] coat over his arm, and Ronnie, her youngest brother, singing, "Bertie, why do you bound ?" as he always did to tease her, because she said it got on her nerves[11]. Do you know, sometimes on still[12], quiet evenings like this, I almost get a creepy[13] feeling that they will all walk in through that window."

She broke off[14] with a little shudder[15]. It was a relief to Framton[16] when the aunt bustled[17] into the room with a whirl of apologies[18] for being late in making her appearance.

"I hope Vera has been amusing you ?" she said.

"She has been very interesting," said Framton.

---

1. **treacherous :** ['tretʃərəs] *traître, perfide ;* road conditions are treacherous, *il faut se méfier de l'état des routes.*
2. **without warning :** m. à m. *sans avertir ;* warn, *avertir.* N.B. : emploi du gérondif avec les prépositions sauf to : *pour, afin de.* Come in without knocking. Thank you for coming.
3. **the dreadful part :** m. à m. *la partie terrible* (du drame).
4. **falteringly :** *d'une voix hésitante ;* falter, *hésiter* (voix).
5. **some day :** *un jour quelconque, un jour ou l'autre.*
6. **was lost :** m. à m. *fut perdu ;* lose, lost, lost, *perdre.*
7. **used to :** exprime une habitude antérieure désormais abandonnée (les chasseurs étant morts).
8. **kept open :** keep, kept, kept, *garder, conserver.*
9. **dusk ;** *crépuscule ;* at dusk, *à la nuit tombante ;* syn. twilight.
10. **waterproof :** (n. et adj.) *imperméable, étanche* (montre...).

En traversant la lande en direction du terrain de chasse à la perdrix où ils aimaient aller de préférence, ils furent tous trois engloutis dans un dangereux marécage. Il y avait eu cet été affreux, humide, vous savez, et des endroits qui étaient sûrs les autres années cédaient soudain, de façon imprévue. On ne retrouva jamais leurs corps. C'est ce qui fut le plus épouvantable. » Ici la voix de l'enfant perdit ce ton plein d'assurance et, tremblante, se fit plus humaine. « Ma pauvre chère tante croit toujours qu'ils reviendront un jour, eux et le petit épagneul brun qui disparut en même temps, et qu'ils entreront par cette porte tout comme ils avaient l'habitude de le faire. C'est pour cette raison qu'elle laisse la porte ouverte jusqu'à ce qu'il fasse complètement nuit. Pauvre tante ! Elle m'a souvent raconté comment ils étaient partis, son mari avec son imperméable blanc sur le bras et Ronnie, son plus jeune frère, en chantant : « Bertie, pourquoi sautes-tu ? », comme il le faisait toujours pour la taquiner parce qu'elle disait que cette chanson lui tapait sur les nerfs. Savez-vous, quelquefois, pendant des soirées calmes et tranquilles comme celle-ci, j'ai presque l'impression, à en frémir, qu'ils vont rentrer par cette porte. »

Elle s'interrompit en tremblant légèrement. Ce fut un soulagement pour Framton lorsque, à grand fracas, la tante entra dans la pièce en se répandant en excuses pour avoir tardé à se présenter.

« J'espère que Vera vous a bien distrait. »

« Elle m'a beaucoup intéressé », dit Framton.

---

11. **got on her nerves :** **get on sb's nerves** ou **tell on...**
12. **still :** 1. *silencieux,* 2. *tranquille, calme, paisible, en repos.*
13. **creepy :** *qui donne la chair de poule ;* **it makes my flesh creep,** *ça me donne la chair de poule ;* **the creeps,** *la chair de poule.*
14. **broke off ;** **break off, broke, broken,** *s'arrêter* (de faire).
15. **shudder :** *frisson, frémissement* (de froid ou d'horreur).
16. **to Framton ;** **to** (ici) *pour ;* **it was a big surprise to me.**
17. **bustled :** **bustle,** *se remuer, s'affairer, se presser.*
18. **whirl of apologies :** m. à m. *tourbillon d'excuses ;* **apologize for :** *s'excuser de* ; **I apologize for being late** (n. verbal en ing).

"I hope you don't mind [1] the open window", said Mrs. Sappleton briskly [2] ; "my husband and brothers will be home directly [3] from shooting, and they always come in this way [4]. They've been out for [5] snipe in the marshes today, so they'll make a fine mess [6] over my poor carpets. So like [7] you men-folk [8], isn't it ?"

She rattled on [9] cheerfully about the shooting and the scarcity [10] of birds, and the prospects for duck in the winter. To Framton it was all purely horrible. He made a desperate but only partially successful [11] effort to turn the talk on to a less ghastly topic ; he was conscious [12] that his hostess was giving him only a fragment of her attention, and her eyes were constantly straying [13] past [14] him to the open window and the lawn beyond. It was certainly an unfortunate coincidence that he should have paid his visit [15] on this tragic anniversary.

"The doctors agree [16] in ordering me complete rest, an absence of mental excitement, and avoidance [17] of anything in the nature of violent physical exercise", announced Framton, who laboured [18] under the tolerably widespread delusion that total strangers and chance [19] acquaintances [20] are hungry for the least detail of one's [21] ailments and infirmities, their cause and cure. "On the matter of diet they are not so much in agreement", he continued.

---

1. **mind :** (ici) *trouver à redire à, voir un inconvénient à.*
2. **briskly :** brisk, *alerte ;* **at a brisk pace,** *à vive allure.*
3. **directly :** 1. (ici) *immédiatement.* 2. *directement.*
4. **this way :** *par ici ;* **way,** *chemin, voie, route, direction.*
5. **for :** marque le désir de se procurer, de trouver : **look for sthg.,** *chercher (des) yeux quelque chose ;* **go** ou **send for the doctor,** *aller chercher le docteur.*
6. **fine mess :** m. à m. *beau désordre (fouillis, saleté) ;* **this room is in a mess,** *cette chambre est dans un affreux désordre.*
7. **like :** *comme ;* **it's just like him,** *c'est bien de lui.*
8. **folk** [fəulk] : *gens ;* **country folk,** *campagnards ;* (amér.) **folks.**
9. **rattled on :** **rattle on (off, away)** *bavarder, caqueter, parler rapidement* et généralement pour dire peu de choses.
10. **scarcity :** *rareté ;* **scarce** [skeəs] *rare, peu abondant.*
11. **successful :** *qui a réussi, qui réussit ;* **success,** *succès.*

« J'espère que cette porte ouverte ne vous dérange pas », dit Mrs. Sappleton avec vivacité. « Mon époux et mes frères vont revenir tout de suite de la chasse et ils rentrent toujours par ici. Ils sont partis à la chasse à la bécassine dans les marais, aussi ils vont en faire des saletés sur mes pauvres tapis. C'est bien les hommes, ça, n'est-ce pas ? »

Elle se mit à jacasser joyeusement sur la chasse et la rareté du gibier à plume et les perspectives pour le canard cet hiver. Pour Framton, tout cela fut absolument horrible. Il fit un effort désespéré, mais seulement en partie récompensé, pour donner à la conversation un tour moins macabre ; il se rendait compte que son hôtesse lui accordait seulement une part de son attention et que son regard errait constamment, passait de lui à la fenêtre ouverte et puis à la pelouse au-delà. C'était vraiment une fâcheuse coïncidence qu'il eût rendu sa visite lors de cet anniversaire si tragique.

« Les docteurs sont unanimes pour m'ordonner le repos complet, la suppression de toute source d'énervement et de tout effort violent dans le domaine physique », annonça Framton qui était victime de l'illusion passablement répandue selon laquelle de parfaits inconnus et des gens rencontrés par hasard sont avides du moindre détail concernant vos petites maladies, vos infirmités, leur cause et leur remède. « Sur la question du régime, ils ne sont pas aussi unanimes », continua-t-il.

---

12. **conscious (of)** ['kɒnʃəs] : *conscient (de) ;* syn. **aware (of).**
13. **straying : stray** 1. *s'égarer, errer, vaguer.* 2. *s'écarter de.*
14. **past :** (ici) *au-delà de, plus loin que ;* **he ran past the house,** *il est passé devant la maison en courant.*
15. **paid his visit : pay a visit to,** *rendre visite à.*
16. **agree :** *être d'accord ;* **I agree with you** (≠ **disagree**).
17. **avoidance :** *action d'éviter ;* **avoid,** *éviter, éluder.*
18. **laboured :** labour 1. *travailler dur.* 2. *peiner ;* **labour under a delusion** *(illusion), s'illusionner.*
19. **chance :** ⚠ *hasard ;* **by chance,** par hasard ; **luck,** *chance.*
20. **acquaintance :** (ici) *personne de connaissance, relation.*
21. **one's :** génitif de **one**, on avec un sens très général.

"No ?" said Mrs. Sappleton, in a voice which only replaced a yawn at the last moment. Then she suddenly brightened[1] into alert[2] attention — but not to what Framton was saying.

"Here they are at last !" she cried. "Just in time for tea[3], and don't they look as if they were muddy[4] up to the eyes !"

Framton shivered slightly and turned towards the niece with a look intended to[5] convey[6] sympathetic[7] comprehension. The child was staring out through the open window with dazed[8] horror in her eyes. In a chill[9] shock of nameless[10] fear Framton swung round in his seat and looked in the same direction.

In the deepening[11] twilight three figures[12] were walking across the lawn towards the window ; they all carried guns under their arms, and one of them was additionally burdened[13] with a white coat hung over his shoulders. A tired brown spaniel kept close[14] at their heels. Noiselessly[15] they neared[16] the house, and then a hoarse young voice chanted out of the dusk : "I said, Bertie, why do you bound ?"

Framton grabbed wildly[17] at his stick and hat ; the hall-door, the gravel-drive, and the front gate were dimly[18] noted stages in his headlong retreat[19]. A cyclist coming along the road had to run into the hedge to avoid imminent collision.

---

1. **brightened : brighten,** *s'éclairer, s'animer* (yeux, visage...) ; **bright,** *vif, animé, rayonnant, radieux, gai.*
2. **alert** [ə'lɜːt] : *alerte, vif ;* **on the alert,** *sur le qui-vive.*
3. **tea :** (ici) *thé* (repas) ; **at tea time,** *à l'heure du thé.*
4. **don't they look as if they were muddy :** m. à m. *n'ont-ils pas l'air comme s'ils étaient boueux.* N.B. valeur exclamative de la forme interro-négative ; **look,** *sembler ;* **mud,** *boue.*
5. **intended to :** ou destined to ; **intend to,** *avoir l'intention de.*
6. **convey :** *communiquer* (des idées, un sentiment).
7. **sympathetic :** ⚠ *compatissant(e) ;* **nice, likeable,** *sympathique.*
8. **dazed :** *hébété, tout étourdi, abasourdi.*
9. **chill :** *frais, glacial ;* **chill** (n.) *refroidissement.*
10. **nameless :** *sans nom* **(name) ;** comparez **childless, joyless...**
11. **deepening : deepen,** *devenir plus profond* **(deep),** *plus*

« Non ? » dit Mrs. Sappleton, lâchant un son qui remplaça un bâillement in extremis. Puis soudain son visage s'anima d'une vive curiosité, mais pas à l'égard de ce que Framton était en train de raconter.

« Les voilà enfin ! » s'écria-t-elle. « Juste à l'heure pour le thé. Et on dirait qu'ils ont de la boue jusqu'aux oreilles ! »

Framton trembla légèrement et se retourna vers la nièce avec un regard destiné à lui faire comprendre qu'il compatissait et se rendait compte de la situation. L'enfant regarda fixement par la fenêtre ouverte, les yeux emplis d'horreur et de stupéfaction. Saisi d'une crainte indicible qui lui donna des frissons, Framton pivota sur son siège et regarda dans la même direction.

Dans le crépuscule grandissant trois silhouettes traversaient la pelouse et se dirigeaient vers la porte-fenêtre ; les trois hommes portaient des fusils sous le bras et l'un d'entre eux avait en outre un lourd imperméable blanc jeté sur les épaules. Un chien fourbu marchait sur leurs talons. Sans bruit ils approchèrent de la maison et puis une voix jeune et rauque chanta, monotone, dans le crépuscule : « Dis-moi, Bertie, pourquoi sautes-tu ? »

Framton, affolé, saisit brusquement sa canne et son chapeau ; la porte du vestibule, l'allée de gravier et le portail d'entrée furent autant d'étapes qu'il remarqua confusément au cours de sa fuite précipitée. Un cycliste qui passait sur la route dut se réfugier à toute allure dans la haie pour éviter de justesse une collision.

---

foncé (couleur) ; **the deep blue sea,** *la mer d'un bleu profond.*

12. **figures : ▲ figure** ['fɪgə] : *silhouette, forme humaine.*
13. **burdened :** *chargé ;* **burden,** *charger ;* **a burden,** *un fardeau.*
14. **close** [kləus] : *(tout) près, à proximité.*
15. **noiselessly :** cf. note 10. **noise,** *bruit ;* **noisy,** *bruyant.*
16. **neared : to near,** *approcher de,* aussi **approach, draw near.**
17. **wildly : wild,** s'applique à ce que la volonté, l'intelligence, le bon sens ne peuvent contrôler : *déréglé, désordonné...*
18. **dimly : dim** 1. *faible* (lumière). 2. *indistinct* (contours...)
19. **retreat :** *retraite, repli, recul.*

"Here we are, my dear", said the bearer[1] of the white mackintosh, coming in through the window ; "fairly muddy[2] but most of[3] it's dry. Who was that who bolted[4] out as we came up ?"

"A most[5] extraordinary man, a Mr. Nuttel[6]", said Mrs. Sappleton ; "could[7] only talk about his illnesses, and dashed[8] off without a word of good-bye or apology when you arrived. One[9] would think he had seen a ghost."

"I expect[10] it was the spaniel", said the niece calmly ; "he told me he had a horror of dogs[11]. He was once hunted[12] into a cemetery somewhere on the banks of the Ganges by a pack of pariah dogs, and had to spend the night in a newly[13] dug[14] grave with the creatures snarling and grinning and foaming just above him. Enough to make any one lose[15] their nerve[16]."

Romance[17] at short notice[18] was her speciality.

---

1. **bearer :** *celui qui porte ;* **bear, bore, borne** *(sup)porter.*
2. **fairly muddy :** m. à m. *assez, passablement boueux.*
3. **most of :** *la plus grande partie de, le plus grand nombre de.*
4. **bolted : bolt,** *déguerpir, prendre la poudre d'escampette.*
5. **most :** *très, extrêmement ;* **it's most difficult.**
6. **a Mr. Nuttel :** notez ce sens de **a,** *un(e) certain(e).*
7. **could :** l'absence de **he** marque la précipitation, la vivacité de Mrs. Sappleton (cf. **bustle, briskly, alert**).
8. **dashed : dash,** *se précipiter, se ruer ;* aussi **make a dash.**
9. **one :** *on* avec un sens très général, universel : **one likes to enjoy peace in one's home,** *on aime vivre en paix dans sa maison* (cf. p. 87 note 21).
10. **expect :** (ici) *penser, croire, supposer ;* **I expect it was your father,** *je suppose que c'était ton père.*

« Nous voici, ma chère », dit l'homme qui portait l'imperméable blanc, entrant par la porte-fenêtre, « avec pas mal de boue, mais elle est presque toute sèche. Qui était ce type qui est sorti comme une flèche quand nous arrivions ? »

« Un homme des plus extraordinaires, un certain Mr. Nuttel », dit Mrs. Sappleton ; « il ne savait parler que de ses maladies et il a décampé sans un mot d'adieu ou d'excuse quand vous êtes arrivés. On aurait dit qu'il avait vu un fantôme ! »

« Je pense que ça devait être l'épagneul », dit la nièce, imperturbable. « Il m'a dit qu'il avait horreur des chiens. Un jour il a été poursuivi jusque dans un cimetière, quelque part sur les bords du Gange, par une meute de chiens bâtards et il a dû passer la nuit dans une tombe fraîchement creusée avec les bêtes qui grognaient, montraient les dents et bavaient juste au-dessus de lui. Assez pour faire perdre son sang-froid à n'importe qui. »

Inventer des histoires sur-le-champ, telle était sa spécialité.

---

11. **he had a horror of dogs :** notez l'emploi de **a.**
12. **hunted : hunt** 1. *poursuivre, pourchasser.* 2. *chasser (à courre) ;* **hunting,** *chasse à courre ;* **shooting,** *chasse au fusil* (p. 83 note 18).
13. **newly :** *nouvellement, récemment ;* **new,** *neuf, nouveau.*
14. **dug : dig, dug, dug,** *creuser, bêcher.*
15. **make... lose : make,** let suivis de la base verbale (sans to !) **I'll let you go out but I'll make you work first.**
16. **nerve :** 1. (ici) *sang-froid.* 2. *nerf.*
17. **romance : it's pure romance,** *c'est de la pure invention ;* **to lean to romance,** *donner dans le romanesque.*
18. **notice :** *préavis, délai ;* **at a moment's notice,** *sur-le-champ, immédiatement ;* **a month's notice,** *un délai d'un mois.*

RÉVISIONS

1. En attendant il faut que vous essayiez de me supporter.
2. Certains d'entre eux, autant que je m'en souvienne, étaient très gentils.
3. Vous vous demandez peut-être pourquoi nous gardons cette fenêtre grande ouverte un après-midi d'octobre.
4. Cette porte-fenêtre a-t-elle quelque chose à voir avec le drame de la tante ?
5. Ils sont partis pour leur journée de chasse il y a trois ans, jour pour jour.
6. Elle disait que ça lui tapait sur les nerfs.
7. Les docteurs s'accordent pour m'ordonner le repos complet.
8. « Les voici enfin ! Juste à l'heure pour le thé. »
9. Framton frissonna légèrement et se retourna vers la nièce.
10. Trois individus traversèrent la pelouse ; ils portaient des fusils sous le bras.
11. Framton, affolé, saisit brusquement sa canne et son chapeau.
12. « Qui était-ce ? » « Un certain Mr. Nuttel. »

1. **In the meantime you must try and put up with me.**
2. **Some of them, as far as I remember, were quite nice.**
3. **You may wonder why we keep that window wide open on an October afternoon.**
4. **Has that French window got anything to do with the aunt's tragedy ?**
5. **They went off for their day's shooting three years ago to a day.**
6. **She said it got on her nerves.**
7. **The doctors agree in ordering me complete rest.**
8. **"Here they are at last ! Just in time for tea."**
9. **Framton shivered slightly and turned towards the niece.**
10. **Three figures walked across the lawn ; they carried guns under their arms.**
11. **Framton grabbed wildly at his stick and hat.**
12. **"Who was that ?" "A Mr. Nuttel."**

LIAM O'FLAHERTY (né en 1896)

Mother and Son

Mère et fils

Irlandais, Liam O'Flaherty est né, ainsi qu'il le dit lui-même, « sur un rocher battu par la tempête » (*a storm-swept rock*), entendons par là Inishmore, la plus grande des îles d'Aran. Après des études au University College de Dublin, il fait la guerre de 1914 et prend part ensuite à la révolution irlandaise.

Au nombre de ses œuvres, on compte principalement *Famine*, roman historique, *The informer* et *The puritan*, courts romans, et de nombreuses nouvelles dans lesquelles il évoque avec lyrisme, amour et humour, le monde simple de la terre et de la mer de son pays, bêtes et gens. Deux volumes en livre de poche (New English Library) contiennent beaucoup de ces nouvelles brèves, pleines de la poésie qui émane de la nature. D'autres recueils s'intitulent *Spring sowing, The tent, The mountain tavern, The lovely beasts, The pedlar's revenge*. Enfin, O'Flaherty a écrit une autobiographie, *Shame the devil,* à laquelle il a joint une très belle nouvelle, *The caress*.

Although it was only five o'clock, the sun had already set and the evening was very still, as all spring evenings are, just before the birds begin to sing themselves to sleep [1], or maybe tell one another bedside [2] stories. The village was quiet. The men had gone away to fish for the night after working [3] all the morning with the sowing [4]. Women were away milking the cows in the little fields among the crags [5].

Brigid Gill was alone in her cottage [6] waiting for her little son to come [7] home from school. He was now an hour late [8], and as he was only nine years she was very nervous [9] about him, especially as he was her only [10] child and he was a wild boy, always getting into mischief [11], mitching [12] from school, fishing minnows on Sunday and building stone "castles [13]" in the great crag above the village. She kept telling herself that she would give him a good scolding and beating [14] when he came [15] in, but at the same time her heart was thumping [16] with anxiety and she started at every sound, rushing out to the door and looking down the winding road that was now dim [17] with the shadows of evening. So many things could happen to a little boy.

---

1. **sing themselves to sleep :** N.B. construction avec le réfléchi.
2. **bedside :** *chevet, bord du lit ;* **bedside stories :** *histoires racontées aux enfants pour les aider à s'endormir.*
3. **after working :** emploi du nom verbal en **ing** après les prépositions ; **come in without knocking,** *entrez sans frapper.*
4. **the sowing :** l'action de semer, **sow, sowed, sown.**
5. **crags : crag,** *rocher à pic, déchiqueté.*
6. **cottage :** 1. *chaumière.* 2. *petite maison à la campagne.*
7. **waiting for her little son to come :** proposition infinitive ; **she's waiting for us to come ;** de même avec **expect,** *s'attendre à,* **want, prefer... I expect her to arrive today.**
8. **he was now an hour late :** notez l'emploi de **be.**
9. **nervous :** ▲ 1. (ici) *inquiet.* 2. *nerveux.* 3. *nerveux, énervé.*
10. **only :** *seul, unique ;* **an only child,** *un enfant unique.*
11. **mischief :** *malice ;* **mischievous,** *espiègle, coquin.*
12. **mitching : mitch** (dialecte) *faire l'école buissonnière,* **play truant.**
13. **castles : castle,** *château fort ;* **country seat,** *château.*

Bien qu'il fût seulement cinq heures, le soleil s'était déjà couché et le soir était parfaitement immobile comme le sont tous les soirs de printemps juste avant l'heure où les oiseaux se mettent à chanter pour s'endormir ou, peut-être, à se raconter des histoires. Le village était tranquille. Les hommes s'en étaient allés pêcher pour la nuit après avoir travaillé tout le matin aux semailles. Les femmes étaient parties traire les vaches dans les petits champs au milieu des rochers.

Brigid Gill était restée seule dans sa chaumière à attendre que son petit garçon fût rentré de l'école. Il avait maintenant une heure de retard et comme il avait seulement neuf ans, elle était très inquiète à son sujet. C'était son seul enfant et de plus un garçon turbulent qui faisait toujours des bêtises, qui faisait l'école buissonnière, pêchait des petits poissons le dimanche et construisait des « châteaux » de pierre dans le grand rocher dominant le village. Elle ne cessait de se dire qu'elle le gronderait comme il faut et qu'elle lui donnerait une bonne correction quand il rentrerait, mais en même temps son cœur battait la chamade et elle sursautait au moindre bruit, se précipitant vers la porte et suivant du regard la route sinueuse qui se perdait maintenant dans les ombres du soir. Tant de choses pouvaient arriver à un petit garçon.

---

14. **scolding and beating :** notez les n. verbaux (note 3, p. 94) ; **scold,** *réprimander ;* **beat, beat, beaten,** *battre.*
15. **when he came :** prétérit et non conditionnel après **when,** présent et non futur : **when I'm a man I'll be a teacher** ; de même après **while, as soon as...**
16. **thumping : thump,** *battre fort (d'anxiété...,* **with anxiety).**
17. **dim :** 1. *faible* (lumière). 2. *indistinct* (contours).

His dinner of dried fish and roast potatoes was being kept[1] warm in the oven among the peat ashes beside the fire on the hearth[2], and on the table there was a plate[3], a knife and a little mug[4] full of buttermilk.

At last she heard the glad cries of the schoolboys afar off, and rushing out she saw their tiny forms scampering[5], not up the road, but across the crags to the left, their caps in their hands.

"Thank God", she said, and then she persuaded herself that she was very angry. Hurriedly[6] she got a small dried willow rod, sat down on a chair within the door and waited for her little Stephen.

He advanced up the yard very slowly, walking near the stone fence that bounded the vegetable[7] garden, holding his satchel in his left hand by his side, with his cap in his right hand, a red-cheeked[8] slim boy, dressed in[9] a close-fitting[10] grey frieze trousers that reached[11] a little below his knees and a blue sweater. His feet[12] were bare and covered with all sorts of mud[13]. His face perspired and his great soft blue eyes were popping out of his head with fright. He knew his mother would be angry[14].

At last he reached the door and, holding[15] down his head, he entered the kitchen[16]. The mother immediately jumped up[17] and seized him by the shoulder. The boy screamed, dropped[18] his satchel and his cap and clung to her apron.

---

1. **was being kept :** voix passive à la forme progressive. Look ! A house is being built here just now.
2. **hearth** [ha:θ] : *âtre, foyer.*
3. **plate :** ▲ *assiette ;* dish, *assiette.*
4. **mug :** 1. *grande tasse* (sans soucoupe) 2. *chope ;* 3. *timbale, gobelet ;* 4. (fam.) *bouille, binette.*
5. **saw... scampering : see,** hear, feel... suivis du participe présent ou de la base verbale : I heard him fall.
6. **hurriedly : hurry,** *se précipiter ;* hurry up ! *dépêche-toi !*
7. **vegetable(s) :** *légumes ;* vegetable garden, *jardin potager ;* flower garden, *jardin d'agrément.*
8. **red-cheeked :** *aux joues* **(cheeks)** *rouges ;* broad-shouldered, *aux épaules larges ;* long-haired, *aux cheveux longs.*
9. **dressed in :** notez la préposition **in** *(vêtu de).*

Son dîner composé de poisson séché et de pommes de terre rôties était gardé au chaud dans le four au milieu des cendres de tourbe, près du feu qui brûlait dans la cheminée et, sur la table, il y avait une assiette, un couteau et une petite tasse pleine de lait de beurre.

Enfin elle entendit les cris joyeux des écoliers dans le lointain et, se précipitant au-dehors, elle vit galoper les minuscules silhouettes, casquette en main, non pas le long de la route mais au-delà des rochers, sur la gauche.

« Merci, mon Dieu », dit-elle et puis elle se persuada qu'elle était très en colère. Prestement elle prit une petite baguette de bois de saule sec, s'assit sur une chaise dans l'embrasure de la porte et attendit son petit Stephen.

Il s'avança dans la cour à pas très lents, marchant près de la clôture de pierre qui entourait le jardin potager, tenant à son côté son cartable dans la main droite, garçon élancé aux joues rouges, vêtu d'une culotte étroite de ratine grise qui lui tombait un peu au-dessous des genoux et d'un chandail bleu. Il avait les pieds nus et tout pleins de boue. Son visage était couvert de sueur et ses grands yeux bleus et doux lui sortaient de la tête sous l'effet de la frayeur. Il savait que sa mère serait en colère.

Enfin il arriva jusqu'à la porte et, la tête basse, il entra dans la cuisine. Aussitôt la mère se leva d'un bond et le saisit par l'épaule. Le petit garçon hurla, laissa tomber son sac et sa casquette et s'agrippa au tablier de sa mère.

---

10. **close-fitting : close,** *proche ;* **close to me,** *près de moi ;* **fit,** *aller bien, être bien ajusté* (vêtements, chaussures...).
11. **reached : reach,** *atteindre.*
12. **feet :** pl. de **foot,** *pied ;* autres pl. irréguliers ; **tooth, teeth,** *dents ;* **goose, geese,** *oies ;* **mouse, mice,** *souris...*
13. **covered with all sorts of mud :** m. à m. *couvert de toutes sortes de boue ;* N.B. **covered with ou covered in.**
14. **angry :** *en colère ;* N.B. **angry with** sb. **angry at** sth.
15. **holding : hold, held, held,** *tenir.*
16. **he entered the kitchen :** pas de préposition avec **enter.**
17. **jumped up :** m. à m. *sauta vers le haut ;* **jump,** *sauter.*
18. **dropped : drop,** *laisser tomber* ▲ doublement de la consonne finale dans les mots d'une seule syllabe terminée par une seule consonne précédée d'une seule voyelle.

The mother raised the rod to strike [1], but when she looked down [2] at the little trembling body, she began to tremble herself and she dropped the stick. Stooping down, she raised him up [3] and began kissing him, crying at the same time with tears in her eyes.

"What's going to become of [4] you at all, at all [5] ? God save us [6], I haven't the courage to beat you and you're breaking my heart with your wickedness [7]."

The boy sobbed, hiding [8] his head in his mother's bosom.

"Go away", she said, thrusting [9] him away from her, "and eat your dinner. Your father will give to you a good thrashing in the morning. I've spared you often [10] and begged him not to beat [11] you, but this time I'm not going to say a word for you. You've my heart broken, so you have [12]. Come here and eat your dinner."

She put the dinner on the plate and pushed the boy into the chair. He sat down sobbing, but presently [13] he wiped his eyes with his sleeve and began to eat ravenously [14]. Gradually his face brightened [15] and he moved about on the chair, settling himself more comfortably and forgetting all his fears [16] of his mother and the thrashing he was going to get next morning [17] in the joy of satisfying his hunger. The mother sat on the doorstep, knitting [18] in silence and watching him lovingly from under her long black eyelashes [19].

---

1. **to strike :** ou **in order to strike**, *pour, afin de frapper.*
2. **looked down :** *baissa les yeux ;* look up, *lever les yeux.*
3. **raised him up :** m. à m. *le(sou)leva ;* **raise**, *lever, soulever.*
4. **become of :** what will become of him ? *qu'adviendra-t-il de lui ?* **become, became, become**, *devenir.*
5. **at all :** if he comes, if he comes at, *s'il vient, si seulement il vient ;* will he be there at all ? *sera-t-il seulement là ?*
6. **(may) God save us :** m. à m. *puisse Dieu nous sauver.*
7. **wickedness :** *méchanceté ;* **wicked**, *méchant ;* good, goodness, *bonté ;* kind, kindness, *gentillesse :* adj. + -ness = n. abstraits.
8. **hiding :** m. à m. *cachant ;* **hide, hid, hidden**, *cacher.*
9. **thrusting : thrust, thrust, thrust**, *pousser soudainement.*
10. **I have spared you often :** ou I have often spared you mais ne pas placer l'adverbe entre le v. et l'objet direct.
11. **not to beat :** infinitif négatif ▲ place de **not.**

Celle-ci leva le bâton pour frapper mais quand elle baissa les yeux sur ce petit corps tremblant, elle se mit à trembler à son tour et lâcha le bâton. Se courbant, elle prit l'enfant et se mit à l'embrasser tout en pleurant, les yeux pleins de larmes.

« Mais qu'est-ce que tu vas devenir ? Dieu nous garde ! Je n'ai pas le courage de te battre et tu me brises le cœur avec ta méchanceté. »

Le petit garçon sanglotait, la tête blottie contre le sein de sa mère.

« Va-t'en », dit-elle en le repoussant, « et mange ton dîner. Ton père va te donner une bonne fessée demain matin. Je t'ai souvent épargné et je l'ai supplié de ne pas te battre, mais cette fois je ne dirai pas un mot pour te défendre. Tu m'as brisé le cœur, voilà ce que tu as fait. Viens ici et mange ton repas. »

Elle mit le dîner dans une assiette et poussa l'enfant sur une chaise. Il s'assit en sanglotant mais bientôt il s'essuya les yeux d'un revers de manche et commença à manger gloutonnement. Peu à peu son visage s'illumina et il remua sur sa chaise, s'installa plus confortablement, oubliant la peur que lui inspiraient sa mère et la correction qu'il allait recevoir le lendemain matin, tout à la joie de satisfaire sa faim. La mère était assise sur le pas de la porte, elle tricotait en silence et le regardait avec amour derrière ses longs cils noirs.

---

12. **so you have : so** joue le rôle d'un pronom et sert à éviter la répétition (ici de **broken my heat**).
13. **presently :▲** 1. (ici) *sous peu.* 2. (amér.) *actuellement.*
14. **ravenously : ravenous** ['rævənəs] *affamé ;* **I'm ravenous,** *j'ai une faim de loup.*
15. **brighten (up) :** (ici) *redevenir gai* **(bright).**
16. **fears : fear,** *crainte ;* **to fear,** *craindre.*
17. **next morning : ▲** absence de **the** ; de même **last week (year, month...).**
18. **knitting : knit, knitted** ou **knit, knitted** ou **knit,** *tricoter.*
19. **eyelashes :** *cils ;* **eyebrows,** *sourcils ;* **eylid,** *paupière.*

All her anger [1] had vanished by now and she felt glad that she had thrust [2] all the responsibility for [3] punishment [4] on to her husband. Still, she wanted to be severe, and although she wanted to ask [5] Stephen what he had been doing, she tried to hold her tongue. At last, however, she had to talk [6].

"What kept [7] you, Stephen ?" she said softly.

Stephen swallowed the last mouthful and turned around [8] with his mug in his hand.

"We were only playing ball", he said excitedly, "and then Red Michael ran after us and chased us out of his field where we were playing. And we had to run an awful way [9] ; oh, a long, long way we had to run, over crags where I never was [10] before."

"But didn't I often tell you not to go into people's [11] fields to play ball ?"

"Oh, mother, sure [12] it wasn't me but the other boys [13] that wanted to go, and if I didn't go with them they'd say I was afraid, and father says I mustn't be afraid."

"Yes, you pay heed [14] to your father but you pay no heed to your mother that has all the trouble with you. Now [15] and what would I do if you fell running over the crags and sprained your ankle ?"

---

1. **anger :** *colère ;* cf. angry p. 14 note 97 ; **anger,** *mettre en colère.*
2. **thrust : thrust upon, thrust, thrust,** *imposer à, faire accepter à ;* **thrust,** *pousser, enfoncer, fourrer.*
3. **responsibility for :** notez la préposition ; de même **he is responsible for everything,** *il est responsable de tout.*
4. **punishment :** *punition, châtiment ;* **punish,** *punir.*
5. **she wanted to ask : want, like, prefer** ne sont jamais suivis d'une simple base verbale : **I d'ont want to work, I prefer to play ; like, prefer** sont aussi suivis du gérondif en **ing.**
6. **she had to talk : have to** indique souvent une contrainte extérieure (ici quelque chose de plus fort qu'elle).
7. **kept : keep, kept, kept,** *garder, retenir, retarder (qqn).*
8. **Stephen... turned around :** ⚠ pas de réfléchi (*se retourner).*
9. **an awful way : awful,** *épouvantable, terrible,* **awfully** (fam.) *énormément, très ;* **way** (ici), *trajet, distance, chemin.*
10. **was :** notez ce sens de **be ; have you ever been to England ? No, I've never been.**

Toute sa colère avait disparu maintenant et elle se sentait heureuse d'avoir laissé toute la responsabilité de la punition à son mari. Cependant elle voulait se montrer sévère et malgré son désir de lui demander ce qu'il avait fait, elle s'efforça de tenir sa langue. Enfin, cependant, elle ne put s'empêcher de parler.

« Qu'est-ce qui t'a retardé, Stephen ? » demanda-t-elle doucement.

Stephen avala sa dernière bouchée et se retourna en tenant la petite tasse dans sa main.

« On jouait au ballon, c'est tout », dit-il surexcité, « et puis Red Michael nous a couru après et il nous a chassés de son champ où nous étions en train de jouer. Et on a dû courir très loin, oh, très, très loin, parmi des rochers où je n'avais jamais été auparavant. »

« Mais est-ce que je ne t'ai pas souvent dit de ne pas aller jouer au ballon dans les champs des autres ? »

« Oh, maman, vrai, ce n'était pas moi, c'étaient les autres qui voulaient y aller et si je n'étais pas allé avec eux, ils auraient dit que j'avais peur et papa m'a dit que je ne dois pas avoir peur. »

« Oui, tu écoutes ton père mais tu n'écoutes pas du tout ta mère qui a tous les soucis. Voyons, qu'est-ce que je ferais si tu tombais des rochers en courant et si tu te foulais la cheville ? »

---

11. **people :** *(gens)* pas d's ! Mais **these people are stupid !** Attention aussi à : **your hair is long ; no news is good news.**
12. **sure :** (adv. ici) *sûrement, certainerment, assurément.*
13. **the other boys : ⚠ other** adj. est invariable ; other pronom est variable : **The other boys are English** mais **the others are English.**
14. **heed : pay** ou **give heed to,** *faire attention à.*
15. **now :** (ici exclamatif) *eh bien ! voyons ! bon ! alors !*

And she put her apron to her eyes to wipe away [1] a tear.

Stephen left his chair, came over to her [2] and put his arms around her neck.

"Mother," he said, "I'll tell you what I saw on the crags if you promise not to tell father [3] about me being late and playing ball [4] in Red Michael's field."

"I'll do no such thing" [5], she said.

"Oh, do, mother," he said, "and I'll never be late again, never, never, never."

"All right, Stephen ; what did you see, my little treasure ?"

He sat down beside [6] her on the threshold [7] and, looking wistfully [8] out into the sky, his eyes became big and dreamy and his face assumed [9] an expression of mystery and wonder.

"I saw a great big black horse [10]", he said, "running in the sky over our heads, but none of the other boys saw it but [11] me, and I didn't tell them about it. The horse had seven tails and three heads and its belly was so big that you could [12] put our house into it. I saw it with my two eyes [13]. I did, mother. And then it soared and galloped away, away, ever so far [14]. Isn't that a great thing I saw, mother ?"

---

1. **wipe away : wipe,** *essuyer ;* **away,** *loin, au loin.*
2. **came over to her : over** donne l'idée de passage d'un côté à l'autre, d'un lieu à un autre avec une longue ou une courte distance : **she stood up from her desk over to the piano.**
3. **if you promise not to tell father :** infinitif négatif ⚠ place de **not** (cf. p. 98 note 11) : **to be or not to be.**
4. **about me being late and playing ball :** notez la construction ; on pourrait avoir aussi : **about my being late** (cf. p. 94 notes 3, 4).
5. **I'll do no such thing :** plus fort que **I won't do such a thing** (m. à m.) *je ne ferai pas une telle chose.*
6. **beside :** *près de ;* aussi **near, by, close to** *(tout près de) ;* ne pas confondre **beside** avec **besides,** *en outre.*
7. **threshold :** *seuil, entrée ;* syn. **door step.**
8. **wistfully : wistful,** *pensif, songeur, mélancolique.*
9. **assume :** 1. (ici) *prendre (un air...)* 2. *supposer, présumer ;* **I assume that what you say is true.**
10. **a great big... horse :** m. à m. *un grand, gros cheval.*
11. **but :** ⚠ (ici) *excepté, sauf ;* **give me any book but that one,** *donne-moi n'importe quel livre sauf celui-là.*

Et elle porta son tablier à ses yeux pour chasser une larme.

Stephen quitta sa chaise, alla vers sa mère et passa ses bras autour de son cou.

« Maman », fit-il, « je vais te dire ce que j'ai vu sur les rochers si tu promets de ne pas dire à papa que j'étais en retard et que j'ai joué au ballon dans le champ de Red Michael. »

« Pas question. »

« Oh, si, maman », dit-il, « et je ne serai plus jamais en retard, jamais, jamais. »

« Très bien, Stephen, alors, qu'est-ce que tu as vu, mon petit trésor ? »

Il s'assit près d'elle sur le pas de la porte et plongeant son regard dans le ciel, l'air pensif, les yeux tout grands, pleins de rêves ; son visage prit une expression de mystère et d'émerveillement.

« J'ai vu un grand cheval noir, tout grand », dit-il, « et il courait dans le ciel au-dessus de nos têtes, mais aucun des autres garçons ne l'a vu, à part moi, et je ne leur ai rien dit. Le cheval avait sept queues et trois têtes et son ventre était si gros qu'on aurait pu y mettre notre maison. Je l'ai vu de mes yeux, je l'ai vu, maman. Et il est monté au ciel, il a galopé au loin, très, très loin. C'est pas formidable ce que j'ai vu, maman ? »

---

12. **could :** passé de **can** à sens conditionnel : **I could do it if I wanted to,** *je pourrais le faire si je le voulais.*
13. **with my two eyes** notez l'emploi de **with ; I saw it with my own eyes,** *je l'ai vu de mes propres yeux.*
14. **ever so far :** plus fort que **so far : he's ever so nice,** *il est infiniment gentil ;* **why ever not ?** *mais pourquoi pas ?*

"It is, darling," she said dreamily [1], looking out into the sky, thinking of [2] something with soft eyes. There was silence. Then Stephen spoke again without looking at her [3].

"Sure you won't tell on [4] me, mother ?"

"No, treasure, I won't."

"On your soul [5] you won't ?"

"Hush ! little one. Listen to the birds. They are beginning to sing. I won't tell at all. Listen to the beautiful ones .

They both sat in silence [6], listening and dreaming, both of them.

---

1. **dreamily :** 1. *d'un air rêveur.* 2. *comme dans un rêve ;* notez la formation de l'adverbe et la modification orthographique : **dreamy + ly :** adj. + **ly** = adv. (souvent de manière) ; **dreamy** (adj.) *rêveur ;* **dream** (n.), *rêve ;* **dream, dreamt** ou **dreamed, dreamt** ou **dreamed,** *rêver.*
2. **think of : think of, thought, thought,** *penser à.* Notez l'emploi de **of.**
3. **without looking at her :** ⚠ emploi du n. verbal en **ing** (ou gérondif) après les prépositions (cf. p. 94 note 3).
4. **tell on :** (surtout employé par les enfants) *rapporter ;* ⚠ la particule adverbiale d'un verbe peut en modifier complètement le sens ; **tell off,** *gronder.*
5. **on your soul : soul** 1. *âme.* 2. *être ;* **there wasn't a living soul,** *il n'y avait pas âme qui vive.*
6. **they both sat in silence : both,** *tous les deux, l'un et l'autre.* ⚠ différentes constructions : **Both Jean and Suzon play the violin ; they both play the violin ; both of them play the violin ; they play the violin, both of them.**

« Si, chéri », dit-elle comme dans un rêve, regardant le ciel et méditant, les yeux pleins de douceur. Le silence régnait. Puis Stephen se mit à parler de nouveau sans la regarder.

« Sûr que tu ne vas pas rapporter, maman ? »

« Sûr, mon trésor, sûr ! »

« Tu le jures sur ta tête ? »

« Chut ! Mon petit. Ecoute les oiseaux. Ils commencent à chanter. Je ne dirai rien. Ecoute les jolis oiseaux. »

Ils restèrent tous deux assis dans le silence à écouter et à rêver l'un et l'autre.

RÉVISIONS

1. Brigid Gill attendait que son petit garçon rentrât de l'école.
2. Il avait maintenant une heure de retard et elle était inquiète à son sujet.
3. C'était son enfant unique et il faisait toujours des bêtises.
4. Elle ne cessait de se dire qu'elle lui donnerait une bonne fessée quand il rentrerait.
5. Je l'ai supplié de ne pas te battre.
6. Bientôt il s'essuya les yeux de sa manche et commença à manger gloutonnement.
7. Stephen avala la dernière bouchée et se retourna, la tasse à la main.
8. Est-ce que je ne t'ai pas souvent dit de ne pas aller dans les champs des gens pour jouer au ballon ?
9. Qu'est-ce que je ferais si tu te foulais la cheville ?
10. « Je ne ferai rien de tel », dit-elle.
11. J'ai vu un grand et gros cheval noir courir dans le ciel.
12. Aucun des autres garçons ne l'a vu, sauf moi.

1. **Brigid Gill was waiting for her little son to come home from school.**
2. **He was now an hour late and she was very nervous about him.**
3. **He was her only child and he was always getting into mischief.**
4. **She kept telling herself that she would give him a good beating when he came.**
5. **I've begged him not to beat you.**
6. **Presently he wiped his eyes with his sleeve and began to eat ravenously.**
7. **Stephen swallowed the last mouthful and turned around with his mug in his hand.**
8. **Didn't I often tell you not to go into people's fields to play ball ?**
9. **What would I do if you sprained your ankle ?**
10. **"I'll do no such thing", she said.**
11. **I saw a great big horse running in the sky.**
12. **None of the other boys saw it but me.**

GRAHAM GREENE

The Case [1] for the Defence

Les arguments de la défense

Graham Greene est né en 1904 à Berkhamstead, dans le Hertfordshire. Il fait ses études d'abord à l'école de cette ville où son père est directeur, puis à Balliol College, Oxford. En 1926 il se convertit au catholicisme. Grand voyageur, il est tour à tour journaliste au *Times*, critique littéraire et cinématographique au *Spectator*, attaché au *Foreign Office*, directeur de *The Bodley Head Press*. Depuis 1967, entre deux voyages, il vit à Paris et à Antibes.

Son œuvre est abondante et variée : pièces de théâtre, scénarios de films, essais critiques, récits de voyages, autobiographie (*A sort of life, Ways of Escape*, Penguin Books), nouvelles et romans. Parmi ces derniers, l'auteur lui-même distingue les romans proprement dits des divertissements, « entertainments », comme *Stambul train, The third man, Our man in Havana*... qui, par l'action, le suspense, l'atmosphère s'apparentent au genre policier mais n'en contiennent pas moins des résonances psychologiques et morales profondes. Quant aux romans, *Brighton Rock, The power and the glory, The heart of the matter, The end of the affair*... ils sont souvent inspirés par la foi catholique ; ils traitent des problèmes de la grâce divine et de la rédemption, de la tentation et de la trahison ; les personnages sont des médiocres, constamment écartelés entre le bien et le mal ; l'humanité est peinte sans illusion aucune, mais Dieu la poursuit sans relâche pour la sauver.

Les nouvelles de Graham Greene sont réunies dans le volume 8 des *Œuvres complètes* publiées par Bodley Head and Heinemann. En Penguin Books on trouve *Twenty-one short stories* et *May we borrow your husband ?*

It was the strangest murder trial I ever [2] attended [3]. They [4] named [5] it the Peckham [6] murder in the headlines, though Northwood Street, where the old woman was found battered [7] to death, was not strictly speaking in Peckham. This was not one of those cases of circumstantial evidence [8] in which you feel the jurymen's anxiety — because mistakes *have* been made — like domes of silence muting [9] the court [10]. No, this murderer was all but [11] found with the body ; no one present when the Crown [12] counsel outlined [13] his case believed that the man in the dock stood any chance at all.

He was a heavy stout man with bulging bloodshot eyes. All his muscles seemed to be in his thighs. Yes, an ugly customer [14], one you [15] wouldn't forget in a hurry [16] and that was an important point because the Crown proposed to call four witnesses [17] who hadn't forgotten him, who had seen him hurrying away [18] from the little red villa [19] in Northwood Street. The clock had just struck [20] two in the morning.

Mrs. Salmon in 15 Northwood Street had been unable to sleep ; she heard a door click shut and thought it was her own gate [21]. So she went to the window and saw Adams (that was his name) on the steps [22] of Mrs. Parker's house. He had just come out and he was wearing gloves.

---

1. **case :** 1. *ensemble des arguments, dossier.* 2. *affaire, procès.*
2. **ever :** s'emploie dans une phrase affirmative ou interrogative ; **have you never been to England ? No, I've never been.**
3. **attended : attend,** *assister à, suivre* (un cours...).
4. **they :** notez ces équivalents de **on : they drink a lot of tea in England, we drink a lot of wine in France.**
5. **named : to name,** *nommer, appeler,* **name** 1. *nom.* 2. *réputation.*
6. **Peckham :** banlieue sud de Londres.
7. **battered : batter,** *battre ;* **battered woman,** *femme battue.*
8. **circumstantial evidence : circumstantial** (ici) *basé sur des détails, qui suggère sans prouver directement ;* **evidence** 1. (ici) *preuve (s).* 2. (plus loin) *témoignage.*
9. **muting : mute,** *amortir, étouffer* (un son) ; syn. **muffle.**
10. **court :** 1. *salle d'audience.* 2. *cour, tribunal.*

Ce fut le procès pour meurtre le plus étrange auquel j'eusse jamais assisté. On l'appela le meurtre de Peckham dans les manchettes des journaux, bien que Northwood Street, où la vieille femme fut trouvée, battue à mort, ne se trouvât pas à strictement parler à Peckham. Ce n'était pas une de ces affaires judiciaires fondées sur des présomptions, au cours desquelles on sent l'inquiétude des jurés (parce que des erreurs ont bien été commises), pareille à des piliers de silence qui étouffent l'atmosphère de la salle d'audience. Non, l'assassin en question fut pour ainsi dire découvert avec le corps de sa victime ; aucune des personnes présentes lorsque l'avocat de l'accusation exposa son cas ne crut que l'homme qui se tenait au banc des accusés avait la moindre chance de s'en tirer.

C'était un homme corpulent, lourd, avec des yeux globuleux, injectés de sang. Tous ses muscles semblaient réunis dans ses cuisses. Oui, un drôle de client, quelqu'un qu'on n'oublierait pas de sitôt, et c'était là un point important car l'accusation proposa de convoquer quatre témoins qui ne l'avaient pas oublié, qui l'avaient vu s'éloigner en toute hâte du petit pavillon rouge de Northwood Street. L'horloge venait de sonner deux heures du matin.

Mrs. Salmon, du n° 15 de Northwood Street, avait été incapable de s'endormir ; elle entendit se fermer une porte avec un déclic et crut que c'était son propre portail. Aussi elle alla à sa fenêtre et vit Adams (c'était son nom) sur le perron de la maison de Mrs. Parker. Il venait de sortir et il portait des gants.

---

11. **all but :** *presque, aussi,* **almost, virtually.**
12. **Crown :** *la Couronne, le Ministère public.*
13. **outlined : outline,** *exposer les grandes lignes de.*
14. **ugly customer : ugly,** *laid ;* **customer** 1. (ici) *type.* 2. *client.*
15. **you :** à prendre ici dans le sens général de *on* (note 4).
16. **hurry :** *hâte, précipitation ;* **he's in a hurry,** *il est pressé.*
17. **witnesses : witness,** *témoin ;* **to witness,** *être témoin de.*
18. **hurrying away : hurry,** *se presser ;* **away,** *(au) loin.*
19. **villa :** 1. (ici) *pavillon de banlieue* 2. *villa.*
20. **struck : strike, struck, struck,** *frapper.*
21. **gate :** *porte* (de jardin...), *portail ; porte* (de maison).
22. **steps :** (= **flight of steps**), *escalier, perron ;* **step** 1. *pas* 2. *degré, marche.* 3. *échelon* (d'échelle) 4. *démarche.*

He had a hammer in his[1] hand and she saw him drop it[2] into the laurel bushes by the front gate[3]. But before he moved away, he had looked up[4] — at her window. The fatal instinct that tells a man when he is watched exposed[5] him in the light of a street-lamp to her gaze — his eyes suffused with horrifying and brutal fear, like an animal's[6] when you raise a whip. I talked afterwards[7] to Mrs. Salmon, who naturally after the astonishing verdict went in fear[8] herself. As I imagine did all the witnesses[9]. Henry MacDougall, who had been driving home[10] from Benfleet late and nearly ran Adams down[11] at the corner of Northwood Street. Adams was walking in the middle of the road[12] looking dazed. And old Mr. Wheeler[13], who lived next[14] door to Mrs. Parker, at No. 12, and was wakened by a noise — like a chair falling — through the thin-as-paper villa wall, and got up and looked out of the window, just as[15] Mrs. Salmon had done, saw Adams's back and, as he turned, those[16] bulging eyes. In Laurel Avenue he had been seen by yet another witness — his luck was badly[17] out[18]; he might[19] as well have committed the crime in broad daylight.

"I understand[20]", counsel said, "that the defence proposes to plead mistaken[21] identity.

---

1. **his :** emploi du possessif avec les noms de parties du corps et de vêtements : **I wash my hands. I clean my teeth.**
2. **she saw him drop it :** emploi de la base verbale ou de la forme en ing après **see, hear, feel.**
3. **front gate :** m. à m. *portail de devant* (≠ **back gate**).
4. **looked up : look up**, *lever les yeux* (≠ **look down**).
5. **exposed :** *exposé* ▲ (ici) *démasquer (quelqu'un), dénoncer* (abus...).
6. **an animal's (fear) :** effacement courant, pour éviter la répétition ; **this is Peter's book, not John's** (celui de).
7. **afterwards :** (adv.) *après, ensuite, plus tard.*
8. **went in fear ;** notez l'expression ; aussi **get frightened.**
9. **as... did... the witnesses :** *comme... le firent... les témoins.*
10. **driving home :** pas de préposition ! **go home, come home.**
11. **nearly ran... down :** m. à m. *renversa presque* (« faillit... »).

Il avait un marteau à la main et elle le vit le lâcher dans les buissons de laurier près du portail d'entrée. Mais, avant de s'en aller, il avait levé les yeux en direction de la fenêtre. L'instinct fatal qui fait savoir à un homme qu'on l'observe le dévoila dans la lumière d'un réverbère au regard de Mrs. Salmon ; ses yeux étaient emplis d'une peur sauvage, horrible, pareille à celle d'un animal quand on lève le fouet. Je parlai plus tard à Mrs. Salmon qui, naturellement, après l'étonnant verdict, fut prise de peur à son tour. Et ce fut le cas, je l'imagine, de tous les témoins. Henry MacDougal, qui était rentré tard en voiture de Benfleet et avait failli renverser Adams au coin de Northwood Street. Adams marchait au milieu de la rue, l'air hagard. Et puis le vieux Mr. Wheeler qui habitait à côté de Mrs. Parker, au n° 12. Il fut réveillé par un bruit semblable à celui d'une chaise qu'on renverse, entendu à travers le mur du pavillon, mince comme du papier à cigarette. Mr. Wheeler se leva, regarda par la fenêtre, tout comme Mrs. Salmon, et vit Adams de dos et, quand celui-ci se retourna, ces fameux yeux globuleux. Dans Laurel Avenue, il avait été vu par encore un autre témoin ; la chance lui faisait cruellement défaut ; il aurait aussi bien fait de commettre son crime en plein jour.

« Je crois comprendre », dit l'avocat, « que la défense se propose de plaider l'erreur d'identité.

---

12. **road :** 1. (ici) *rue.* 2. *route ;* **roadway,** *chaussée.*
13. **old Mr. Wheeler :** pas d'article avec appellation familière, titre + n. propre : **President Reagan.**
14. **next :** *prochain, suivant, voisin, d'à côté.*
15. **just as : just,** *exactement, précisément ;* **as,** *comme, alors que.*
16. **those :** a ici un sens péjoratif (singulier **that**).
17. **badly :** (ici) *beaucoup,* **I need it badly,** *j'en ai grand besoin.*
18. **out :** marque ici la fin, l'achèvement : **the fire is out.**
19. **might :** prétérit de **may,** indique la probabilité **(maybe).**
20. **understand** (ici) : *croire, comprendre, déduire, conclure.*
21. **mistaken : mistake for, mistook, mistaken,** *confondre avec.*

Adams's wife will tell you that he was with her at two in the morning on February 14, but after[1] you have heard the witnesses for the Crown and examined carefully[2] the features of the prisoner[3], I do not think you will be prepared to admit the possibility of a mistake."

It was all over, you would have said, but[4] the hanging[5].

After the formal evidence had been given by the policeman who had found the body and the surgeon who examined it, Mrs. Salmon was called. She was the ideal witness, with her slight Scotch accent and her expression of honesty, care and kindness.

The counsel for the Crown brought[6] the story gently[7] out. She spoke very firmly. There was no malice[8] in her, and no sense of importance at standing there in the Central Criminal Court with a judge in scarlet[9] hanging on her words[10] and the reporters[11] writting them down[12]. Yes, she said, and then she had gone downstairs and rung up[13] the police station[14].

"And do you see the man here in court ?"

She looked straight at the big man in the dock, who stared[15] hard at her with his pekingese[16] eyes without emotion.

"Yes", she said, "there he is."

"You are quite certain ?"

---

1. **after :** 1. (ici) *après que* (conjonction). 2. *après* (préposition).
2. **carefully :** *avec soin* **(care)**, adj. **careful.**
3. **prisoner :** (un seul n !) 1. *détenu.* 2. *prisonnier.*
4. **but :** (ici) *excepté, sauf ;* **nothing but...** *rien d'autre que.*
5. **hanging :** n. verbal : le fait, l'action de pendre. N.B. **hang, hanged, hanged** (pendaison) ; **hang, hung, hung,** *(sus)pendre.*
6. **brought out : bring out, brought, brought,** *faire ressortir* (sens...).
7. **gently :** (ici) *doucement, sans brusquerie, lentement, graduellement ;* **gentle,** *doux, modéré, sans violence.*
8. **malice :** ▲ *malveillance, méchanceté ;* **mischievousness,** *malice.*
9. **scarlet :** *écarlate ;* **scarlet fever,** *scarlatine.*
10. **words : word** 1. *mot.* 2. *parole ;* **a man of his word,** *un homme de parole ;* **by word of mouth,** *de vive voix.*

La femme d'Adams vous dira qu'il était avec elle à deux heures du matin le 14 février, mais quand vous aurez entendu les témoins de l'accusation et examiné de près les traits de l'accusé, je ne pense pas que vous soyez disposés à admettre la possibilité d'une erreur. »

Tout était terminé, vous l'auriez cru, tout sauf la pendaison.

Après que le témoignage en bonne et due forme fut donné par l'agent de police qui avait trouvé le corps et par le chirurgien qui l'avait examiné, Mrs. Salmon fut appelée à la barre. C'était un témoin idéal avec son léger accent écossais et son visage empreint d'honnêteté, de sollicitude et de bonté.

L'avocat de l'accusation l'amena à révéler peu à peu les faits. Mrs. Adams parla d'un ton très ferme. Il n'y avait chez elle aucune malveillance, aucun sentiment de supériorité à se tenir là, à la cour d'assises, en présence d'un juge en habit rouge suspendu à ses lèvres et des journalistes qui prenaient des notes. Oui, dit-elle, et puis elle était descendue et elle avait téléphoné au poste de police.

« Vous voyez bien cet homme, ici, dans la salle d'audience ? »

Elle regarda droit dans les yeux l'homme grand et fort qui se tenait dans le box des accusés et la fixait intensément de ses yeux de chien pékinois, cachant toute émotion.

« Oui », dit-elle, « c'est lui. »

« Vous en êtes parfaitement sûre ? »

---

11. **reporters : report,** *rapporter, rendre compte de ;* (syn. cover).
12. **writing down : write down, wrote, written,** *noter, inscrire.*
13. **rung up : ring up, rang, rung,** *téléphoner à* (syn. phone). ⚠ pas de préposition ! **I'll phone you, I'll ring you up.**
14. **station :** 1. (ici) (= **police station**) *poste de police.* 2. (= **railway station**) *gare.* 3. *poste, garnison.* 4. *rang social ;* **she has ideas above her station,** *elle a des idées de grandeur.*
15. **stared : stare,** 1. *regarder fixement.* 2. *ouvrir de grands yeux ;* stare (n.) *regard fixe ou ébahi.*
16. **pekingese :** ou **pekinese** ; (adj. et n.) *pékinois(e) ;* (n.) *(épagneul) pékinois ;* **Peking** [ˌpiːˈkɪŋ], *Pékin.*

She said simply, "I couldn't be mistaken, sir".

It was all as easy as that.

"Thank you, Mrs. Salmon."

Counsel for the defence rose [1] to cross-examine [2]. If you had reported as many murder trials as I have, you would have known beforehand [3] what line he would take. And I was right, up to a point [4].

"Now [5], Mrs. Salmon, you must remember that a man's life may [6] depend on [7] your evidence."

"I do remember [8] it, sir."

"Is your eyesight [9] good ?"

"I have never had to [10] wear spectacles, sir."

"You are a woman of fifty-five ?"

"Fifty-six, sir."

"And the man you saw [11] was on the other side of the road ?"

"Yes, sir."

"And it was two o'clock in the morning [12]. You must have remarkable eyes, Mrs. Salmon ?"

"No, sir. There was moonlight [13], and when the man looked up, he had the lamplight on his face."

"And you have no doubt whatever [14] that the man you saw is the prisoner ?"

I couldn't make out [15] what he was at [16]. He couldn't have expected any other answer than [17] the one [18] he got.

---

1. **rose : rise, rose, risen,** *se lever, se mettre debout.*
2. **cross-examine :** *faire subir un contre-interrogatoire* (à un témoin), *interroger, questionner de façon serrée.*
3. **beforehand :** *d'avance, par avance ;* **let met know your plans beforehand,** *faites-moi part de vos projets à l'avance.*
4. **up to a point :** ou **up to a certain extent,** *dans une certaine mesure ;* **to what extent ?** *dans quelle mesure ?*
5. **now :** ⚠ (ici) *alors, or, voyons ! allons ! eh bien !*
6. **may :** exprime l'éventualité ; **maybe, perhaps,** *peut-être.*
7. **depend on :** *dépendre de ;* N.B. la prép. **on** (pas **of** !).
8. **I do remember :** forme emphatique ou d'insistance « **I did learn my lesson** », **he said to the teacher emphatically.**
9. **eyesight : sight** 1. (= **eyesight**) *vue, vision.* 2. *regard, yeux.* 3. *spectacle ;* **it's a wonderful sight,** *c'est merveilleux à voir.*
10. **I've never had to : have to,** substitut de **must,** *devoir.*
11. **the man (whom) you saw :** suppression très fréquente du relatif complément d'objet direct **whom, which.**

Elle dit tout simplement : « Je n'ai pas pu me tromper, monsieur. »

Ce n'était pas plus compliqué que ça.

« Merci, Mrs. Salmon. »

L'avocat de la défense se leva pour poser des questions.

Si vous aviez couvert autant d'affaires criminelles que moi, vous auriez su à l'avance quelle ligne il allait suivre. Et j'avais raison... jusqu'à un certain point.

« Voyons, Mrs. Salmon, vous ne devez pas oublier que la vie d'un homme dépend peut-être de votre témoignage. »

« Mais je ne l'oublie pas du tout, monsieur. »

« Avez-vous une bonne vue ? »

« Je n'ai jamais eu à porter de lunettes, monsieur. »

« Vous avez cinquante-cinq ans ? »

« Cinquante-six, monsieur. »

« Et l'homme que vous avez vu était de l'autre côté de la rue ? »

« Oui, monsieur ! »

« Et il était deux heures du matin. Vous devez avoir de très bons yeux, Mrs. Salmon ? »

« Non, monsieur. Il y avait le clair de lune et lorsque l'homme a levé les yeux, il avait la lumière du réverbère sur son visage. »

« Et vous n'avez pas le moindre doute que l'homme que vous avez vu est l'accusé ? »

Je n'arrivais pas à comprendre où il voulait en venir. Il ne pouvait pas s'être attendu à une réponse autre que celle qu'il avait obtenue.

---

12. **two o'clock in the morning :** notez la préposition **in.**
13. **moonlight : moon,** *lune ;* **light** 1. *lumière.* 2. *lampe, éclairage* (cf. **lamplight,** plus loin) ; **moonlight** (v.) *faire du travail au noir.*
14. **whatever :** (adj.) *quelconque, quelque... que ce soit ;* **for any reason whatever,** *pour quelque raison que ce soit ;* de même **whoever,** *qui que ce soit, quiconque ;* **whichever,** *n'importe lequel ;* **wherever,** *où que ce soit, n'importe où.*
15. **make out :** 1. (ici) *comprendre.* 2. *distinguer, discerner.*
16. **at : what are you at ?** *qu'est-ce que tu fabriques ?* **He's at it,** *il s'y emploie, il y travaille.*
17. **other... than : ⚠ there's no other solution than to accept it ⚠ our salaries are the same as they were in 1970.**
18. **the one :** traduction de *celui (ceux) qui, celle(s) qui :* **the one(s) who (which)** ou **those who (which).**

"None [1] whatever, sir. It isn't a face one [2] forgets."

Counsel took a look round the court for a moment. Then he said, "Do you mind [3], Mrs. Salmon, examining again the people in court ? No, not the prisoner. Stand up, please, Mr. Adams", and there at the back of the court with thick stout body and muscular legs and a pair of bulging eyes, was the exact image of the man in the dock. He was even dressed the same [4] — tight blue suit and striped [5] tie.

"Now think very carefully, Mrs. Salmon. Can you still swear [6] that the man you saw drop [7] the hammer in Mrs. Parker's garden was the prisoner — and not this man, who is his twin [8] brother ?"

Of course she couldn't. She looked from one to the other and didn't say a word.

There the big brute sat in the dock with his legs crossed [9], and there he stood too at the back of the court and they both stared at Mrs. Salmon. She shook [10] her head.

What [11] we saw then was the end of the case. There wasn't a witness prepared to swear that it was the prisoner he'd seen. And the brother ? He had his alibi, too ; he was with his wife.

And so the man was acquitted for lack [12] of evidence. But whether [13] — if he did the murder and not his brother — he was punished or not, I don't know. That extraordinary day had an extraordinary end.

---

1. **none :** *pas un(e), aucun(e),* I'll eat no cakes, none whatever ! *je ne mangerai pas de gâteau, pas un seul !*
2. **one :** *on,* employé dans un cas général : one should not live for oneself alone, *on ne devrait pas vivre uniquement pour soi.*
3. **mind :** *voir un inconvénient à, trouver à redire à ;* do you mind my smoking ? *ça vous dérange que je fume ?*
4. **the same :** ou, plus courant, in the same way (manière).
5. **striped :** *rayé (***to stripe,** *rayer, barrer) ;* stripe, *raie, rayure.*
6. **swear, swore, sworn :** 1. *jurer.* 2. *prêter serment.*
7. **drop :** 1. (ici) *laisser tomber.* 2. *verser* (des larmes...).
8. **twin** (adj. et n.) : *jumeau, jumelle ;* twin towns, *villes jumelées.*
9. **with his legs crossed :** emploi fréquent de **with** dans de tels cas. They walked in with their umbrellas in their hands (notez aussi les possessifs et les pluriels).

« Pas le moindre doute, monsieur. Ce n'est pas un visage que l'on oublie. »

L'avocat jeta, l'espace d'un instant, un regard circulaire sur la salle d'audience. Puis il dit : « Cela ne vous ferait rien, Mrs. Salmon, de bien regarder encore les personnes présentes dans la salle ? Non, pas l'accusé. Levez-vous, s'il vous plaît, Mr. Adams » ; et voilà qu'au fond de la salle, avec son corps épais, massif, ses jambes musclées et ses deux yeux globuleux, se trouvait le parfait sosie de l'homme qui se trouvait au banc des accusés. Il était même habillé de façon identique, complet bleu, étroit et cravate à rayures.

« Voyons, réfléchissez bien, Mrs. Salmon. Pouvez-vous encore jurer que l'homme que vous avez vu lâcher le marteau dans le jardin est bien l'accusé et non pas cet homme-ci, qui est son frère jumeau ? »

Naturellement elle en fut incapable. Son regard passa de l'un à l'autre et elle ne dit mot.

Là, dans le box des accusés, la grosse brute était assise, les jambes croisées, et, là aussi, dans le fond du tribunal, elle se tenait debout, et l'une et l'autre brute regardaient fixement Mrs. Salmon. Celle-ci secoua la tête.

Ce à quoi on assista ensuite, ce fut la fin du procès. Il n'y eut pas un témoin qui fût disposé à jurer que c'était l'accusé qu'il avait vu. Et le frère ? Il avait son alibi, lui aussi, il était avec sa femme.

Et ainsi l'homme fut acquitté par manque de preuves. Mais fut-il châtié ou non (s'il avait commis le crime, lui, et non pas son frère), je ne le sais pas. Cette journée extraordinaire eut une fin non moins extraordinaire.

---

10. **shook : shake, shook, shaken,** *secouer ;* **shake** (n.) *secousse.*
11. **what :** (= **the thing which**), annonce ce qu'on va dire : **what I can't bear is watching the telly while eating.**
12. **lack :** *manque, défaut ;* **to lack,** *manquer de ;* **he lacks self-confidence,** *il manque de confiance en soi.*
13. **whether :** *que, soit que,* **whether you like it or not,** *que ça te plaise ou non.*

I followed Mrs. Salmon out of court and we got wedged[1] in the crowd who were[2] waiting, of course, for the twins. The police tried to drive[3] the crowd away, but all they could do was keep the road-way clear[4] for traffic. I learned later that they tried to get the twins to[5] leave by a back way, but they wouldn't[6]. One of them — no one knew which — said, "I've been acquitted, haven't I ?" and they walked bang[7] out of the front entrance. Then it happened. I don't know how, though I was only six feet[8] away. The crowd moved and somehow[9] one of the twins got pushed on to the road right in front of a bus.

He gave[10] a squeal like a rabbit and that was all ; he was dead[11] , his skull smashed just as Mrs. Parker's had been. Divine vengeance ? I wish I knew[12]. There was the other Adams getting on his feet[13] from beside[14] the body and looking straight over at Mrs. Salmon. He was crying, but whether he was the murderer or the innocent man nobody will ever be able to tell. But if you were Mrs. Salmon, could[15] you sleep at night ?

---

1. **wedged : wedge,** *coincer, caler ;* a wedge, *un coin, une cale.*
2. **were :** N.B. pl. du verbe **avec crowd** (nom collectif).
3. **drive : drive, drove, driven** (ici) *pousser devant soi, rabattre.*
4. **keep... clear : keep, kept, kept** (ici) *maintenir dans un certain état ;* **clear,** *dégagé, libre* (route, voie...).
5. **get... to :** *persuader ;* I got him to do it in the end.
6. **would :** prétérit de **will** (volonté) ; I will not do it, *je refuse de le faire.*
7. **bang :** *en plein, au beau milieu* (syn. **right** cf. plus loin).
8. **feet : a foot** (pl. **feet**) (ici) *pied* (= 30,5 cm).
9. **somehow :** 1. *d'une façon ou d'une autre.* 2. *pour une raison ou pour une autre, sans qu'on sache comment ni pourquoi.*
10. **gave : give, gave, given** (ici), *pousser, émettre* (son, cri...).

Je suivis Mrs. Salmon en sortant du tribunal et nous fûmes pris en étau dans la foule qui, bien sûr, attendait les jumeaux. La police essaya de la repousser mais tout ce qu'elle réussit à faire, ce fut de dégager la rue pour la circulation. J'appris plus tard qu'on tenta de persuader les jumeaux de sortir par une issue située à l'arrière mais ils ne voulurent pas en entendre parler. L'un d'entre eux (personne ne sut lequel) dit : « J'ai été acquitté, non ? » Et ils sont sortis directement par l'entrée principale. C'est alors que la chose s'est produite. Je ne sais comment et pourtant je me trouvais seulement à deux mètres de là. La foule s'avança et l'un des jumeaux fut d'une façon ou d'une autre poussé jusque sur la chaussée, juste devant un autobus.

Il émit un cri perçant, comme un lapin, et ce fut tout ; il était mort, le crâne écrasé, tout comme l'avait été celui de Mrs. Parker. Vengeance divine ? J'aimerais le savoir. Il y avait l'autre Adams qui se relevait, à côté du cadavre, et qui regardait Mrs. Salmon droit dans les yeux. Il pleurait, mais était-ce l'assassin ou l'innocent ? personne ne le saura jamais. Mais si vous étiez Mrs. Salmon, est-ce que vous pourriez dormir la nuit ?

---

11. **dead : be dead,** *être mort ;* **die,** *mourir* (ne pas confondre) ; **death,** la mort.
12. **I wish I knew :** notez la construction avec **wish** (pour exprimer un souhait, un regret) ; **I wish you did it now.**
13. **getting on his feet :** notez l'expression **get on one's feet,** *se mettre debout ;* aussi **get, rise to one's feet.**
14. **beside :** *à côté de ;* syn. **near, by** ; ⚠ **besides,** *en outre.*
15. **could :** ⚠ sens conditionnel du prétérit de **can ; I could do it if I wanted to,** *je pourrais le faire si je le voulais.*

RÉVISIONS

1. C'était un drôle de client, un de ceux qu'on n'oubliait pas de sitôt.
2. Quatre témoins l'avaient vu s'enfuir en toute hâte.
3. L'horloge venait de sonner deux heures du matin.
4. Il avait un marteau à la main. Il le laissa tomber.
5. Mr. Wheeler était le voisin immédiat de Mrs. Parker ; il fut réveillé par un bruit.
6. La chance lui faisait cruellement défaut ; il aurait pu aussi bien commettre le crime en plein jour.
7. Puis elle avait téléphoné au poste de police.
8. J'avais raison, jusqu'à un certain point.
9. « Voyons, vous devez vous rappeler que la vie d'un homme dépend peut-être de votre témoignage. »
10. « Mais je m'en souviens, monsieur. »
11. « Avez-vous une bonne vue ? » « Je n'ai jamais dû porter de lunettes. »
12. Je n'arrivais pas à voir ce qu'il faisait.
13. Ça ne vous fait rien d'observer de nouveau les gens qui sont dans la salle ?

1. He was an ugly customer, one you wouldn't forget in a hurry.
2. Four witnesses had seen him hurrying away.
3. The clock had just struck two in the morning.
4. He had a hammer in his hand. He dropped it.
5. Mr. Wheeler lived next door to Mrs. Parker ; he was wakened by a noise.
6. His luck was badly out ; he might as well have committed the crime in broad daylight.
7. Then she rung up the police station.
8. I was right, up to a point.
9. "Now, you must remember that a man's life may depend on your evidence."
10. "I do remember, sir."
11. "Is your eyesight good ?" "I have never had to wear spectacles."
12. I couldn't make out what he was at ?
13. Do you mind examining again the people in court ?

JAMES THURBER (1894-1961)

Mr. Preble Gets Rid [1] Of His Wife

Mr. Preble se débarrasse de sa femme

Né à Columbus, Ohio, Thurber, après des études universitaires (Ohio State University), travaille à l'ambassade américaine à Paris, de 1918 à 1920. Il se consacre ensuite au journalisme et c'est dans le magazine *New Yorker* que paraît, à partir de 1927, la plus grande partie de son œuvre d'écrivain et de dessinateur. Le *Thurber Carnival* (Penguin Books) reprend quelques-uns des meilleurs morceaux publiés entre 1933 et 1945.

Le monde décrit par Thurber est insolite, plein d'humour grinçant, de fantaisie et de poésie. Sous les apparences conventionnelles de la vie quotidienne, se cache le chaos intérieur d'êtres sensibles qui, dominés par les machines ou les épouses acariâtres, se réfugient dans le rêve éveillé... ou la psychose. A cet égard, *Mr. Preble gets rid of his wife, The secret life of Walter Mitty, The unicorn in the garden*... offrent de bons exemples. Nouvelles et fables sont souvent agrémentées de dessins d'une délicieuse naïveté apparente.

Mr. Preble was a plump middle-aged[2] lawyer[3] in Scarsdale. He used to kid with his stenographer[4] about running away with him. "Let's run[5] away together", he would[6] say, during a pause in dictation. "All righty[7]", she would say.

One rainy Monday afternoon, Mr. Preble was more serious about it than usual.

"Let's run away together", said Mr. Preble.

"All righty", said his stenographer. Mr. Preble jingled the keys in his pocket and looked out the window[8].

"My wife would be glad to get rid of me", he said.

"Would she give you a divorce[9] ?" asked the stenographer.

"I don't suppose so", he said. The stenographer laughed.

"You'd have to get rid of your wife[10]", she said.

Mr. Preble was unusually silent at dinner that night. About half an hour[11] after coffee, he spoke without looking[12] up from his paper.

"Let's go down in the cellar", Mr. Preble said to his wife.

"What for ?" she said, not looking up from her book.

"Oh, I don't know", he said. "We never go down in the cellar any more. The way[13] we used to[14]".

"We never did go down in the cellar that I remember", said Mrs. Preble. "I could rest easy the balance[15] of my life if I never went down in the cellar." Mr. Preble was silent for several minutes.

---

1. **rid : rid, rid** ou **ridded, rid,** *débarrasser ;* they got rid of the mosquitoes, *ils se sont débarrassés des moustiques.* They rid the country of the mosquitoes, *ils ont débarrassé le pays des moustiques.* Get rid of it, *débarrassez-vous-en.*
2. **middle-aged :** *d'âge mûr ;* middle, *milieu.*
3. **lawyer :** 1. *juriste.* 2. *avocat, notaire ;* law, *la loi.*
4. **stenographer :** (amér.) *sténo(graphe) ;* syn. shorthand typist.
5. **let's run : let us run,** notez l'impératif : let him come, *qu'il vienne ;* **let, let, let,** *laisser, permettre, autoriser.*
6. **would :** exprime ici l'habitude, la répétition d'une action dans le passé : he would take the bus every single day.
7. **all righty :** (fam.) all right, alright, O.K., agreed.
8. **looked out the window :** (amér.) notez l'absence de of.

Mr. Preble était un homme de loi rondouillard, entre deux âges, qui habitait Scarsdale. Il avait coutume de plaisanter avec sa sténodactylo sur l'idée de l'emmener avec lui. « Partons ensemble », disait-il souvent au cours d'une pause dans la dictée de son courrier. « D'ac ! » disait-elle.

Un après-midi pluvieux de lundi, Mr. Preble se montra plus sérieux que d'habitude sur la question.

« Partons ensemble », dit Mr. Preble.

« D'ac ! » dit sa secrétaire. Mr. Preble fit cliqueter ses clefs dans sa poche et regarda par la fenêtre.

« Ma femme serait contente de se débarrasser de moi », dit-il.

« Elle vous accorderait le divorce ? » demanda la secrétaire.

« Je suppose que non », dit-il. La secrétaire se mit à rire.

« Il faudrait que vous vous débarrassiez de votre femme », dit-elle.

Contrairement à son habitude, Mr. Preble demeura silencieux au dîner ce soir-là. Environ une demi-heure après le café, il parla sans lever les yeux de son journal.

« Descendons dans la cave », dit Mr. Preble à sa femme.

« Pour quoi faire ? » dit-elle, sans lever les yeux de son livre.

« Oh, je ne sais pas », dit-il. « Nous ne descendons plus jamais dans la cave, comme nous en avions l'habitude. »

« Mais nous ne sommes jamais descendus dans la cave, autant que je me rappelle », dit Mrs. Preble. « Je pourrais dormir tranquille le restant de mes jours si je ne descendais plus jamais à la cave. » Mr. Preble se tint plusieurs minutes en silence.

---

9. **give you a divorce :** notez l'emploi de **a ; be divorced from s.o., divorce s.o.,** *divorcer d'avec quelqu'un.*
10. **wife :** *épouse ;* pl. **wives**. N.B. pl. en **ves** de la majorité des n. en **f** et **fe** ; exceptions : **handkerchiefs,** *mouchoirs,* **roofs,** *toits.*
11. **half an hour :** N.B. place de **an** ; **a quarter of an hour.**
12. **without looking :** emploi de **ing** après les prépositions.
13. **way :** 1. (ici) *moyen, méthode, façon.* 2. *chemin, route.*
14. **used to :** exprime une habitude antérieure abandonnée : **Dan used to collect toy cars when he was a boy.**
15. **rest easy the balance : rest,** *se reposer ;* **easy** (adv.) *doucement, tranquillement ;* **take it easy !** *ne vous en faites pas !* **balance** (ici) *reste.*

"Supposing [1] I said it meant [2] a whole [3] lot [4] to me", began Mr. Preble.

"What's come over [5] you ?" his wife demanded [6]. "It's cold down there and there is absolutely nothing to do."

"We could pick up pieces of coal", said Mr. Preble. "We might get up some kind [7] of a game with pieces of coal."

"I don't want to [8]", said his wife. "Anyway, I'm reading."

"Listen", said Mr. Preble, rising and walking up and down [9]. "Why won't you come down in the cellar ? You can read down there, as far as that goes [10]."

"There isn't a good enough light [11] down there", she said, "and anyway, I'm not going to go down in the cellar. You may as well make up your mind [12] to that."

"Gee whiz [13] !" said Mr. Preble, kicking at the edge of a rug. "Other people's wives go down in the cellar. Why is it you never want to do anything ? I come home worn out [14] from the office and you won't even [15] go down in the cellar with me. God knows it isn't very far — it isn't as if I was asking you to go to the movies [16] or some place [17]".

"I don't want to go !" shouted Mrs. Preble. Mr. Preble sat down on the edge of a davenport [18].

---

1. **supposing :** *supposant,* employé souvent pour **suppose,** *supposez.*
2. **meant : mean, meant, meant** 1. (ici) *avoir de l'importance (pour,* **to**). 2. *vouloir dire, signifier.* 3. *avoir l'intention de.*
3. **whole :** *entier, complet ;* the whole family, *toute la famille.*
4. **lot :** *quantité, grand nombre ;* he has a lot of money.
5. **come over : come over, came, come,** *affecter, saisir, s'emparer de* (en parlant de sentiments, d'influences).
6. **demanded : to demand,** *réclamer, exiger* (plus fort que ask).
7. **kind :** 1. *genre, espèce.* 2. *sorte.* 3. *nature ;* in kind, *en nature.*
8. **I don't want to :** (sous-entendu **get up...**) : effacement très courant qui évite la répétition ; **will you come to the cinema with us ? No thank you I don't want to (come...).**
9. **walking up and down :** (syn.) walking to and fro, *arpentant.*

« Supposons que je dise que cela a beaucoup d'importance pour moi », commença Mr. Preble.

« Qu'est-ce qui te prend ? » demanda sa femme, péremptoire. « Il y fait froid et il n'y a absolument rien à faire. »

« Nous pourrions prendre des morceaux de charbon », dit Mr. Preble. « Nous pourrions peut-être organiser un jeu quelconque avec des morceaux de charbon. »

« Je ne veux pas », dit sa femme. « Et de toute façon, je suis en train de lire. »

« Écoute », dit Mr. Preble, se levant et marchant de long en large. « Pourquoi ne veux-tu pas descendre dans la cave ? Tu pourras lire, si c'est ça que tu veux. »

« La lumière n'est pas assez forte », dit-elle, « et, quoi qu'il en soit, je n'ai pas l'intention de descendre dans la cave. Autant que tu te mettes ça dans la tête. »

« Oh la ! la ! » fit Mr. Preble en donnant un coup de pied dans la frange d'un tapis. « Les femmes des autres descendent bien dans leur cave. Pourquoi est-ce que toi tu ne veux jamais rien faire ? Je rentre épuisé du bureau et tu ne veux même pas descendre à la cave avec moi ! Dieu sait que ce n'est pas très loin, ce n'est pas comme si je te demandais d'aller au cinéma ou quelque part comme ça. »

« Je ne veux pas y aller, c'est tout ! » hurla Mrs. Preble.

Mr. Preble s'assit sur le rebord d'un canapé.

---

10. **as far as that goes :** *pour ce qui est de cela* (m. à m. *aussi loin que cela va*) ; **as far as I know,** *autant que je sache.*
11. **a good enough light : enough** se place après l'adj. ou l'adv. This cake isn't big enough. She writes well enough.
12. **make up your mind : make up one's mind,** *se décider.*
13. **gee whiz ! :** (amér.) *ça alors ! mince alors ! eh bien !*
14. **worn out :** 1. (ici) *épuisé, fourbu.* 2. *usé* (vêtement).
15. **even :** *même ;* **even if, even though,** *même si ;* **same,** *même, pareil.*
16. **the movies :** (amér.) *le cinéma ;* **movie,** *film.*
17. **some place :** (amér.) *quelque part ;* syn. **somewhere.**
18. **davenport :** 1. (amér.) *canapé* (souvent convertible) 2. *secrétaire* (bureau).

"All right, all *right*", he said. He picked up the newspaper again. "I wish [1] you'd let me tell you [2] more about it. It's — kind of [3] a surprise."

"Will you quit [4] harping on [5] that subject ?" asked Mrs. Preble.

"Listen", said Mr. Preble, leaping [6] to his feet [7]. "I might [8] as well tell you the truth [9] instead of beating around the bush [10]. I want to get rid of you so I can [11] marry my stenographer. Is there anything especially wrong [12] about that ? People [13] do it every day. Love is something you can't control —"

"We've been all over that", said Mrs. Preble. "I'm not going to [14] go all over that again."

"I just wanted you to know [15] how things are", said Mr. Preble. "But you have to take everything so literally. Good Lord [16], do you suppose I really wanted to go down there and make up some silly game with pieces of coal ? »

"I never believed that for a minute", said Mrs. Preble. "I knew all along [17] you wanted to get me down there and bury me".

"You can say that now — after I told you", said Mr. Preble. "But it would never have occurred [18] to you if I hadn't."

"You didn't tell me ; I got it out of you", said Mrs. Preble. "Anyway, I'm always two steps ahead of [19] what you're thinking."

---

1. **I wish :** N.B. construction avec **wish : I wish you came,** *j'aimerais que tu viennes* (**came** est le subjonctif, non le prétérit).
2. **let me tell you :** N.B. **let** est suivi de l'infinitif sans to.
3. **kind of :** (fam. surtout amér.) : **I kind of expected it,** *je m'y attendais presque ;* **it's kind of stupid,** *c'est plutôt idiot.*
4. **quit :** 1. (amér.) *cesser.* 2. (fam.) *quitter.* 3. *renoncer.*
5. **harp on (about) :** *rabâcher, parler tout le temps (de).*
6. **leaping : leap, leaped** ou **leapt, leaped** ou **leapt,** *bondir.*
7. **feet :** *pieds ;* singulier **foot** 1. *pied, patte.* 2. *pied* (30,5 cm).
8. **might :** exprime l'indécision, l'éventualité (**maybe**, peut-être).
9. **truth :** *vérité ;* **untruth,** *mensonge ;* **true,** *vrai ;* **truly,** *vraiment.*
10. **bush :** *buisson ;* notez **beat around (about) the bush,**

« Bon ! Bon » dit-il. Il reprit le journal. « J'aimerais que tu me laisses t'en dire davantage. C'est un peu une surprise. »

« Tu vas cesser de revenir sur ce sujet ? » demanda-t-elle.

« Écoute », dit Mr. Preble en se redressant d'un bond. « Je ferais aussi bien de te dire la vérité au lieu de tourner autour du pot. Je veux me débarrasser de toi afin de pouvoir épouser ma secrétaire. Y a-t-il quelque chose de particulièrement mal à cela ? Les gens font ça tous les jours. L'amour est quelque chose qu'on ne peut pas contrôler. »

« On a déjà dit tout ça », dit Mrs. Preble. « Je ne vais pas revenir là-dessus encore une fois. »

« Je voulais seulement te dire où en sont les choses », dit Mr. Preble. « Mais il faut que tu prennes tout à la lettre. »

« Mon Dieu, tu imagines que je voulais réellement descendre dans la cave et faire un jeu idiot avec des morceaux de charbon ? »

« Je n'ai jamais cru ça un instant », dit Mrs. Preble. « Je savais depuis le début que tu voulais m'y emmener pour m'enterrer. »

« Tu peux dire ça maintenant que je t'ai tout raconté », dit Mr. Preble. « Mais ça ne te serait jamais venu à l'esprit si je ne l'avais pas fait. »

« Tu ne me l'as pas dit ; c'est moi qui te l'ai fait dire », répliqua Mrs. Preble. « De toute façon, je te devance toujours un peu dans tes pensées ! »

---

tourner autour du pot ; **beat, beat, beaten,** *battre, frapper.*
11. **so I can :** (amér.) **so that I can,** *afin que je puisse.*
12. **wrong :** 1. (ici) *mal, mauvais.* 2. *faux, erroné* ≠ **right.**
13. **people :** pas de s ! Cependant : **these people are ridiculous.**
14. **going to :** indique une intention : **I'm going to work hard !**
15. **I just wanted you to know :** proposition infinitive avec **want,** expect, prefer... **He expects me to arrive on time.**
16. **Lord :** *Seigneur ;* **Jesus our Lord,** *notre Seigneur-Jésus.*
17. **all along :** m. à m. *tout le long (depuis le début).*
18. **occurred :** *arriver, avoir lieu, survenir ;* **an idea occurred to me,** *une idée m'est venue à l'esprit.*
19. **two steps ahead of... :** m. à m. *deux pas en avance sur... ;* **ahead,** *en avant, en avance ;* **get ahead of,** *devancer.*

"You're never within a mile[1] of what I'm thinking", said Mr. Preble.

« Is that so[2] ? I knew you wanted to bury me the minute you set foot[3] in this house tonight." Mrs. Preble held him with a glare[4].

"Now that's just plain[5] damn[6] exaggeration," said Mr. Preble, considerably annoyed. "You knew nothing of the sort. As a matter of fact, I never thought of it[7] till just a few minutes ago."

"It was in the back of your mind[8]," said Mrs. Preble. "I suppose this filing[9] woman put you up to[10] it."

"You needn't get sarcastic," said Mr. Preble. "I have plenty of people to file without having her file[11]. She doesn't know anything about this. She isn't in on it[12]. I was going to tell her you had gone to visit[13] some friends and fell over a cliff. She wants me to get a divorce."

"That's a laugh[14]," said Mrs. Preble. *That's* a laugh. You may bury me, but you'll never get a divorce."

"She knows that ! I told her that," said Mr. Preble. "I mean — I told I'd never get a divorce."

"Oh, you probably told her about burying[15] me, too," said Mrs. Preble.

---

1. **you're never within a mile :** m. à m. *tu n'es jamais à moins d'un mile ;* **within,** *à moins de, pas plus de ;* 5 miles = *8 km,* approximativement.
2. **so :** *ainsi, de cette manière ;* I will do so, *je le ferai.*
3. **the minute you set foot :** ou the moment..., **as soon as... ; set, set, set** (ici) *placer, poser, mettre.*
4. **held him with a glare :** m. à m. *le tint avec un regard furieux.*
5. **plain :** 1. (ici) *simple, évident, clair.* 2. *laid.*
6. **damn :** syn. damned, bloody, *sacré, fichu, foutu.*
7. **thought of it :** N.B. think of something, *penser à quelque chose.*
8. **in the back of your mind : back** (n.) *arrière ;* **mind,** *esprit.*
9. **filing : file,** *classer* (des papiers, un dossier, **a file**...).
10. **put... up to : put sb. up to something,** *mettre quelqu'un au courant de quelque chose, renseigner quelqu'un sur quelque chose ;* **put, put, put,** *mettre.*
11. **without having her file :** m. à m. *sans la faire classer :* N.B. I'll have (make) him do it, *je le lui ferai faire.*

« Tu es toujours à des lieues en arrière », dit Mr. Preble.

« Ah bon ? J'ai compris que tu voulais m'enterrer dès l'instant où tu as mis les pieds dans cette maison ce soir. » Mrs. Preble le fixa d'un regard plein de colère.

« Alors ça, c'est une drôle d'exagération, ni plus ni moins », dit Mr. Preble fortement agacé. « Tu n'en savais rien du tout. En fait je n'y avais jamais pensé jusqu'à il y seulement quelques minutes. »

« Tu avais ça derrière la tête », dit Mrs. Preble. « Je suppose que c'est la bonne femme aux dossiers qui t'a fourré ça dans le crâne. »

« Ce n'est pas la peine d'être sarcastique », dit Mr. Preble. « J'ai des tas de gens pour s'occuper de mes dossiers sans que je le lui demande. Elle ne sait rien de cela. Elle n'est pas dans le coup. J'allais lui dire que tu étais allée rendre visite à des amis et que tu étais tombée d'une falaise. Elle veut que j'obtienne le divorce. »

« Laisse-moi rire », dit Mrs. Preble. « Mais laisse-moi rire. Tu peux peut-être m'enterrer mais tu n'obtiendras jamais le divorce. »

« Elle le sait. Je lui en ai parlé », dit Mr. Preble. « Je veux dire... je lui ai dit que je n'obtiendrais jamais le divorce. »

« Oh, tu lui as probablement aussi parlé de m'enterrer », dit Mrs. Preble.

---

12. **in on it : be in on something,** *être au courant de quelque chose ;* **she's in,** *elle est dans le vent* (au courant de la mode...).
13. **visit :** *rendre visite à* (aussi **pay a visit to**).
14. **that's a laugh :** m. à m. *ça c'est un rire (quelle blague !) ;* **laugh** (v.) 1. *rire.* 2. **laugh at,** *se moquer de.*
15. **burying :** (ici) l'action d'enterrer (forme en **ing,** gérondif ou nom verbal) ; **making cakes is so much more fun than washing up,** *faire des gâteaux est tellement plus amusant que de laver la vaisselle ;* **bury,** *enterrer ;* burial, *enterrement.*

"That's not true," said Mr. Preble, with dignity. "That's between you and me. I was never going to tell a soul[1]."

"You'd blab[2] it to the whole world[3]; don't tell me," said Mrs. Preble. "I know you." Mr. Preble puffed at his cigar.

"I wish you were[4] buried now and it was all over[5] with," he said.

"Don't you suppose you would get caught[6], you crazy thing?[7]" she said. "They always get caught. Why don't you go to bed[8]? You're just[9] getting yourself worked up[10] over[11] nothing."

"I'm not going to bed," said Mr. Preble. "I'm going to bury you in the cellar. I've got my mind made up to it. I don't know how I could make it any plainer."

"Listen," cried[12] Mrs. Preble, throwing[13] her book down, "will you be satisfied and shut up[14] if I go down in the cellar? Can I have a little peace if I go down in the cellar? Will you let me alone[15] then?"

"Yes," said Mr. Preble. "But you spoil it by taking that attitude."

"Sure, sure, I always spoil everything. I stop reading[16] right[17] in the middle of a chapter. I'll never know how the story comes out—but that's nothing to you."

---

1. **soul :** 1. (ici) *être ;* there wasn't a living soul in the street, *il n'y avait pas âme qui vive dans la rue.* 2. *âme.*
2. **blab (out) :** (fam.) *divulguer, laisser échapper* (un secret).
3. **world :** *monde ;* all over the world, *dans le monde entier.*
4. **I wish you were : were,** subjonctif avec **wish,** pour exprimer l'hypothétique (souhait, espoir...) cf. note 1, p. 126.
5. **over :** *fini ;* over and done with, *fini, bel et bien fini.*
6. **caught : catch, caught, caught,** 1. *attraper, saisir.* 2. *prendre au piège, surprendre.*
7. **thing :** 1. (ici) *être, créature ;* poor thing, she's so very ill ! *la pauvre, elle est si malade !* 2. *chose, objet.*
8. **go to bed :** *aller se coucher ;* go to sleep, *s'endormir.*
9. **just :** *seulement ;* just a moment, please, *un instant, je te prie.*

« Ce n'est pas vrai », dit Mr. Preble avec dignité. « Ça, c'est une affaire entre toi et moi. Je n'ai jamais eu l'intention d'en parler à qui que ce soit. »

« Tu raconteras ça au monde entier. Ne me dis pas ça », fit Mrs. Preble. « Je te connais. » Mr. Preble tira sur son cigare.

« Si seulement tu étais enterrée maintenant, si seulement c'en était terminé », dit-il.

« Et tu ne supposes pas que tu te ferais prendre, imbécile ! » dit-elle. « Ils se font toujours prendre. Pourquoi ne vas-tu pas te coucher ? Tu es en train de t'exciter pour rien, c'est tout. »

« Je ne veux pas aller me coucher », dit Mr. Preble. « Je vais t'enterrer dans la cave. J'ai pris ma décision. Je ne vois pas comment je pourrais être plus clair. »

« Écoute », s'écria Mrs. Preble en jetant son livre à terre, « tu seras content et tu la fermeras si je descends dans la cave ? Est-ce que je pourrai avoir un peu de paix, si je descends dans la cave ? Tu me ficheras la paix alors ? »

« Oui », dit Mr. Preble. « Mais tu gâches tout en prenant cette attitude. »

« Sûr ! Sûr ! Je gâche toujours tout. Je m'arrête de lire au beau milieu d'un chapitre. Je ne saurai jamais comment l'histoire se termine, mais ça, ça n'a aucune importance pour toi. »

---

10. **getting worked up : get** + p. passé ou adj. = *devenir ;* **he's getting old,** *il se fait vieux ;* **worked up,** *excité, énervé.*
11. **over :** (ici) *au sujet de ;* **don't worry over (about) that !**
12. **cried : cry** 1. (ici) *crier.* 2. *pleurer.*
13. **throwing : throw, threw, thrown,** *jeter.*
14. **shut up :** *se taire ;* **shut, shut, shut,** *fermer.*
15. **let me alone : let me alone !** ou **leave me alone !** *laisse-moi tranquille !* **alone,** *seul.*
16. **I stop reading : stop** et **start** sont suivis du nom verbal en **ing** ; cf. plus loin : **Did I make you start reading the book ?**
17. **right :** *exactement, complètement, tout à fait ;* **right in the face,** *en pleine figure.*

"Did I make you start reading the book ?" asked Mr. Preble. He opened the cellar door. "Here, you go first [1]."

"Brrr", said Mrs. Preble, starting down the steps. "It's *cold* down here ! You *would* [2] think of this, at this time of year ! Any [3] other husband would have buried his wife in the summer."

"You can't arrange these things just whenever [4] you want to", said Mr. Preble. "I didn't fall in love with this girl till [5] late fall [6]."

"Anybody else would have fallen in love with her long before that. She's been around [7] for years. Why is it you always let other men get in ahead of you ? Mercy [8], but it's dirty down here ! What have you got there ?"

"I was going to hit [9] you over the head with this shovel," said Mr. Preble.

"You were, huh ?" said Mrs. Preble. "Well, get that out of your mind. Do you want to leave a great big [10] clue [11] right here in the middle of everything where the first detective that comes snooping around will find it ? Go out in the street and find some piece of iron or something—something that doesn't belong to you."

"Oh, all right," said Mr. Preble. « But there won't be any piece of iron in the street. Women [12] always expect [13] to pick up a piece of iron anywhere."

---

1. **you go first :** forme atténuée de l'impératif 2e personne ; **go** (sans pronom) exprime un ordre plus catégorique.
2. **would :** indique ici un comportement prévisible, un penchant naturel, caractéristique (« C'est bien toi de penser à m'enterrer à cette saison, ça te ressemble »).
3. **any :** *n'importe (le)quel* (dans une phrase affirmative ; cf. plus bas : **anybody else,** *n'importe qui d'autre ;* **anywhere,** *n'importe où,* dernière ligne).
4. **whenever :** *toutes les fois que, quand, à quelque moment que ;* **whenever we go out it starts raining.**
5. **till :** until, *jusqu'à* (préposition de temps, jamais de lieu). ⚠ **I'm going to Berlin, I'll stay till Wednesday.**
6. **late fall : late** (adj.) *dernier, tardif, avancé ;* **in the late afternoon,** *en fin d'après-midi ;* **fall** (amér.) syn. **autumn.**
7. **around :** suggère que la secrétaire est dans ce bureau depuis longtemps et qu'elle tourne autour des hommes.

« Est-ce que c'est moi qui t'ai fait commencer le livre ? » demanda Mr. Preble.

Il ouvrit la porte de la cave. « Vas-y, entre la première. » « Brrr ! » fit Mrs. Preble, commençant à descendre les marches. « Il fait rudement froid ici. C'est bien une idée à toi, à cette époque-ci de l'année ! N'importe quel autre mari aurait enterré sa femme en été. »

« On ne peut pas prévoir ces choses-là exactement quand on veut », dit Mr. Preble. « Je ne suis pas tombé amoureux de cette fille avant la fin de l'automne. »

« N'importe qui d'autre serait tombé amoureux d'elle avant cela. Elle est là depuis des années. Comment se fait-il que tu laisses toujours les autres hommes te passer devant. Pitié ! Mais c'est sale ici ! Qu'est-ce que tu as là ? »

« J'allais te taper sur la tête avec cette pelle », dit Mr. Preble.

« Ah ! Tu allais faire ça, hein ! Eh bien, enlève-toi ça de l'idée. Tu veux laisser une pièce à conviction grosse comme une maison au beau milieu de tout, là où le premier détective qui viendra fouiner la trouvera ? Va dans la rue, trouve une barre de fer ou quelque chose comme ça, quelque chose qui ne t'appartienne pas. »

« Oh ! bon ! » dit Mr. Preble. « Mais il n'y aura pas de barre de fer dans la rue. Les femmes croient toujours qu'elles vont trouver des barres de fer n'importe où. »

---

8. **mercy :** *miséricorde, pitié* (sous-entendu : **have mercy on me**).
9. **hit : hit, hit, hit,** *frapper ;* **hit the bottle** (fam.) *picoler.*
10. **great big :** notez la juxtaposition des deux adj. : **very big.**
11. **clue :** *indice ;* **I haven't a clue,** *je n'ai pas la moindre idée.*
12. **women :** pl. irr. de **woman ;** autres pl. irr. **man, men ; child, children ; mouse, mice** *(souris) ;* **foot, feet ; tooth, teeth** *(dents) ;* **penny, pence** (en parlant de la valeur), **pennies** *(les pièces).*
13. **expect :** *s'attendre à, attendre, espérer* (note 15, p. 127) ; **wait for,** *attendre ;* **I'll wait for you outside the cinema at 7 p. m..**

"If you look in the right[1] place[2] you'll find it," said Mrs. Preble. "And don't be gone[3] long. Don't you dare[4] stop in at the cigar store[5]. I'm not going to stand down here in this cold cellar all night and freeze[6]."

"All right," said Mr. Preble. "I'll hurry[7]."

"And shut that *door* behind you !" she screamed[8] after him. "Where were your born[9] — in a barn[10] ?"

---

1. **right :** (ici) *bon, approprié, qui convient, qu'il faut ;* **he's the right man in the right place,** *c'est l'homme qu'il nous faut, l'homme de la situation.*
2. **place : ▲** (ici) *endroit, lieu.* N.B. **square,** *place publique ;* **seat,** *place* (de cinéma...) ; **room,** *de la place.*
3. **don't be gone :** notez l'emploi de **be** qui insiste sur le fait de n'être pas là et non sur l'action de partir : **he is gone,** *il a disparu* ou *il est mort.*
4. **don't you dare :** plus fort que **don't dare ; dare,** oser ; **he doesn't dare (to) argue with his wife,** *il ne se risque pas à discuter avec sa femme.*
5. **store :** (amér.) *magasin, boutique ;* **store** désigne en G.B. *un grand magasin ;* **department store, general store ; chain store,** *magasin à succursales multiples ;* **shop** (G.B.) *boutique.*

« Si tu cherches au bon endroit, tu en trouveras », dit Mrs. Preble. « Et ne reste pas longtemps. Ne t'avise pas de t'arrêter au bureau de tabac. Je n'ai pas l'intention de rester dans cette cave glaciale toute la nuit et de geler. »

« D'accord », dit Mr. Preble. « Je vais faire vite. »

« Et ferme cette porte derrière toi ! » cria-t-elle après lui. « Tu te crois né où ? Sous les ponts ? »

---

6. **freeze : freeze, froze, frozen,** *geler.*
7. **hurry :** *se presser, se dépêcher ;* **hurry up !** *dépêche-toi !*
8. **screamed : scream,** *pousser des cris perçants, crier, hurler.*
9. **born : be born,** *naître ;* **I was born on July 2nd,** *je suis né le 2 juillet.*
10. **were you born in a barn ? :** m. à m. *es-tu né dans une grange ?* question que les parents anglais et américains posent à leurs enfants lorsqu'ils oublient de fermer les portes.

RÉVISIONS

1. « Ma femme serait contente de se débarrasser de moi ».
2. Environ une demi-heure après le café, il parla sans lever les yeux de son journal.
3. « Descendons dans la cave », dit-il. « Pour quoi faire ? »
4. Nous pourrions peut-être organiser un jeu quelconque.
5. Comment se fait-il que tu ne veuilles jamais rien faire ?
6. Veux-tu cesser de ressasser cette question ?
7. Je ferais aussi bien de te dire la vérité au lieu de tourner autour du pot.
8. Je voulais seulement que tu saches où en sont les choses.
9. Ça ne te serait jamais venu à l'esprit, n'est-ce pas ?
10. Je savais que tu voulais m'enterrer dès l'instant où tu as mis les pieds dans cette maison, ce soir.
11. Eh bien, ça c'est de l'exagération pure et simple.
12. Je ne saurai jamais comment se termine l'histoire.
13. J'aimerais que tu sois enterrée et qu'on n'en parle plus.
14. N'importe quel autre mari aurait enterré sa femme en été.

1. **"My wife would be glad to get rid of me."**
2. **About half an hour after coffee, he spoke without looking up from his paper.**
3. **"Let's go down in the cellar", he said. "What for ?"**
4. **We might get up some kind of a game.**
5. **Why is it you never want to do anything ?**
6. **Will you quit harping on that subject ?**
7. **I might as well tell you the truth instead of beating about the bush.**
8. **I just wanted you to know how things are.**
9. **It would never have occurred to you, would it ?**
10. **I knew you wanted to bury me the minute you set foot in this house tonight.**
11. **Now that's just plain exaggeration.**
12. **I will never know how the story comes out.**
13. **I wish you were buried and it was all over with.**
14. **Any other husband would have buried his wife in the summer.**

ERNEST HEMINGWAY (1898-1961)

A Clean, Well-Lighted [1] Place [2]

Un endroit propre et bien éclairé

Né en 1898 près de Chicago, Hemingway passa tous les étés de sa jeunesse en plein bois, au bord du lac Michigan. Dès 1917, il entre au *Kansas City Star* en tant que reporter. En 1918, il s'engage comme ambulancier sur le front italien. Après la guerre, Hemingway reprend en Europe son métier de journaliste. Les années qu'il passe à Paris, de 1921 à 1927, sont décisives sur le plan de la littérature à laquelle il se consacre désormais, encouragé et influencé par Ezra Pound et Gertrude Stein, autres déracinés. En 1936, il devient correspondant auprès de l'armée républicaine en Espagne. Il fait ensuite la guerre, de 1939 à 1945. En 1954, Hemingway reçoit le Prix Nobel de littérature. En 1961, il met fin à ses jours.

Ses œuvres principales sont *The sun also rises, A farewell to arms, For whom the bell tolls, The old man and the sea.* Hemingway laisse aussi plusieurs recueils de nouvelles (*Granada paperbacks,* livres de poche) : *Winner take nothing* (d'où est tiré *A clean, well-lighted place*), *The snows of Kilimanjaro, Men without women, The first forty-nine stories...*

Le style de Hemingway se caractérise par une grande simplicité ; dans les récits comme dans les dialogues, on trouve beaucoup de retenue et de concision. Parmi les thèmes majeurs figurent la mort, la guerre, l'énergie, la violence, la fraternité, la nature (chasse et pêche). Les héros sont souvent des « durs » (*tough guys*).

It was late and everyone had left the café [3] except an old man who sat [4] in the shadow [5] the leaves [6] of the tree made against the electric light. In the daytime the street was dusty, but at night the dew settled [7] the dust and the old man liked to sit late because he was deaf and now at night it was quiet and he felt the difference. The two waiters [8] inside the café knew that the old man was a little drunk, and while [9] he was a good client [10] they knew that if he became [11] too drunk he would leave without paying [12], so they kept watch [13] on him.

"Last week [14] he tried to commit suicide [15]", one waiter said.

"Why ?"

"He was in despair [16]."

"What about ?"

"Nothing."

"How do you know it was nothing ?"

"He has plenty of money."

They sat together at a table that was close [17] against the wall near the door of the café and looked at the terrace where the tables were all empty except where the old man sat in the shadow of the leaves of the tree that moved [18] slightly [19] in the wind. A girl and a soldier went by [20] in the street.

---

1. **lighted : light, lighted** ou **lit, lighted** ou **lit,** *éclairer.*
2. **place :** ⚠ *endroit ;* **square,** *place* (ville) ; **room,** *de la place.*
3. **café :** (G.B.) café-restaurant sans boissons alcoolisées.
4. **sat : sit, sat, sat,** *être assis ;* **sit down,** *s'asseoir.*
5. **shadow :** *l'ombre* (projetée) ; **shade,** *ombre, ombrage ;* **in the shade of a tree,** *sous l'ombrage d'un arbre.*
6. **the shadow (which) the leaves... made :** omission fréquente du relatif complément d'objet direct **which, whom ; leaf, leaves :** pl. en **ves** de la majorité des n. en f et fe (knives...).
7. **settled : settle** (ici) *faire prendre, faire durcir, laisser reposer* (lie...) ; souvent : *s'installer, s'établir, se fixer.*
8. **waiters : wait on sb,** *servir quelqu'un à table, au restaurant...*
9. **while :** 1. (ici) *tandis que,* marquant l'opposition. 2. *pendant que.*
10. **client :** 1. *client* (souvent d'un avocat). 2. *client* (magasin).

Il était tard et tout le monde avait quitté le café, excepté un vieil homme assis dans l'ombre que formaient les feuilles de l'arbre dans la lumière électrique. Dans la journée la rue était poussiéreuse mais le soir la rosée fixait la poussière et le vieil homme aimait rester tard parce qu'il était sourd et qu'alors, la nuit, tout était calme et il sentait la différence. Les deux garçons qui se trouvaient à l'intérieur du café se rendaient compte que le vieil homme était un peu saoul et, bien qu'il fût bon client, ils savaient que s'il était trop saoul, il partirait sans payer, aussi le surveillaient-ils.

« La semaine dernière il a essayé de se suicider », dit l'un des garçons de café.

« Pourquoi ? »

« Il était désespéré. »

« A quel sujet ? »

« Rien. »

« Comment sais-tu que ce n'était rien ? »

« Il a plein d'argent. »

Ils étaient tous les deux assis à une table qui se trouvait tout contre la porte du café et ils regardaient la terrasse où toutes les tables étaient vides, excepté celle à laquelle se tenait le vieil homme à l'ombre des feuilles de l'arbre qui se balançaient légèrement dans le vent. Une fille et un soldat passèrent dans la rue.

---

11. **became : become, became, become,** *devenir ;* syn. **get** + adj.
12. **without paying :** les prépositions, sauf **to**, sont suivies du n. verbal en ing ; **thank you for coming.**
13. **kept watch : keep, kept, kept,** *garder ;* **watch,** *surveillance, guet.*
14. **last week :** N.B. pas d'article ; de même **next week, next month.**
15. **commit suicide :** notez l'expression (**commit murder, commit a crime**).
16. **despair :** *désespoir ;* **desperate,** *désespéré.*
17. **close** [kləus] : **close to,** *tout près de ;* **near,** *près de.*
18. **moved : move** 1. *bouger, remuer.* 2. *déménager* (aussi **move house**).
19. **slightly :** *un peu, légèrement ;* **slight,** *insignifiant, léger.*
20. **by :** *à côté de* (avec ou sans mouvement) ; **passerby,** *passant* (n.).

The street light [1] shone [2] on the brass number [3] on his collar. The girl wore no head covering [4] and hurried [5] beside [6] him.

"The guard will pick him up," one waiter said.

"What does it matter [7] if he gets [8] what he's after ?"

"He had better [9] get off the street now. The guard will get him. They went by five minutes ago."

The old man sitting in the shadow rapped [10] on his saucer with his glass. The younger waiter [11] went over to him.

"What do you want ?"

The old man looked at him. "Another [12] brandy," he said.

"You'll be drunk," the waiter said. The old man looked at him. The waiter went away.

"He'll stay all night," he said to his colleague. "I'm sleepy [13] now. I never get to bed [14] before three o'clock. He should have killed himself [15] last week."

The waiter took the brandy bottle and another saucer from the counter inside the café and marched [16] out to the old man's table. He put down the saucer and poured the glass full [17] of brandy.

"You should have killed yourself last week," he said to the deaf man. The old man motioned [18] with his finger. "A little more [19]", he said.

---

1. **street light :** ou street lamp, *réverbère ;* light, *lumière.*
2. **shone : shine, shone, shone.** 1. *luire.* 2. *briller.*
3. **number :** *numéro* (d'unité dont fait partie le soldat).
4. **head covering :** ou headgear, *couvre-chef ;* cover with in, *couvrir de.*
5. **hurried : hurry (up),** *se dépêcher, se presser.*
6. **beside :** ou near, *à côté de ;* ⚠ besides, *en outre.*
7. **matter :** (v.) *importer ;* it doesn't matter, *ça n'a pas d'importance.*
8. **gets : get, got, got** (gotten en amér.) : (ici) *obtenir, se procurer.*
9. **he had better :** suivi de l'infinitif sans to ; N.B. I had rather go out but I had better work, *je préférerais sortir mais je ferais mieux de travailler.*
10. **rapped : rap,** *frapper d'un coup sec ;* rap (n.) *petit coup sec.*
11. **the younger waiter :** N.B. comparatif s'agissant de deux ; the richer nations should help the poorer nations.
12. **another :** en un seul mot ! Tomorrow is another day.

La lumière du réverbère brillait sur le numéro de cuivre fixé au col du soldat. La fille ne portait rien sur la tête et elle marchait près de lui à pas pressés.

« La patrouille va le ramasser », dit l'un des garçons.

« Quelle importance s'il trouve ce qu'il cherche ! »

« Il a intérêt à déguerpir de la rue tout de suite. La patrouille va le prendre. Ils sont passés il y a cinq minutes. »

Le vieil homme assis à l'ombre de l'arbre tapa sur sa soucoupe avec son verre. Le plus jeune des deux garçons de café se dirigea vers lui.

« Qu'est-ce que vous voulez ? »

Le vieil homme le regarda. « Un autre cognac », dit-il.

« Vous allez être saoul », dit le garçon. Le vieillard le regarda de nouveau. Le garçon s'en alla.

« Il va rester là toute la nuit », dit-il à son collègue. « J'ai sommeil maintenant. Je ne vais jamais me coucher avant trois heures. Il aurait dû se tuer la semaine dernière. »

Le garçon prit la bouteille de cognac et une autre soucoupe dans le comptoir, à l'intérieur du café, et d'un pas décidé sortit en direction de la table du vieillard. Il posa la soucoupe et remplit le verre de cognac.

« Tu aurais dû te tuer la semaine dernière », dit-il à l'homme qui était sourd. Le vieillard fit un signe du doigt. « Encore un peu », dit-il.

---

13. **I'm sleepy :** *j'ai sommeil ;* **sleepy** (adj.) *qui a envie de dormir, somnolent ;* de même : **I'm hungry**, *j'ai faim ;* **I'm thirsty**, *j'ai soif ;* **I'm cold**, *j'ai froid.*
14. **get to bed :** ou **go to bed**, *aller se coucher ;* **go to sleep**, *s'endormir ;* **go back to sleep**, *se rendormir.*
15. **he should have killed himself :** N.B. **she was not killed in an accident, she killed herself, she was in despair.**
16. **marched : march**, *marcher au pas ou d'un pas énergique, ou d'un air furieux, avec impatience ;* **walk**, *marcher.*
17. **poured the glass full : pour**, *verser ;* **full (of)**, *plein (de).*
18. **motioned : motion (to) sb. to do something**, *faire signe à quelqu'un de faire quelque chose.*
19. **more :** exprime une quantité supplémentaire précise ou imprécise : **a little more, some more, six more, ...** *(encore, autre).*

The waiter poured on [1] into the glass so that the brandy slopped over [2] and ran [3] down the stem [4] into the top saucer [5] of the pile. "Thank you," the old man said. The waiter took the bottle back [6] inside the café. He sat down at the table with his colleague again.

"He's drunk now," he said.

"He's drunk every night."

"What did he want to kill himself for [7] ?"

"How should I know ?"

"How did he do it ?"

"He hung [8] himself with a rope."

"Who cut him down [9] ?"

"His niece."

"Why did they do it ?"

"Fear for his soul [10]."

"How much money has he got ?"

"He's got plenty."

"He must [11] be eighty years old."

"Anyway [12] I should say he was eighty."

"I wish he would go home [13]. I never get to bed before three o'clock. What kind of hour is that to go to bed ?"

"He stays up [14] because he likes it."

"He's lonely [15]. I'm not lonely. I have a wife waiting in bed for [16] me."

---

1. **poured on : on** exprime l'idée de continuation ; **go on reading,** *continuez à lire ;* **pour,** *verser.*
2. **slopped over : slop over,** *se renverser ;* **over,** *par-dessus.*
3. **ran : run, ran, run** (ici) *couler ;* **running water,** *eau courante.*
4. **stem :** 1. (ici) *pied* (de verre...). 2. *tige* (plante). 3. *queue* (fleur). 4. *souche* (d'une famille).
5. **the top saucer :** m. à m. *la soucoupe du haut de la pile ;* top, *haut, sommet, cime, faîte* (≠ **bottom).**
6. **took... back : take back :** 1. (ici) *rapporter* (quelque chose). 2. *raccompagner, reconduire* (quelqu'un) ; **I'll take you back to the station.**
7. **what did he want to kill himself for ? :** notez le rejet (très fréquent) de la préposition à la fin de la phrase ; **who were you talking to ?**
8. **hung : hang, hung, hung,** *pendre, suspendre ;* v. généralement régulier, s'agissant de pendaison (d'un homme).

Le garçon continua de verser, si bien que le cognac déborda et le long du pied du verre coula dans la première soucoupe de la pile. « Merci », dit le vieil homme. Le garçon rapporta la bouteille dans le café. Il s'assit de nouveau à la table avec son collègue.

« Il est saoul maintenant », dit-il.

« Il est saoul tous les soirs. »

« Pourquoi a-t-il voulu se tuer ? »

« Comment pourrais-je le savoir ? »

« Comment est-ce qu'il a fait ? »

« Il s'est pendu à l'aide d'une corde. »

« Qui a coupé la corde ? »

« Sa nièce. »

« Pourquoi est-ce qu'ils ont fait ça ? »

« Par peur pour son âme. »

« Qu'est-ce qu'il a comme argent ? »

« Il en a plein. »

« Il doit avoir quatre-vingts ans. »

« Enfin moi je dirais qu'il a quatre-vingts ans. »

« Je voudrais qu'il rentre chez lui. Je ne vais jamais me coucher avant trois heures. Ce n'est pas une heure pour aller se coucher. »

« Il reste debout parce que ça lui plaît. »

« Il est tout seul. Moi, je ne suis pas seul. J'ai une femme qui m'attend dans mon lit. »

---

9. **who cut him down :** notez la construction ; **cut, cut, cut,** *couper.*
10. **fear for his soul :** *par crainte pour son âme* (de peur qu'il n'aille en enfer pour avoir attenté à ses jours).
11. **must :** exprime ici une quasi-certitude, une forte probabilité ; **he must be ill, I'm sure.**
12. **anyway :** *en tout cas, de toute façon.*
13. **I wish he would go home :** ou **I wish he went home.** Notez : **go home, come home, return home** (sans préposition).
14. **stays up : stay up,** sit up, *rester debout, ne pas se coucher.*
15. **lonely :** 1. *seul, isolé.* 2. *délaissé, qui se sent seul.*
16. **waiting... for : wait for sb,** *attendre quelqu'un.*

"He had a wife once[1] too."

"A wife would be no good to[2] him now."

"You can't tell[3]. He might[4] be better with a wife."

"His niece looks after him."

"I know. You said she cut him down."

"I wouldn't want to be that old[5]. An old man is a nasty[6] thing."

"Not always. This old man is clean. He drinks without spilling[7]. Even now, drunk. Look at him."

"I don't want to look[8] at him. I wish he would go home. He has no regard[9] for those who[10] must work."

The old man looked from his glass across the square, then over at the waiters.

"Another brandy," he said, pointing to[11] his glass. The waiter who was in a hurry[12] came over.

"Finished," he said, speaking with that omission of syntax stupid people employ when talking[13] to drunken[14] people or foreigners[15]. "No more tonight. Close now."

"Another," said the old man.

"No. Finished." The waiter wiped the edge of the table with a towel[16] and shook his head[17].

The old man stood up, slowly counted the saucers, took a leather coin[18] purse from his pocket and paid for[19] the drinks, leaving half a *peseta* tip.

---

1. **once :** 1. (ici) *autrefois, jadis.* 2. *une fois* (**twice,** *deux fois*) ; **three, four... times.**
2. **to :** (ici) *pour* ; **he's nice to me,** *il est gentil pour moi.*
3. **tell :** (ici) *savoir, deviner, discerner ;* **how can I tell what he will do ?** *comment puis-je savoir ce qu'il va faire ?*
4. **might :** exprime une possibilité plus réduite que **may** : **John might come,** *il se pourrait que Jean vienne ;* **maybe,** *peut-être.*
5. **that old :** fam. pour **as old as that,** *vieux à ce point.*
6. **nasty :** 1. *déplaisant, désagréable ;* **nasty weather,** *sale temps.* 2. *méchant, malveillant ;* **don't make nasty remarks.**
7. **spilling : spill, spilt (spilled), spilt (spilled)** *renverser.*
8. **I don't want to look : ⚠ want, like, prefer** ne sont jamais suivis de l'infinitif sans **to** ; **he prefers to go home.**
9. **regard : ⚠** *estime, respect* (≠ **disregard,** *indifférence*).
10. **those who : ⚠** pas **these** ! Traduction de *celui (ceux) qui, celle(s) qui :* **the one(s) who (which), those who (which).**
11. **pointing to : point (to),** *pointer, diriger, braquer (sur).*

« Il a eu une femme, lui aussi, autrefois. »

« Une femme ne lui servirait à rien maintenant. »

« Tu n'en sais rien. Il se sentirait peut-être mieux s'il avait une femme. »

« Sa nièce s'occupe de lui. »

« Je sais. Tu m'as dit qu'elle avait coupé la corde. »

« Je n'aimerais pas être aussi vieux que ça. Un vieux c'est repoussant. »

« Pas toujours. Ce vieillard-ci est propre. Il boit sans renverser une goutte. Même maintenant, alors qu'il est saoul. Regarde-le. »

« Je ne veux pas le regarder. J'aimerais qu'il rentre chez lui. Il n'a aucune pitié pour ceux qui doivent travailler. »

Le vieil homme leva les yeux de son verre, regarda vers la place, puis du côté des garçons.

« Un autre cognac », dit-il en montrant son verre. Le garçon qui était pressé arriva.

« Terminé », dit-il avec ces ellipses de syntaxe qu'utilisent les gens stupides quand ils parlent à des ivrognes ou à des étrangers. « Plus ce soir. Fermer maintenant. »

« Un autre », dit le vieillard.

« Non. Fini. » Le garçon essuya le bord de la table avec un torchon et secoua la tête.

Le vieux se leva, compta lentement les soucoupes, prit un porte-monnaie de cuir dans sa poche et paya les consommations, laissant une demi-*peseta* en pourboire.

---

12. **was in a hurry : be in a hurry**, *être pressé ;* **hurry**, *hâte, précipitation ;* **there's no hurry**, *rien ne presse.*
13. **when talking :** when they are talking : effacement fréquent avec **when**, while ; don't speak while eating !
14. **drunken :** *adonné à la boisson, qui boit, ivrogne.*
15. **foreigners : foreigner** *étranger* (nationalité).
16. **towel :** 1. (= dish-towel, tea-towel) *torchon.* 2. *serviette de toilette ;* **napkin, serviette**, *serviette de table.*
17. **shook his head :** ⚠ possessif devant les n. de parties du corps et de vêtements ; **he was walking with his hands in his pockets ; shake, shook, shaken**, *secouer.*
18. **coin :** ▲ 1. *pièce de monnaie.* 2. *monnaie ;* **wedge**, *coin, cale.*
19. **paid for : pay for sthg, paid, paid**, *payer qqch.*

The waiter watched him go [1] down the street, a very old man [2] walking unsteadily [3] but with dignity.

"Why didn't you let him stay and drink [4] ?" the unhurried [5] waiter asked. They were putting up the shutters. "It is not half past two."

"I want to go home to bed."

"What is an hour [6] ?"

"More to me than to him [7]."

"An hour is the same."

"You talk like an old man [8] yourself [9]. He can buy a bottle and drink at home."

"It's not the same."

"No, it is not," agreed [10] the waiter with a wife. He did not wish to be unjust [11]. He was only in a hurry.

"And you ? You have no fear of going home before your usual [12] hour ?"

"Are you trying [13] to insult me ?"

"No, *hombre,* only to make a joke [14]."

"No," the waiter who was in a hurry said, rising [15] from pulling down [16] the metal shutters. "I have confidence [17]. I am all confidence."

---

1. **watched him go :** ⚠ base verbale (sans **to** !) après les v. de perception **see, watch, hear, feel** (ou la forme en ing).
2. **a very old man :** ⚠ article avec les n. en apposition ; **Oliver's father, a doctor in a small town, works very hard.**
3. **unsteadily :** *de façon instable* (**unsteady**) (≠ **steady,** *stable*).
4. **let him stay and drink : let** + base verbale (sans **to** !) ; de même **make : make them work, don't let them talk ;** notez **and** ; de même **try and come at six ; go and see him when you can.**
5. **unhurried :** *posé, pondéré, qui prend son temps* (≠ **hurried,** *pressé*) ; **unhurriedly,** *posément, sans se presser.* Cf. note 3.
6. **an hour** [aʊə] : **an** + n. commençant par h muet (n. peu nombreux : **honest, honour, heir,** *héritier* et leurs dérivés).
7. **more to me than to him :** notez ce sens de **to,** pour p. 144 note 2.
8. **an old man : an** + n. commençant par voyelle ; **an animal.**
9. **yourself :** les réfléchis : **myself, yourself, himself, herself, itself, ourselves, yourselves, themselves.**

Le garçon le regarda descendre la rue, vieil homme à la démarche chancelante mais plein de dignité.

« Pourquoi est-ce que tu ne lui as pas permis de rester ? » demanda le garçon qui n'était pas pressé. Ils étaient en train de mettre les volets. « Il n'est pas deux heures et demie. »

« Je veux rentrer me coucher. »

« Qu'est-ce que c'est qu'une heure ? »

« C'est plus pour moi que pour lui. »

« Une heure, c'est pareil pour tout le monde. »

« Tu parles comme un vieux toi-même. Il peut acheter une bouteille et boire chez lui. »

« Ce n'est pas la même chose. »

« Non, c'est vrai », convint le garçon qui avait une femme à la maison. Il ne voulait pas être injuste. Il était seulement pressé de rentrer.

« Et toi ? Tu n'as pas peur de rentrer chez toi avant ton heure habituelle ? »

« Tu essaies de m'insulter ? »

« Non, *hombre*, c'est seulement pour plaisanter. »

« Non », dit le garçon qui était pressé en se levant, après avoir baissé les volets métalliques. « J'ai confiance. Je suis plein de confiance. »

---

10. **agreed : agree,** *être d'accord ;* **I agree with you** (≠ **disagree**).
11. **unjust :** *injuste ;* syn. **unfair** (≠ **just, fair** cf. notes 3 et 5).
12. **usual** ['juːʒuəl] : *habituel ;* **as usual,** *comme d'habitude.*
13. **trying : try,** *essayer :* **I tried my best,** *j'ai fait de mon mieux.*
14. **make a joke :** ou **crack a joke,** *faire une plaisanterie.*
15. **rising : rise, rose, risen,** *se lever, se mettre debout.*
16. **pulling down : pull down,** *baisser, descendre ;* **pull,** *tirer.*
17. **confidence : (self -) confidence,** *confiance (en soi).*

"You have youth [1], confidence, and a job [2]", the older waiter [3] said. "You have everything."
"And what do you lack [4] ?"
"Everything but [5] work."
"You have everything I have."
"No. I have never had confidence and I am not young."
"Come on [6]. Stop talking [7] nonsense [8] and lock up [9]."
"I am of those who like to stay late at the café", the older waiter said. "With all those who do not want to go to bed. With all those who need a light for the night."
"I want to go home and into bed."
"We are of two different kinds [10]," the older waiter said. He was dressed [11] now to go home. "It is not only a question of youth and confidence, although those things are very beautiful. Each night I am reluctant [12] to close up because there may be someone who needs the café."
"*Hombre,* there are *bodegas* [13] open all night long."
"You do not understand. This is a clean and pleasant café. It is well lighted. The light is very good and also, now, there are shadows of the leaves."
"Good night," said the younger waiter.
"Good night," the other said. Turning off [14] the electric light he continued the conversation with himself. It is the light of course but it is necessary that the place be [15] clean and pleasant.

---

1. **youth** [ju:θ] : 1. (ici) *jeunesse.* 2. *jeune homme ;* **youth hostel,** *auberge de jeunesse ;* **youth club,** *foyer de jeunes.*
2. **job :** (ici) *emploi, poste, situation.*
3. **the older waiter :** comparatif, s'agissant de deux (p. 140 note 11) ; **the richer nations and the poorer nations.**
4. **lack :** *manquer de ;* **we lack time to do it.**
5. **but :** (ici) *excepté, sauf ;* syn. **except.**
6. **come on :** *allons ! allons donc ! allez !*
7. **stop talking : stop** *(arrêter de),* **go on, keep** *(continuer de)* sont suivis du n. verbal en **ing ; start, begin** *(commencer de)* sont suivis soit du n. verbal, soit de l'infinitif avec **to : it had started raining** ou **it had started to rain.**
8. **nonsense :** *absurdité(s), ineptie(s), sottise(s), idiotie(s).*
9. **lock up :** *fermer à clef* (toutes les portes) ; **will you lock up when you leave,** *veux-tu tout fermer en partant.*
10. **kinds : kind** 1. *genre, espèce.* 2. *sorte.* 3. *nature.*

« Tu as la jeunesse, la confiance et du travail », dit le plus âgé des deux garçons de café. « Tu as tout. »

« Et toi, qu'est-ce qui te manque ? »

« Tout sauf le travail. »

« Tu as tout ce que j'ai. »

« Non, je n'ai jamais eu confiance, je ne suis pas jeune. »

« Allons, arrête de dire des bêtises et ferme la boutique. »

« Je fais partie de ceux qui aiment rester tard au café », dit le plus vieux. « Avec tous ceux qui ne veulent pas aller se coucher. Avec tous ceux qui ont besoin d'une lumière pour la nuit. »

« Je veux rentrer chez moi me coucher. »

« Nous sommes de deux natures différentes », dit le vieux garçon de café. Il s'était mis en tenue maintenant pour rentrer.

« Ce n'est pas seulement une question de jeunesse et de confiance, même si ces choses sont très belles. Chaque soir j'hésite à fermer parce qu'il y a peut-être quelqu'un qui a besoin du café. »

« *Hombre*, il y a des *bodegas* ouvertes la nuit. »

« Tu ne comprends pas. Ce café est propre et agréable. Il est bien éclairé. La lumière est très bonne et aussi, maintenant, il y a l'ombre des feuilles. »

« Bonsoir », dit le plus jeune.

« Bonsoir », dit l'autre. Eteignant la lumière électrique, il continua de parler tout seul. Il y a la lumière, bien sûr, mais il est nécessaire que l'endroit soit propre et agréable.

---

11. **he was dressed :** m. à m. *il était habillé ;* **dressed in black,** *habillé de noir ;* **dress,** *(s')habiller.*
12. **reluctant :** (adj.) *peu disposé, qui agit à contrecœur ;* **he's reluctant to do it,** *il rechigne à le faire.*
13. **bodegas :** bodega (mot espagnol), *cave* (où on boit).
14. **turning off : turn off,** switch off, *éteindre* (≠ **turn on**).
15. **it is necessary that the place be :** notez le subjonctif.

You do not want music. Certainly you do not want music. Nor can you stand [1] before a bar with dignity although that is all that is provided for [2] these hours. What did he fear ? It was not fear or dread. It was a nothing that he knew too well. It was all a nothing and a man was nothing [3] too. It was only that and light was all it needed and a certain cleanness and order. Some lived in it and never felt it but he knew it all was *nada y pues nada y nada y pues nada.* Our *nada* who art in *nada* [4], nada be thy name [5] thy kingdom *nada* [6] thy will be *nada* in *nada* as it is in *nada* [7]. Give us this *nada* our daily *nada* [8] and *nada* us our *nada* [9] as we *nada* our *nadas* [10] and *nada* us not into *nada* [11] but deliver us from *nada* [12]; *pues nada* [13]. Hail nothing full of nothing [14], nothing is with thee [15]. He smiled and stood before [16] a bar with a shining steam [17] pressure [18] coffee machine.

"What's yours [19] ?" asked the barman.

"*Nada.*"

"*Otro loco* [20] *más,*" said the barman and turned away [21].

---

1. **nor can you stand :** notez la construction ; **he didn't smoke nor did he drink wine** (ou **he did not drink wine either**).
2. **provided for : provide for,** *pourvoir aux besoins de quelqu'un.*
3. **nothing :** *rien* (nada en espagnol), (ici) *néant* **(nothingness).**
4. **our nada who art in nada : our Father who are in heaven** *(cieux) ;* parodie du Notre-Père : notez le vieil anglais (**art** pour **are**).
5. **nada be thy name : hallowed** *(sanctifié)* **be thy (your) name.**
6. **thy kingdom nada : thy (your) kingdom** *(royaume)* **come.**
7. **thy will be nada in nada as it is in nada : thy (your) will** *(volonté)* **be done on earth** *(terre)* **as it is in heaven** *(ciel, paradis).*
8. **this nada our daily nada : this day our daily bread.**
9. **and nada us our nada : and forgive** *(pardonne)* **us our trespasses** (**offences,** *péchés*) ; **to trespass,** *offenser, enfreindre ;* **trespasser,** *pécheur.*
10. **as we nada our nadas : as we forgive those who trespassed against us,** *comme nous pardonnons à ceux qui nous ont offensés.*

On n'a pas besoin de musique. Certainement, on n'a pas besoin de musique. Et vous ne pouvez pas non plus rester planté devant un bar avec dignité même si c'est tout ce qui vous est offert à ces heures-là. De quoi avait-il peur ? Ce n'était pas de la peur ou de la crainte. C'était ce rien qu'il ne connaissait que trop bien. Tout était rien et l'homme lui-même n'était rien. Ce n'était que cela et la lumière était tout ce dont il avait besoin et une certaine propreté et un certain ordre. Quelques-uns vivaient dedans et ne s'en rendaient jamais compte, mais lui savait que tout était *nada y pues nada y nada y pues nada*. Notre *nada* qui es au *nada*, *nada* soit ton nom, que ton règne *nada* que ta volonté soit *nada* sur la *nada* comme elle est au *nada*. Donne-nous aujourd'hui notre *nada* quotidien et pardonne-nous nos *nada* comme nous pardonnons aux *nada* qui nous ont *nada* et ne nous soumets pas à la *nada* mais délivre-nous du *nada ; pues nada*. Je vous salue néant plein de néant, le néant est avec vous. Il souriait debout devant un bar sur lequel se trouvait une rutilante machine à café à pression.

« Qu'est-ce que vous prenez ? » demanda le barman.

« *Nada*. »

« *Otro loco más* », dit le barman en détournant la tête.

---

11. **and nada us not into nada :** and lead us not into temptation, *et ne nous laissez pas succomber à la tentation.*
12. **but deliver us from nada :** but deliver us from evil, *mais délivrez-nous du mal ;* **good and evil,** *le bien et le mal.*
13. **pues nada :** and then nothing, parodie de *Amen.*
14. **hail nothing full of nothing : Hail Mary full of grace,** *je vous salue Marie pleine de grâce ;* **hail,** *saluer* (quelqu'un).
15. **nothing is with thee :** nothing is with you (**thee** en vieil anglais) ; parodie de **the Lord** *(Seigneur)* **is with you.**
16. **before :** s'emploie pour le lieu (comme ici **before the bar**) et pour le temps : **he came before eight in the morning.**
17. **steam :** *vapeur ;* **steam boat,** *bateau à vapeur.*
18. **pressure** ['preʃə] : *pression ;* **pressure-cooker,** *cocotte-minute.*
19. **Wat's yours ? :** m. à m. *quel est la vôtre (boisson) ?*
20. **loco :** (mot espagnol) *fou :* **madman** (n.), **mad** (adj.).
21. **turned away : turn,** *(se) détourner ;* **away,** *loin, au loin.*

"A little cup," said the waiter.

The barman poured it for him.

"The light is very bright[1] and pleasant but the bar is unpolished[2]," the waiter said.

The barman looked at him but did not answer. It was too late[3] at night[4] for conversation.

"You want another *copita* ?" the barman asked.

"No, thank you," said the waiter and went out. He disliked[5] bars and *bodegas.* A clean, well-lighted café was a very different thing[6]. Now, without thinking further[7], he would go home to his room. He would lie[8] in the bed and finally, with daylight, he would go to sleep. After all, he said to himself, it is probably only insomnia. Many must[9] have it.

---

1. **bright :** 1. *brillant, clair, vif.* 2. *éveillé, intelligent.* 3. *gai, heureux ;* **bright interval,** *éclaircie* (temps).
2. **unpolished : polish,** *polir, cirer, faire briller, lustrer.*
3. **too late : too** *(trop)* s'emploie seul uniquement avec l'adj. et l'adv. ; **it's too difficult and she speaks too fast.**
4. **at night :** ou **in the night,** *la nuit ;* **night,** *nuit, soir.*
5. **dislike :** *ne pas aimer* (≠ like) ; **-dis, -un, -in** servent à former des mots de sens contraire : **honest, dishonest ; correct, incorrect ; happy, unhappy.**
6. **a very different thing :** ⚠ la présence de **very** ne change pas la place de l'adj. épithète (devant le n.).
7. **further :** comparatif de **far,** *loin ;* superlatif **the furthest ;** il y a aussi **farther, the farthest.**
8. **lie : lie, lay, lain,** *être allongé, être situé* (ville...) ; à ne pas confondre avec **lay, laid, laid,** *poser, mettre.*
9. **must :** exprime ici la quasi-certitude, la forte probabilité ; **he didn't come, he must be ill.**

« Une petite tasse », dit le garçon de café. Le barman la lui versa.

« Il y a beaucoup de lumière et c'est très agréable mais le bar n'est pas bien astiqué », dit le garçon.

Le barman le regarda mais il ne répondit pas. Il était trop tard pour engager une conversation.

« Vous voulez une autre *copita* ? » demanda le barman.

« Non, merci », dit le garçon de café et il sortit. Il n'aimait ni les bars ni les *bodegas*. Un café propre et bien éclairé, c'était tout à fait différent. Maintenant, sans réfléchir davantage, il rentrerait chez lui dans sa chambre. Il s'allongerait sur son lit et finalement, avec la lumière du jour, il s'endormirait. Après tout, se dit-il, ce n'est probablement que de l'insomnie. Il doit y en avoir beaucoup à en souffrir.

RÉVISIONS

1. S'il était trop saoul il s'en allait sans payer.
2. « La semaine dernière il a essayé de se suicider », dit le plus vieux des deux garçons.
3. Quelle importance, s'il obtient ce qu'il cherche ?
4. Il ferait mieux de déguerpir de la rue maintenant.
5. J'ai sommeil maintenant. Je ne vais jamais me coucher avant trois heures.
6. Il aurait dû se tuer la semaine dernière.
7. Le veillard fit un signe du doigt. « Encore un peu ».
8. Sa niece prend soin de lui, n'est-ce pas ?
9. Je ne voudrais pas être vieux à ce point.
10. Le vieillard paya les consommations et s'en alla.
11. Pourquoi ne lui as-tu pas permis de rester boire ?
12. De quoi manques-tu ? De tout, sauf de travail.
13. Allons ! Cesse de dire des bêtises et ferme la boutique.
14. Je ferme à contrecœur parce qu'il y a peut-être quelqu'un qui a besoin du café.
15. Il s'allongerait dans son lit et finalement il s'endormirait.

1. **If he became too drunk he would leave without paying.**
2. **"Last week he tried to commit suicide", the older waiter said.**
3. **What does it matter if he gets what he's after ?**
4. **He had better get off the street now.**
5. **I'm sleepy now. I never get to bed before three o'clock.**
6. **He should have killed himself last week.**
7. **The old man motioned with his finger. "A little more."**
8. **His niece looks after him, doesn't she ?**
9. **I wouldn't want to be that old.**
10. **The old man paid for the drink and left.**
11. **Why didn't you let him stay and drink ?**
12. **What do you lack ? Everything but work.**
13. **Come on. Stop talking nonsense and lock up.**
14. **I am reluctant to close up because there may be someone who needs the café.**
15. **He would lie in his bed and finally he would go to sleep.**

RAY BRADBURY

All Summer in a Day

Un seul jour pour l'été

Le célèbre auteur des *Martian Chronicles* est né en 1920 dans l'Illinois. Il est marié et père de trois enfants. Il écrit depuis son adolescence des nouvelles et des romans, entre autres *Farenheit 451*, porté à l'écran par François Truffaut, et des pièces de théâtre dont il a assuré lui-même la mise en scène. Les nouvelles ont été publiées en édition de poche aux États-Unis (Granada Publishers). Les volumes intitulés *The golden apples* et *The illustrated man*, en particulier, contiennent des pièces courtes, d'un niveau accessible.

Ray Bradbury a donné à la science-fiction ses lettres de noblesse. Ses nouvelles sont des textes fantastiques empreints souvent de poésie, comme *All summer in a day*, et non pas des écrits pseudo-scientifiques. On l'appelle parfois le « poète de la S.-F. ». L'auteur voit l'avenir d'un œil sombre car il craint que la société ne soit dominée par les machines qu'elle a construites. Les menaces qui pèsent sur le monde ne viennent pas, selon lui, de civilisations lointaines ou de mondes parallèles, mais des erreurs des hommes. Les valeurs que défend Bradbury sont la bonté, l'intelligence, la beauté... qui doivent l'emporter sur la technologie.

"Ready ?"

"Ready."

"Now ?"

"Soon."

"Do the scientists really know ? Will it happen [1] today, will it ?"

"Look, look ; see for yourself ! [2]"

The children pressed to each other like so many roses, so many weeds, intermixed, peering [3] out for [4] a look at the hidden [5] sun.

It rained.

It had been raining [6] for seven years ; thousands upon thousands of days [7] compounded and filled from one end to the other with rain, with the drum [8] and gush [9] of water, with the sweet crystal fall of showers and the concussion of storms so heavy they were [10] tidal waves [11] come over the islands. A thousand forests had been crushed under the rain and grown up [12] a thousand times [13] to be crushed again. And this was the way [14] life was forever [15] on the planet Venus, and this was the schoolroom of the children of the rocket men and women who had come to a raining world to set up civilization and live out their lives [16].

"It's stopping, it's stopping !"

"Yes, yes !"

Margot stood apart from them, from these children who could never remember a time [17] when there wasn't rain and rain and rain.

---

1. **happen :** *arriver* (en parlant d'un événement), *avoir lieu ;* aussi **occur, take place.**
2. **see for yourself :** notez la présence de **for.**
3. **peering : peer,** *scruter, regarder attentivement.*
4. **for :** marque le désir d'avoir, de trouver ; **look for,** *chercher.*
5. **hidden :** *caché ;* **hide, hid, hidden ;** aussi **conceal.**
6. **it had been raining : pluperfect,** temps qui indique que l'action commencée sept ans plus tôt continuait.
7. **thousands of days :** indiquant une approximation **thousand, hundred, million** sont des n. variables suivis de **of.**
8. **drum :** 1. (ici) *tambourinement* (pluie) 2. *tambour.*
9. **gush :** 1. *jaillissement.* 2. *jet* (de sang...) 3. *débordement* (de paroles...), *effusion ;* **to gush,** *jaillir.*
10. **so heavy (that) they were :** (amér.) omission de **that.**

« Prêt ? »

« Prêt. »

« Maintenant ? »

« Bientôt. »

« Les scientifiques le savent-ils vraiment ? Ça va se passer aujourd'hui ? Oui ? »

« Regardez ! Regardez ! Voyez vous-même. »

Les enfants se pressèrent les uns contre les autres, comme autant de roses, comme autant d'herbes folles, entremêlés, cherchant à jeter un coup d'œil sur le soleil caché.

Il pleuvait.

Il pleuvait depuis sept ans ; des milliers et des milliers de jours confondus, remplis d'un bout à l'autre de pluie, du tambourinement et du jaillissement de l'eau, de la douce chute cristalline des ondées, du fracas des orages si violents que des raz-de-marée passaient sur les îles. Mille forêts avaient été écrasées sous la pluie et avaient mille fois repoussé pour être écrasées à nouveau. Et telle était la vie pour toujours sur la planète Vénus et c'était ici la salle de classe des enfants des hommes et des femmes venus en fusée jusqu'à ce monde de la pluie pour installer la civilisation et vivre leur vie.

« Ça s'arrête ! Ça s'arrête ! »

« Oui, oui ! »

Margot se tenait à distance, à l'écart de ces enfants qui ne pouvaient jamais se souvenir d'une époque où il n'y avait pas la pluie, la pluie, toujours la pluie.

---

11. **tidal waves : tidal,** *de marée* (tide) ; **wave,** *vague ;* **tidal waves,** *lames de fond* ou *raz de marée.*
12. **grown up : grow up, grew, grown,** *croître, pousser ;* **grown-up** (n. et adj.), *adulte.*
13. **times : time** (ici) *fois :* **once,** *une fois ;* **twice,** *deux fois ;* **three, four, five... times,** *trois, quatre, cinq... fois.*
14. **way :** 1. (ici) *moyen, méthode, manière, façon ;* **the American way of life,** *la vie à l'américaine.* 2. *chemin, route, voie.*
15. **forever :** 1. *à jamais.* 2. *sans cesse, continuellement.*
16. **their lives :** ⚠après un possessif pl. **(our, your, their)** le n. est au pl. s'il désigne un objet qui n'appartient pas en commun aux différents possesseurs : **the two brothers came in their cars** (séparément, dans deux voitures) (≠ **in their car,** *dans une seule et même voiture*).
17. **time :** (ici) *époque ;* **I was young at the time.**

They were all nine years old, and if there had been a day, seven years ago, when[1] the sun came out for an hour and showed its face to the stunned[2] world, they could not recall. Sometimes, at night, she heard them stir[3], in remembrance[4], and she knew they were dreaming and remembering gold or a yellow crayon[5] or a coin[6] large[7] enough[8] to buy the world with[9]. She knew they thought they remembered a warmness[10], like a blushing[11] in the face, in the body, in the arms and legs and trembling hands. But then they always awoke to the tatting[12] drum, the endless[13] shaking down[14] of clear bead[15] necklaces upon the roof, the walk, the gardens, the forests, and their dreams were gone[16].

All day yesterday they had read in class about the sun. About how like a lemon it was, and how hot. And they had written small stories or essays or poems about it :

I think the sun is a flower,
That blooms for just one hour.

That was Margot's poem, read in a quiet voice in the still classroom while[17] the rain was falling outside.

"Aw, you didn't write that !" protested one of the boys.

"I did", said Margot. "I *did*[18]."

---

1. **a day... when :** notez l'emploi, logique, de **when** (de même plus haut **a time when there wasn't rain**).
2. **stunned : stun** 1. *étourdir, assommer.* 2. *abasourdir, stupéfier.*
3. **she heard them stir :** base verbale (sans **to** !) après v. de perception, **hear,** see, feel (cf. p. 160 **she felt them go away**).
4. **remembrance :** *souvenir, mémoire ;* **in remembrance of,** *en souvenir de ;* **Remembrance Day,** *jour de l'Armistice, 11 novembre.*
5. **crayon** ['kreɪɒn] : *crayon de couleur ; pastel.*
6. **coin :** *pièce de monnaie ;* **banknote,** *billet de banque.*
7. **large :** ▲ 1. *grand, gros.* 2. *vaste, spacieux ;* **wide,** *large.*
8. **enough :** se place après l'adj. et l'adv ; **this cake isn't big enough ; she writes well enough.**
9. **with :** rejeté à la fin de la proposition le relatif ayant été supprimé **(with which to buy the world).**

Ils avaient tous neuf ans et s'il y avait eu un jour, sept ans plus tôt, où le soleil était apparu pendant une heure et avait dévoilé sa face au monde stupéfait, ils ne pouvaient se le rappeler. Parfois, la nuit, elle les entendait bouger, sous l'effet du souvenir, et elle savait qu'ils rêvaient et qu'ils se souvenaient d'or, d'un crayon de pastel jaune ou d'un sou assez gros pour acheter le monde. Elle savait qu'ils croyaient se souvenir d'une certaine chaleur, comme d'une rougeur au visage, sur le corps, sur les bras et les jambes et sur les mains tremblantes. Mais ensuite ils s'éveillaient toujours au son de ce tambour, à cette chute de perles de collier, transparentes, sans fin secouées sur le toit, sur l'allée, les jardins, les forêts, et leurs rêves prenaient fin.

Hier, toute la journée, ils avaient fait des lectures, en classe, sur le soleil, et ils avaient appris qu'il ressemblait à un citron et combien il était chaud. Et ils avaient écrit de courtes histoires, ou des essais, ou des poèmes là-dessus.

« J'imagine que le soleil est une fleur
Qui s'ouvre seulement pour une heure. »

C'était le poème de Margot, lu d'une voix calme dans la salle de classe silencieuse tandis que la pluie tombait au-dehors.

« Oh, ce n'est pas toi qui as écrit ça ! » protesta un des garçons.

« Si », dit Margot, « mais si ! »

---

10. **warmness :** *chaleur ;* **warm,** *chaud :* adj. + **ness** = n. abstrait ; **good, goodness,** *bonté ;* **kind, kindness,** *gentillesse.*
11. **blushing : blush,** *rougir* (de timidité, honte...).
12. **tatting :** onomatopée imitant le son du tambour (**drumming**).
13. **endless :** *sans fin* **(end) ;** joyless *(sans joie) ;* childless...
14. **the... shaking down :** m. à m. *l'action de faire tomber* **(down)** *en secouant* **(shaking) ; shake, shook, shaken,** *secouer.*
15. **bead :** 1. (ici) *perle.* 2. *grain* (de chapelet).
16. **gone : be gone :** 1. *être parti ou absent.* 2. *être mort ou disparu.* **Be gone !** *allez-vous-en !*
17. **while :** 1. (ici) *pendant que.* 2. *tandis que, alors que* (opposition) : **you like pop music while I prefer classical music.**
18. **did :** les italiques marquent l'insistance (cf. traduction) ; à l'oral l'intonation porterait fortement sur **did.**

"William !" said the teacher.

But that was yesterday. Now the rain was slackening[1], and the children were crushed in[2] the great thick windows.

"Where's teacher ?"

"She'll be back[3]."

"She'd better hurry[4], we'll miss it !"

They turned on themselves, like a feverish[5] wheel, all tumbling[6] spokes.

Margot stood alone. She was a very frail girl who looked as if[7] she had been lost[8] in the rain for years and the rain had washed[9] out the blue from her eyes and the red from her mouth and the yellow from her hair. She was an old photograph dusted[10] from an album, whitened[11] away, and if she spoke at all[12] her voice would[13] be a ghost. Now she stood, separate, staring at the rain and the loud wet world beyond[14] the huge glass.

"What're *you* looking at ?" said William.

Margot said nothing.

"Speak when you're spoken to[15]." He gave her a shove[16]. But she did not move ; rather she let herself be moved only by him and nothing else[17].

They edged away[18] from her, they would not look at her. She felt them go away.

---

1. **slackening : slacken** 1. (ici) *diminuer.* 2. *se relâcher, se détendre.* 3. *(se) ralentir ;* **slack.** 1. *lâche, desserré.* 2. *stagnant, creux* (saison). 3. *négligent, peu sérieux ;* **slacker,** *flemmard.*
2. **crushed in... the windows :** m. à m. *écrasés dans les fenêtres.*
3. **back :** *en arrière, vers l'arrière, de retour.*
4. **she had better hurry :** *elle ferait mieux de se dépêcher ;* she had rather stay, *elle aimerait mieux rester* ⚠ had better, had rather sont suivis de l'infinitif sans to.
5. **feverish :** 1. *fiévreux.* 2. *fébrile, agité ;* **fever,** *fièvre.*
6. **tumbling : tumble** 1. *tomber.* 2. *déferler, rouler* (vagues).
7. **looked as if :** m. à m. *semblait* ou *paraissait comme si ;* **look,** *sembler, paraître, avoir l'air ;* **he looks happy.**
8. **lost :** *perdu(e) ;* **lose, lost,** *perdre ;* **loss,** *perte.*
9. **washed : wash out,** *faire partir au lavage ;* **wash,** *laver.*
10. **dusted : dust,** *enlever la poussière* **(dust),** *épousseter.*

« William ! » dit l'institutrice.

Mais cela c'était hier. Maintenant la pluie diminuait et les enfants étaient massés contre les grandes fenêtres épaisses.

« Où est la maîtresse ? »

« Elle va revenir. »

« Elle a intérêt à se dépêcher. Nous allons le manquer. »

Ils se mirent à tournoyer, pareils à une roue déchaînée, déferlant les uns sur les autres, comme autant de rayons.

Margot se tenait seule. C'était une petite fille très frêle qui semblait égarée sous la pluie depuis des années et la pluie avait délavé le bleu de ses yeux, le rouge de ses lèvres et l'or de ses cheveux. C'était une vieille photographie tirée d'un album, dépoussiérée, blanchie, et si elle parlait, sa voix était un fantôme de voix. Maintenant elle se tenait isolée et fixait du regard la pluie et le monde détrempé, plein de bruit, situé au-delà de la vitre immense.

« Qu'est-ce que tu regardes, toi ? » dit William.

Margot ne dit rien.

« Réponds quand on te parle. » Il la poussa. Mais elle ne bougea pas ; plutôt, elle se laissa emporter par lui et ce fut tout.

Ils s'écartèrent d'elle et ils ne lui jetèrent pas un seul regard. Elle les sentit s'éloigner.

---

11. **whitened : whiten**, *blanchir ;* **white**, *blanc ;* **blacken**, *noircir ;* **black**, *noir ;* **deepen** *(s') approfondir ;* **deep**, *profond.*
12. **if she spoke at all :** *si seulement elle parlait, s'il lui arrivait de parler* (notez ce sens de **at all**).
13. **would :** indique qu'il en était chaque fois ainsi.
14. **beyond** [bɪ'jɒnd] : *au-delà de, de l'autre côté de.*
15. **you are spoken to :** ⚠ les v. à particule prépositionnelle s'emploient à la voix passive : **you're being waited for.**
16. **shove** [ʃʌv] : *coup, poussée ;* **to shove**, *pousser ;* **pushing and shoving**, *bousculade ;* **shove away**, *repousser, éloigner.*
17. **nothing else :** m. à m. *rien d'autre ;* **nobody else**, *personne d'autre ;* **nowhere else**, *nulle part ailleurs.*
18. **edge away :** *avancer de biais, se glisser, avancer petit à petit ;* **edge** (n.) *bord, arête, lisière ;* **away**, *(au) loin.*

And this was because she would play no games with them in the echoing [1] tunnels of the underground city. If they tagged [2] her and ran, she stood blinking [3] after them and did not follow. When the class sang songs about happiness and life [4] and games her lips barely [5] moved. Only when they sang about the sun and the summer did her lips move [6] as [7] she watched the drenched [8] windows.

And then, of course, the biggest crime [9] of all was that she had come here only five years ago from Earth, and she remembered the sun and the way the sun was and the sky was when she was four in Ohio. And they, they had been on Venus all their lives, and they had been only two years old when last [10] the sun came out and had long since forgotten the colour and heat of it [11] and the way it really was. But Margot remembered.

"It's like a penny [12]", she said once, eyes closed.

"No it's not !" the children cried.

"It's like a fire", she said, "in the stove."

"You're lying [13], you don't remember !" cried the children.

But she remembered and stood quietly [14] apart from all of them and watched the patterning [15] windows.

---

1. **echoing** ['ekəʊɪŋ] : **echo with music,** *retentir de musique.*
2. **tagged : to tag,** *toucher* (quelqu'un) *au jeu de chat* (**tag**).
3. **blinking : blink** 1. (ici) *cligner des yeux.* 2. *clignoter, vaciller* (lumière).
4. **life :** *la vie* en général, donc pas d'article **the.**
5. **barely :** *à peine ;* syn. **hardly, scarcely.**
6. **only when... did her lips move :** (not) **only, never, hardly** placés en début de phrase (pour insister) entraînent la construction interrogative du v. ; **never did I say that !**
7. **as :** (ici) *au moment où, comme, lorsque, alors que ;* **as I came in the telephone rang.**
8. **drenched : drench,** *mouiller :* **drenched to the skin,** *trempé jusqu'aux os* (ou **soaked to the skin,** ou **soaked through**).
9. **crime :** ▲ 1. *délit, infraction.* 2. *crime.*
10. **last :** (adv.) *la dernière fois* (**for the last time**).
11. **the heat of it :** ou **its heat** *(chaleur)* ; **hot** *(très) chaud, brûlant.*
12. **penny : penny,** le centième d'une livre (**pound, £**).

Et tout cela parce qu'elle ne voulait pas participer à leurs jeux dans les tunnels retentissants de la ville souterraine. S'ils la touchaient à chat perché et s'en allaient en courant, elle les regardait en clignant des yeux sans les poursuivre. Quand la classe chantait des chansons sur le bonheur, la vie, les jeux, ses lèvres remuaient à peine. C'est seulement quand ils chantaient le soleil et l'été que ses lèvres remuaient pendant qu'elle regardait les fenêtres ruisselantes.

Et puis, bien sûr, le plus grand de tous ses crimes, c'était d'être venue ici seulement cinq ans plus tôt, en provenance de la Terre, et de se souvenir du soleil, comment il était, le soleil, et comment était le ciel, lorsqu'elle avait quatre ans, là-bas, dans l'Ohio. Mais eux, ils avaient passé toute leur vie sur Vénus et ils n'avaient que deux ans lorsque le soleil s'était montré pour la dernière fois et depuis longtemps ils en avaient oublié la couleur, la chaleur, et comment il était réellement. Alors que Margot, elle, s'en souvenait.

« Il ressemble à une pièce de monnaie », dit-elle un jour, les yeux fermés.

« Non ! » s'écrièrent les enfants.

« Il ressemble au feu », dit-elle, « dans les poêles. »

« Tu mens, tu ne t'en souviens pas », s'écrièrent les enfants.

Mais elle s'en souvenait et restait à part, sans mot dire, éloignée de tous, et elle observait les dessins de la pluie sur la vitre.

---

13. **lying : lie,** *mentir.* ⚠ modification orthographique : **ie** devient **y** devant **ing : die, dying ; lie,** *mensonge ;* **liar,** *menteur.*
14. **quietly :** dérivé de **quiet** ['kwaɪət] 1. *silencieux, calme, tranquille ;* **be quiet !** *tais-toi !* 2. *paisible, sans agitation.*
15. **patterning : pattern,** *(s') orner de motifs ;* **patterned material,** *tissu à motifs ;* **pattern** (n.), *dessin, motif ;* **this material has a check pattern,** *ce tissu a un motif à carreaux.*

And once [1], a month ago, she had refused to shower [2] in the school shower rooms, had clutched [3] her hands to her ears and over her head, screaming [4] the water mustn't touch her head. So after that, dimly [5], dimly, she sensed [6] it, she was different and they knew her difference and kept away.

There was talk [7] that her father and mother were taking [8] her back to Earth next year ; it seemed vital to her that they do so, though it would mean the loss of thousands of dollars to her family. And so, the children hated her for all these reasons of big and little consequence [9]. They hated her pale snow face, her waiting silence, her thinness, and her possible future.

"Get away !" The boy gave her another push. "What're you waiting for ?"

Then, for the first time, she turned [10] and looked at him. And what she was waiting for was in her eyes.

"Well, don't wait around here !" cried the boy savagely. "You won't see nothing [11] !"

Her lips moved.

"Nothing !" he cried. "It was all a joke [12], wasn't it ?" He turned to the other children. "Nothing's happening today. Is it ?"

They all blinked at him and then, understanding, laughed and shook their heads [13]. "Nothing, nothing !"

---

1. **once :** *une fois, à un moment donné ;* once upon a time there was a prince, *il était une fois un prince.*
2. **to shower :** *prendre une douche* (a shower, a shower-bath).
3. **clutched : clutch,** *empoigner, étreindre ;* clutch at, *se cramponner à, s'agripper à.*
4. **screaming : scream** 1. (ici) *pousser des cris perçants.* 2. *rire aux larmes ;* scream (n.) 1. *cri perçant.* 2. *éclat* (de rire).
5. **dimly :** *obscurément, confusément ;* dim 1. *faible* (lumière). 2. *indistinct* (contours...). 3. *trouble* (vue). 4. *stupide.*
6. **sensed : sense,** *sentir intuitivement, pressentir.*
7. **talk :** (ici) *bruit* (qui circule), *dires ;* aussi **rumour.**
8. **were taking :** ⚠ sens futur de la forme progressive : what are you doing tomorrow ? I'm going to the country.
9. **consequence :** ▲ (ici) *importance ;* it's of no consequence, *cela ne fait rien.*

Et une fois, un mois plus tôt, elle avait refusé de prendre sa douche dans les douches de l'école ; elle avait serré ses mains sur ses oreilles et sur sa tête, hurlant que l'eau ne devait pas toucher sa tête. Aussi, après cela, obscurément, confusément, elle sentit qu'elle était différente des autres, et ils se rendirent compte de la différence et ils s'éloignèrent d'elle.

Il y eut une rumeur selon laquelle son père et sa mère devaient la ramener sur la Terre l'année suivante ; il semblait que ce fût vital pour elle, même si cela représentait la perte de milliers de dollars pour sa famille. Et ainsi les enfants la haïssaient pour toutes ces raisons de grande et de moindre importance. Ils détestaient son visage d'une pâleur neigeuse, son silence expectatif, sa minceur et ses possibilités d'avenir.

« Va-t'en ! » Le garçon la poussa de nouveau. « Qu'est-ce que tu attends ? »

Puis, pour la première fois, elle se retourna et le regarda. Et ce qu'elle attendait se lisait dans ses yeux.

« Eh bien, n'attends pas ici ! » s'écria le garçon, furieux. « Tu ne verras rien. »

Elle remua les lèvres.

« Rien ! » s'écria-t-il. « Tout ça c'était une plaisanterie, n'est-ce pas ? » Il se retourna vers les autres enfants. « Rien ne doit se passer aujourd'hui, si ? »

Ils le regardaient tous en clignant des yeux et puis, comprenant, ils se mirent à rire et à secouer la tête. « Rien ! Rien ! »

---

10. **she turned :** *elle se retourna* ⚠ pas de réfléchi en anglais.
11. **you won't see nothing :** forme incorrecte (courante !) de **you won't see anything** (on ne peut avoir deux négations).
12. **joke :** *plaisanterie ;* **practical joke,** *farce ;* **to joke,** *plaisanter, badiner ;* **joker,** *farceur ;* **jokingly,** *en plaisantant.*
13. **they... shook their heads :** notez le pl. de **head** (p. 157 note 16), **shake one's head,** *secouer la tête, faire un signe de tête négatif ;* **shake, shook, shaken,** *secouer.*

"Oh, but", Margot whispered, her eyes helpless [1]. "But this is the day, the scientists predict [2], they say, they *know*, the sun..."

"All a joke !" said the boy, and seized her roughly [3]. "Hey, everyone, let's put [4] her in a closet [5] before [6] teacher comes !"

"No", said Margot, falling back.

They surged [7] about her, caught her up and bore [8] her, protesting, and then pleading, and then crying, back into a tunnel, a room, a closet, where they slammed [9] and locked the door. They stood looking at the door and saw it tremble from her beating and throwing [10] herself against it. They heard her muffled [11] cries. Then, smiling, they turned and went out and back down the tunnel, just as the teacher arrived.

"Ready, children ?" She glanced at her watch.

"Yes !" said everyone.

"Are we all here ?"

"Yes !"

The rain slackened still [12] more.

They crowded [13] to the huge door.

The rain stopped.

---

1. **helpless :** *désarmé, impuissant, sans ressources ;* **help,** *aide.*
2. **predict :** *prédire, prévoir ;* **(un) predictable,** *(im)prévisible.*
3. **roughly** ['rʌflɪ] : 1. (ici) *rudement, brutalement.* 2. *grossièrement* (fait). 3. *approximativement ;* **roughly speaking,** *en gros.*
4. **let's put = let us put : let,** auxiliaire de l'impératif à la 1re et à la 3e personne, est suivi de la base verbale.
5. **closet** ['klɒzɪt] : 1. (amér.) *grand placard, débarras.* 2. *cabinet* (de travail), (petit) *bureau.* 3. **(water-closet)** *cabinets.*
6. **before :** (ici) *avant que.* **I could have done it before I had that flu,** *j'aurais pu le faire avant d'avoir cette grippe.*
7. **surged : surge,** *déferler, se presser* (mer, vagues, foule...).
8. **bore : bear, bore, borne.** 1. (ici) *porter* (fardeau). 2. *porter* (marque) ; **the document bears no date.** 3. *supporter.*
9. **slammed : slam** *(faire) claquer* (porte) ⚠ doublement de la consonne finale dans les mots formés d'une seule syllabe (ou de plusieurs mais dont la dernière est accentuée :

« Oh, mais », chuchota Margot, le regard désemparé. « Mais c'est aujourd'hui. Les savants l'annoncent, ils le disent, ils savent, le soleil... »

« Rien qu'une plaisanterie ! » dit le garçon et il la saisit brutalement. « Eh, vous tous ! Enfermons-la dans le débarras avant que la maîtresse arrive ! »

« Non ! » dit Margot en reculant.

Ils se pressèrent autour d'elle, la saisirent et l'emportèrent tandis qu'elle protestait, puis suppliait, puis pleurait, jusqu'au fond d'un tunnel, dans une pièce, un débarras, et là ils claquèrent la porte et la fermèrent à clef. Ils s'arrêtèrent pour regarder la porte et la virent trembler, Margot donnant des coups et se jetant contre elle. Ils entendirent des cris étouffés. Puis en souriant, ils se retournèrent, sortirent et redescendirent le tunnel, juste au moment où l'institutrice arriva.

« Prêts, les enfants ? » Elle jeta un coup d'œil sur sa montre.

« Oui », dirent-ils tous.

« Tout le monde est là ? »

« Oui. »

La pluie diminua davantage encore. Ils se rassemblèrent du côté de la porte immense. La pluie s'arrêta.

---

prefer, begin...) terminée par une seule consonne précédée d'une seule voyelle.

10. **from her beating and throwing :** m. à m. *de (à cause de) son action de donner des coups... :* notez le n. verbal en **ing**.

11. **muffled :** *muffle* 1. (ici) *amortir* (bruit). 2. *emmitoufler.*

12. **still :** *encore* (idée de continuer), *toujours ;* **it was very late but he was still there ;** again, *encore* (répétition), **he came on Monday and he came again on Tuesday ;** more (quantité supplémentaire), **I want some more, six more** *(six autres).*

13. **crowded : crowd,** *s'attrouper, s'assembler ;* **crowd** (n.) *foule.*

It was as if, in the midst[1] of a film concerning an avalanche, a tornado, a hurricane, a volcanic eruption, something had, first, gone wrong[2] with the sound apparatus[3], thus muffling and finally cutting off all noise, all the blasts[4] and repercussions[5] and thunders, and then, second, ripped[6] the film[7] from the projector and inserted in its place a peaceful[8] tropical slide which did not move or tremor[9]. The world ground to a standstill[10]. The silence was so immense and unbelievable[11] that you felt your ears had been stuffed[12] or you had lost your hearing[13] altogether. The children put their hands to their ears. They stood apart. The door slid[14] back and the smell of the silent, waiting world came in to them.

The sun came out.

It was the colour of flaming bronze and it was very large. And the sky around it was a blazing blue tile[15] colour. And the jungle burned[16] with sunlight as the children, released from their spell, rushed out, yelling, into the springtime.

"Now, don't go too far[17]", called the teacher after them. "You've only two hours, you know. You wouldn't want to get caught out[18] !"

But they were running and turning their faces[19] up to the sky and feeling the sun on their cheeks like a warm iron[20] ; they were taking off their jackets and letting the sun burn[21] their arms.

---

1. **midst :** syn. middle, *milieu ;* amidst, *au milieu de, parmi.*
2. **gone wrong : go wrong,** *tomber en panne* (machine), *mal tourner* (plan, projet), *se tromper* (personne).
3. **apparatus** [æpə'reɪtəs] : *appareil, dispositif.*
4. **blasts : blast** 1. *rafale, coup de vent.* 2. *souffle* (explosion).
5. **repercussions :** *contrecoups* (d'une explosion).
6. **ripped : rip,** *(se) déchirer, se fendre ;* rip (n.) *déchirure.*
7. **film :** 1. *film* (amér. **movie**). 2. *pellicule.* 3. *mince couche.*
8. **peaceful :** *paisible, calme ;* **peace,** *paix.*
9. **tremor :** *trembler ;* **tremor** (n.) *tremblement ;* **earth tremor,** *secousse sismique.*
10. **ground to a standstill :** ou ground to a halt ; **grind, ground, ground,** (ici) *grincer, crisser ;* **standstill,** *arrêt.*
11. **unbelievable :** *incroyable ;* **believe,** *croire.*

On eût dit qu'au milieu d'un film sur une avalanche, une tornade, un ouragan, une éruption volcanique, quelque chose s'était d'abord, dans un premier temps, détraqué dans la sonorisation, amortissant et finalement coupant tout bruit, grondement, choc, coup de tonnerre, et avait ensuite, dans un second temps, arraché le film du projecteur et inséré à sa place une paisible diapositive sur les tropiques, qui ne bougeait ni ne tremblait. Le monde s'immobilisa dans un grincement. Le silence était si grand et si extraordinaire qu'on avait l'impression d'avoir les oreilles bouchées ou d'avoir complètement perdu l'ouïe. Les enfants portèrent leurs mains à leurs oreilles. Ils s'écartèrent. La porte à glissière s'ouvrit et l'odeur du monde silencieux, en attente, parvint jusqu'à eux.

Le soleil apparut.

Il avait la teinte du bronze en fusion, et il était très grand. Et le ciel alentour resplendissait d'un bleu ardoise. Et la jungle flamboyait sous la lumière du soleil quand les enfants, libérés du charme, hurlants, se précipitèrent au-dehors sous le printemps.

« Attention ! N'allez pas trop loin », leur cria l'institutrice. « Vous n'avez que deux heures, vous savez. Il ne faudrait pas se laisser prendre par surprise au-dehors. »

Mais ils couraient et tournaient leur visage vers le ciel et ils sentaient le soleil sur leurs joues comme un métal chaud ; ils enlevaient leurs vestes et laissaient le soleil brûler leurs bras.

---

12. **stuffed : stuff.** 1. *rembourrer.* 2. *remplir.* 3. *boucher* (trou).
13. **hearing :** *ouïe ;* **hard of hearing,** *dur d'oreille.*
14. **slid : slide, slid, slid,** *glisser ;* **sliding door** (à glissière).
15. **tile :** 1. *tuile.* 2. *carreau.*
16. **burned : burn, burnt** (amér. **burned), burnt** (amér. **burned)** ; dans de tels cas la forme en **ed** est plus fréquente en amér.
17. **far :** *loin* ⚠ **farther,** *plus loin ;* **the farthest,** *le plus loin.*
18. **caught out :** *pris sur le fait* (ici *surpris par la pluie) ;* **catch, caught, caught,** *attraper.*
19. **their faces :** notez le pluriel de **face** (cf. p. 157 note 16).
20. **iron** ['aɪən] : 1. *fer.* 2. *fer à repasser ;* **to iron,** *repasser.*
21. **letting the sun burn : let** et **make** sont suivis de l'infinitif sans to ; **he didn't let me play, he made me work.**

"Oh, it's better than the sun lamps, isn't it ?"

"Much, much better !"

They stopped running [1] and stood in the great jungle that covered Venus, that grew and never stopped growing, tumultuously, even [2] as you watched it. It was a nest of octopi [3], clustering [4] up great arms of fleshlike [5] weed, wavering [6], flowering in this brief spring. It was the colour of rubber and ash, this jungle, from [7] the many years without sun. It was the colour of stones and white cheeses and ink, and it was the colour of the moon.

The children lay [8] out, laughing, on the jungle mattress [9], and heard it sigh and squeak under them, resilient [10] and alive. They ran among the trees, they slipped and fell, they pushed each other [11], they played hide-and-seek and tag, but most of all they squinted [12] at the sun until tears ran [13] down their faces, they put their hands up to that yellowness and that amazing blueness and they breathed of the fresh [14], fresh air and listened and listened to the silence which suspended them in a blessed [15] sea of no sound and no motion. They looked at everything and savoured [16] everything. Then, wildly [17], like animals escaped from their caves [18], they ran and ran in shouting [19] circles [20]. They ran for an hour and did not stop running.

---

1. **they stopped running : stop,** go on ou keep (on), *continuer* sont suivis du gérondif en ing : **he went on working.**
2. **even** ['ivən] : *même ;* **even if, even though,** *même si.*
3. **octopi :** ou **octopuses,** *pieuvres* (singulier) **octopus.**
4. **clustering : cluster.** 1. *croître en bouquets, en grappes.* 2. *(se) rassembler, s'attrouper ;* **cluster** (n.) 1. *bouquet* (d'arbres, de fleurs), *grappe* (de cerises...). 2. *groupe* (gens, maisons...).
5. **fleshlike :** *comme* **(like)** *de la chair* **(flesh).**
6. **wavering : waver,** *vaciller, trembler* (voix), *hésiter* (personne).
7. **from :** marque ici la cause, le motif, l'origine.
8. **lay : lie, lay, lain.** 1. *être allongé.* 2. *être situé ;* ⚠ ne pas confondre avec **lay, laid, laid,** *poser, déposer.*
9. **mattress :** *matelas ;* **spring mattress,** *sommier.*
10. **resilient :** 1. *élastique.* 2. *qui a du ressort* (au moral).
11. **they pushed each other : each other,** one another

« Oh, c'est mieux que les lampes pour le bronzage, hein ? »

« Bien mieux ! Bien mieux ! »

Ils cessèrent de courir et s'arrêtèrent dans la grande jungle qui recouvrait Vénus, qui poussait et ne finissait jamais de pousser, tumultueuse, pendant même que vous la regardiez. C'était un nid de pieuvres, formant des grappes de tentacules géants, herbes pareilles à de la chair, qui ondulaient et fleurissaient dans cet éphémère printemps. Elle avait la couleur du caoutchouc et de la cendre, cette jungle, à cause des nombreuses années sans soleil. Elle avait la couleur de la pierre, du fromage blanc et de l'encre, et elle avait la couleur de la lune.

Les enfants s'étalaient en riant sur le lit de la jungle et ils l'entendaient gémir et grincer sous leur poids, souple, vivant. Ils couraient au milieu des arbres, glissaient, tombaient, se poussaient, jouaient à cache-cache et à chat perché mais surtout ils regardaient le soleil du coin de l'œil au point que des larmes coulaient le long de leur visage ; ils tendaient les mains vers tout ce jaune, ce bleu étonnant et ils respiraient l'air pur, pur, et ils écoutaient et écoutaient encore le silence qui les tenait suspendus dans cette mer bénie, silencieuse, immobile. Ils contemplaient toute chose et goûtaient toute chose. Puis, déchaînés, tels des animaux échappés de leur tanière, ils se mirent à courir, à courir sans cesse, criant et tournant en rond. Ils coururent une heure durant sans s'arrêter.

---

marquent la réciprocité ; ▲ **he looked at himself in the mirror** (bien distinguer réfléchis et réciproques).

12. **squinted : squint** 1. *regarder du coin de l'œil.* 2. *loucher.*

13. **ran : run, ran, run** (ici) *couler ;* **running water,** *eau courante.*

14. **fresh : ▲** 1. (ici) *pur* (air). 2. *frais.* 3. *nouveau, supplémentaire ;* **fresh attempt,** *nouvelle tentative.* 4. (eau) *douce.*

15. **blessed** ['blesɪd] : **bless,** *bénir ;* **God bless you,** *Dieu vous bénisse ;* **blessing** 1. *bénédiction.* 2. *bonheur.*

16. **savoured : savour,** *savourer ;* **savoury,** *savoureux.*

17. **wildly : wild** (adj.) 1. (ici) *déréglé, désordonné.* 2. *sauvage.* 3. *farouche, inapprivoisé.* 4. *furieux* (de rage...). 5. *insensé, extravagant, fou* (de joie...).

18. **caves : ▲** *cave, caverne, grotte ;* **cellar,** *cave, cellier.*

19. **shouting : shout,** *crier ;* **a shout,** *un cri.*

20. **circles : ▲ circle** ['sɜːkl] 1. (ici) *cercle.* 2. *balcon* (théâtre).

And then—

In the midst of their running [1] one of the girls wailed [2].

Everyone stopped.

The girl, standing in the open [3], held out her hand.

"Oh, look, look", she said, trembling.

They came slowly to look at her opened palm [4].

In the centre of it, cupped [5] and huge, was a single [6] raindrop.

She began to cry, looking at it.

They glanced [7] quietly at the sky.

"Oh. Oh."

A few cold drops fell on their noses and their cheeks and their mouths. The sun faded [8] behind a stir [9] of mist. A wind blew cool around them. They turned and started to walk back toward the underground house, their hands at their sides, their smiles vanished away [10].

A boom of thunder startled [11] them and like leaves before a new hurricane, they tumbled [12] upon each other and ran. Lightning struck ten miles [13] away, five miles away, a mile, a half mile [14]. The sky darkened [15] into midnight in a flash [16].

They stood in the doorway of the underground house for a moment until [17] it was raining hard. Then they closed the door and heard the gigantic sound of the rain falling in tons and avalanches, everywhere and forever [18].

"Will it be seven more years [19] ?"

---

1. **their running : running,** (n. verbal ou gérondif), l'action, le fait de courir ; **reading is good for your English.**
2. **wailed : wail,** *gémir ;* wail (n.) *gémissement.*
3. **in the open (air) :** *au grand air ;* **in the open country,** *en pleine nature ;* **on the open sea,** *en pleine mer.*
4. **palm** [pa:m] : *paume* (de la main).
5. **cupped : cup,** *mettre ses mains en forme de coupe ;* **with one's chin cupped in ones' hand,** *le menton dans le creux de la main.*
6. **single :** *seul, unique ;* **not a single one,** *pas un seul.*
7. **glanced at : glance at,** *jeter un coup d'œil* **(a glance).**
8. **faded : fade** 1. *se faner.* 2. *diminuer, s'affaiblir.*
9. **stir** [stɜ:] : *mouvement ;* **to stir,** *remuer, bouger.*
10. **vanished away : vanish,** *disparaître ;* **away,** *au loin.*
11. **startled : startle,** *faire tressaillir ;* **start,** *tressaillir.*

Et puis...

Au milieu de leur course une petite fille poussa un cri plaintif.

Tout le monde s'arrêta.

La petite fille, debout sous le grand ciel, étendit la main.

« Oh ! Regardez ! Regardez ! » dit-elle, tremblante. Ils s'approchèrent lentement pour regarder sa main ouverte.

Nichée au creux de la paume se trouvait une goutte de pluie, énorme, une seule.

Elle se mit à pleurer en la regardant.

Ils regardèrent le ciel en silence.

« Oh ! Oh ! »

Quelques gouttes froides tombèrent sur leur nez et leurs joues et leur bouche. Le soleil pâlit derrière un mouvement de brume. Un vent frais soufflait autour d'eux. Ils firent demi-tour et commencèrent à marcher en direction de la maison souterraine, les mains pendantes, le sourire évanoui.

Un grondement de tonnerre les fit sursauter et comme des feuilles devant un début d'ouragan, ils se bousculèrent les uns les autres et se mirent à courir. La foudre frappa à dix kilomètres de là, à cinq, à un, puis à un demi-kilomètre. Le ciel, d'un coup, se fit noir comme à minuit.

Ils restèrent un instant dans l'embrasure de la porte de la maison souterraine jusqu'à ce qu'il se mît à pleuvoir fort. Puis ils fermèrent la porte et ils entendirent le bruit formidable de la pluie qui tombait en trombe, multiple, omniprésente, éternelle.

« Est-ce que ça va durer sept autres années ? »

---

12. **tumbled : tumble.** 1. *tomber.* 2. *rouler, descendre en roulant.*
13. **miles : 1 mile** = *1,609 km ;* **5 miles** = *8 km* (environ).
14. **a half mile :** on dit plus souvent **half a mile.**
15. **darkened : darken,** *(s') assombrir ;* **dark,** *sombre.*
16. **flash :** *éclair, éclat ;* **it happened in a flash,** *c'est arrivé en un clin d'œil, en un rien de temps.*
17. **until :** ou till (deux l !) (préposition de temps, jamais de lieu !) ⚠ **I'm going to Berlin, I'll stay till Wednesday.**
18. **everywhere and forever :** m. à m. *partout et (pour) toujours.*
19. **seven more years :** exprime une quantité supplémentaire précise ; **I want some more** (quantité imprécise) (cf. p. 167 note 12).

"Yes. Seven."

Then one of them gave a little cry [1].

"Margot !"

"What ?"

"She's still in the closet where we locked her."

"Margot."

They stood [2] as if someone had driven [3] them, like so many stakes, into the floor. They looked at each other [4] and then looked away. They glanced out at the world that was raining now and raining and raining steadily [5]. They could not meet each other's glances [6]. Their faces were solemn and pale. They looked at their hands and feet, their faces down.

"Margot."

One of the girls said, "Well... ?"

No one moved [7].

"Go on" [8], whispered the girl.

They walked slowly down the hall [9] in the sound of cold rain.

They turned [10] through the doorway [11] to the room in the sound of the storm and thunder, lightning [12] on their faces [13], blue and terrible. They walked over to the closet door slowly and stood by it [14].

Behind the closet door was only silence.

They unlocked the door, even more slowly, and let [15] Margot out.

---

1. **gave a little cry :** notez cet emploi de **give.**
2. **stood : stand, stood, stood,** *être, se tenir, rester debout ;* stand up, *se lever ;* de même sit, sat, sat, *être, se tenir, rester assis ;* sit down, *s'asseoir* (état ≠ action).
3. **driven : drive, drove, driven** (ici) *enfoncer* (clou...) ; drive a mail home, *enfoncer un clou à fond.*
4. **they looked at each other :** ⚠ ne pas confondre pronoms réciproques et réfléchis : the fiancés were looking at each other mais the fiancée was looking at herself in the mirror.
5. **steadily :** *régulièrement, d'une façon continue ou soutenue, sans à-coups ;* steady, *régulier, soutenu, constant.*
6. **they could not meet each other's glances :** m. à m. *ils ne pouvaient rencontrer les regards les uns des autres.*
7. **moved : move** 1. (ici) *bouger, se déplacer.* 2. *déménager, emménager.*
8. **go on :** on marque la continuation ; **go on,** don't stop ! *continue, ne t'arrête pas !* Speak on, *continuez à parler.*
9. **down the hall :** ⚠ **down** (ici) *le long de ;* looking down

« Oui. Sept. »

Puis l'un d'eux poussa un petit cri.

« Margot ! »

« Quoi ? »

« Elle est toujours dans le débarras où nous l'avons enfermée. »

« Margot ! »

Ils restèrent sur place comme si quelqu'un les avait fichés, comme autant de pieux, dans le sol. Ils se regardèrent les uns les autres, puis détournèrent les yeux. Ils jetèrent un coup d'œil vers le monde au-dehors où tombait maintenant la pluie, la pluie, sans cesse la pluie. Ils n'osaient pas échanger un regard. Leur visage était grave et pâle. Ils examinèrent leurs mains et leurs pieds, et ils avaient la tête basse.

« Margot. »

L'une des filles dit : « Et alors ?... »

Personne ne bougea.

« Continuez », murmura la petite fille.

Ils suivirent lentement le couloir, accompagnés par le bruit de la pluie glaciale.

Ils franchirent le seuil de la pièce où résonnaient l'orage et le tonnerre, et les éclairs bleus, terrifiants, passaient sur leur visage. Ils marchèrent lentement jusqu'à la porte du placard et s'arrêtèrent.

Derrière la porte du placard, ce n'était que silence.

Ils ouvrirent la porte plus lentement encore et firent sortir Margot.

---

this street, you can see..., *si vous regardez le long de cette rue, vous verrez... ;* **he walked up and down the room,** *il arpentait la pièce* (**up and down** peut donc aussi exprimer un mouvement de va-et-vient, de long en large).

10. **turned : turn** 1. (ici) *tourner.* 2. *(se) retourner.* **He turned round** (sens réfléchi), *il se retourna.*

11. **doorway :** *encadrement de porte, embrasure de porte.*

12. **lightning :** *éclair(s) ;* **a flash of lightning,** *un éclair ;* **lightning strike,** *grève surprise.*

13. **on their faces :** ⚠ notez le pluriel de **faces** (p. 157 n. 16).

14. **and stood by it : by,** *près de ;* (syn.) **near, beside** (≠ **besides,** *en outre) ;* **close to,** *tout près de.*

15. **let : let, let, let,** *laisser, permettre ;* **let out,** *laisser sortir ;* **let in,** *laisser entrer.* ⚠ particules adverbiales.

RÉVISIONS

1. Les enfants se pressaient les uns contre les autres, comme autant de roses.
2. Il pleuvait depuis sept ans.
3. « Qu'est-ce que tu regardes ? » Margot ne dit rien.
4. « Parle quand on te parle. »
5. C'est seulement lorsqu'ils chantaient sur le soleil que ses lèvres bougeaient.
6. On disait que son père et sa mère la ramèneraient sur la Terre l'année suivante.
7. « Va-t'en !... Qu'est-ce que tu attends ? »
8. « Eh, vous tous, enfermons-la dans un placard avant que l'institutrice arrive ! »
9. « Voyons. N'allez pas trop loin. Vous n'avez que deux heures ! »
10. Ils s'arrêtèrent de courir.
11. Ils glissaient et tombaient, ils se poussaient les uns les autres, ils jouaient à cache-cache.
12. Personne ne bougea. « Continuez », murmura la fille.
13. Ils ouvrirent la porte et laissèrent sortir Margot.

1. **The children pressed to each other like so many roses.**
2. **It had been raining for seven years.**
3. **"What are you are looking at ?" Margot said nothing.**
4. **"Speak when you are spoken to."**
5. **Only when they sang about the sun did her lips move.**
6. **There was talk that her father and mother were taking her back to Earth next year.**
7. **"Get away !... What are you waiting for ?"**
8. **"Hey, everyone, let's put her in a closet before teacher comes !"**
9. **"Now, don't go too far. You've only two hours. »**
10. **They stopped running.**
11. **They slipped and fell, they pushed each other, they played hide-and-seek.**
12. **No one moved. "Go on", whispered the girl.**
13. **They unlocked the door and let Margot out.**

ENREGISTREMENT SONORE

• Vous trouverez dans les pages suivantes le texte des extraits enregistrés sur la cassette accompagnant ce volume.

• Chaque extrait est suivi d'un certain nombre de questions, destinées à tester votre compréhension.

• Les réponses à ces questions apparaissent en bas de page.

→ Vous tirerez le meilleur profit de cette dernière partie en utilisant la cassette de la façon suivante.

1) ***Essayez de répondre*** aux questions sans vous référer au texte écrit.

2) ***Vérifiez votre compréhension*** de l'extrait et des questions de la cassette à l'aide du livre.

3) ***Refaites*** l'exercice jusqu'à ce que vous ne soyez plus tributaire du texte écrit.

THE GOAT AND THE STARS
Extrait n° 1, p. 12 :

Every morning, when he came into the town, going to school, he would see this large and to him discomforting notice in blue and scarlet letters on a board outside the church. It had been there since a month before Christmas. "Annual Collection of Christmas Gifts in this Church on Christmas Eve. Help Us to Help Others. No Gift too Large. None too Small. Give generously." And then, in very much larger, startling and to him almost angry letters : "THIS MEANS YOU !"

He was a small, extremely puzzled-looking boy with a look of searching determination on his rather thin lips. Large brown trousers, which looked as if they had been cut down from his father's, gave him a curious look of being out of place in the world. His hair looked as if it had been shorn off with sheep shears : his forehead had in it small, constant knots of perplexity. There was always mud on his boots and, though he did not know it, there were times when he did not smell very sweet.

There was a reason for this smell. His father and mother had a small farm-holding of about ten acres two miles out in the country. On a little pasture they grazed a mare and two or three cows, with a score of foraging hens. Outside the house ran a wide strip of roadside verge, and here they grazed a dozen goats. It was because of the goats that the boy sometimes created a very pungent and startling impression. He was very fond of the goats and it was his job to tether them on the road side grass every morning and again, if he were home before darkness fell, to house them up in the disused pigsty for the night. He treated the goats like friends. He knew that they were his friends. At frequent intervals the number of goats was increased, but his father could never sell the kids or even give them away. The boy was always glad about this and now they had thirteen goats : the odd one a kid of six weeks, all white, as pure snow.

• **Questions**

1. *When did the boy see the notice outside the church ?*
2. *What did the notice say ?*
3. *Was every gift accepted ?*
4. *What is meant by "this means you"?*
5. *Can you describe the small boy's face ?*
6. *What did he wear ?*
7. *What about his hair ?*
8. *What about his boots ?*
9. *What did the boy's father and mother do for a living ?*
10. *How many animals did they have ?*
11. *What did the little boy do on the farm ?*
12. *What did he do in the evening ?*
13. *What does this explain ?*
14. *How did he treat the goats ?*
15. *How old was the youngest kid ?*
16. *Can you describe it ?*

• **Corrigé**

1. He would see it every morning when he came into the town, going to school.
2. It said "Annual Collection of Christmas gifts. Help us to help others", among other things.
3. Yes, no gift was too small, none was too large.
4. It means that you should personally feel concerned by the notice and the little boy takes it for himself.
5. He was puzzled-looking and he had a look of searching determination on his face.
6. He wore large brown trousers which looked as if they had been cut down from his father's.
7. His hair looked as if it had been shorn off with sheep shears.
8. There was always mud on his boots.
9. They had a small farm-holding of about ten acres.
10. They had a mare, two or three cows, a score of hens and a dozen goats.
11. It was his job to tether the goats on the roadside grass every morning.
12. If he were home before darkness fell, he housed them up in the pigsty for the night.

13. It explains the fact that there were times when the boy didn't smell very sweet.
14. He treated them like his friends.
15. It was six weeks old.
16. It was white, as pure as snow.

Extrait n° 2 , p. 22 :

Finally, at the instigation of his wife, the man in front of the boy got up and went out.

He returned a minute later with an usher. Before going back to his pew he whispered :

"There. My wife can't stand the smell."

A moment later the usher was whispering into the boy's ear." I'm afraid it's hardly the right place for this. I'm afraid you'll have to go out." At the approach of a strange person the little goat began to struggle, and suddenly let out a thin bleat of alarm. As the boy got up it seemed to him that the whole church turned and looked at him partly in amusement, partly alarm, as though the presence of the kid were on the fringe of sacrilege.

Outside, the usher pointed down the steps. "All right, son, you run along."

"I wanted to give the goat", the boy said.

"Yes, I know", the man said, "but you got the wrong idea. A goat's no use to anybody."

The boy walked down the steps of the church into the street, the goat quiet now in his arms. He did not look at the notice which had said for so long THIS MEANS YOU ! because it was clear to him now that he had made a sort of mistake. It was clear that the notice did not mean him at all.

Outside the town he walked slowly in the darkness. The night air was silent and the kid seemed almost asleep in his arms. He was not now troubled that they did not want the goat, but was already glad that it would be his again.

It was only by some other things that he was troubled. He had for a long time believed that at

Christmas there must be snow on the ground, and bells ringing, and a moving star.

But now there was no snow on the ground. There were no bells ringing, and far above himself and the little goat the stars were still.

• Questions

1. *What did the man say to the usher ?*
2. *What did the usher say to the boy ?*
3. *What was the goat's reaction at the approach of a strange person ?*
4. *What was the boy's impression as he got up to leave the church ?*
5. *What did the usher say to the boy on the steps outside the church ?*
6. *What was the boy's feeling as he walked down the steps ?*
7. *Was the little boy perfectly happy, though ?*
8. *Was that the real reason to his lack of perfect happiness ?*

• Corrigé

1. He said : "There. My wife can't stand the smell."
2. He said the church wasn't the right place for a goat. He asked him to go out.
3. He began to struggle and let out a bleat of alarm.
4. It seemed to him that the whole church turned and looked at him.
5. He said the boy got the wrong idea because a goat is no use to anybody.
6. It was clear to him that he had made a sort of mistake.
7. No, he was not because there was no snow on the ground and there were no bells ringing and the stars were still.
8. No. In fact he was disappointed in adults because they hadn't understood the meaning of his sacrifice, the value of his sacrifice.

JUST A LITTLE STORY IN RETURN
Extrait n° 1, p. 32 :

My husband, then — let's call him Herbert — had two brothers, Terry, aged twenty-three at the time, and Ron who was fourteen but looked much older, being very tall, mature and clear-sighted, as you'll see. Ron wasn't very much interested in school. Books weren't his forte. He didn't need them to think. There are so many who read plenty of them and never think. Terry was disappointed about that, though. He acted as Father and was very angry with Ron when he had bad marks, played truant, pinching strawberries in the large fields, or made model planes, beautifully too (they ornamented many trees in the garden), instead of doing his homework. Herbert, on the contrary, made "Father Terry" very happy because, unlike mischievous Ron, he was no good with his hands, but enjoyed school and did all that he was asked to do there, add and subtract and multiply, learn poetry by heart or whatever.

Watching over those three was a widow whose husband was gassed in the war, the *Great* One, this time. Since she was thirty-eight she had been working hard to support the family who also included a girl. For some time the latter conscientiously helped the mother keep a small grocer's shop but then at a "reasonable" age she married and left the nest as all birds will one day or other. She too had her share of the torment because courting must have been full of mixed joy, torn as she certainly was between the delights of incipient, ever-growing love and the idea of having to leave a luckless mother with her boys.

• **Questions**

1. *How many brothers did Herbert have ?*
2. *What age were they ?*
3. *Can you describe Ron ?*
4. *Was Ron interested in school ?*
5. *When was Terry angry with Ron ?*
6. *What did Ron make ?*

7. *Was Herbert very different from Ron ?*
8. *What about Herbert and Ron's mother ?*
9. *How did she support her family ?*
10. *What about Herbert and Ron's sister ?*

• **Corrigé**

1. He had two brothers, Terry and Ron.
2. Terry was twenty-three years old, Ron was fourteen.
3. He was very tall, mature and clear-sighted.
4. No he wasn't. Books weren't his forte.
5. When he had bad marks or played truant.
6. He made model planes instead of doing his homework.
7. Yes indeed. He enjoyed school and did all that he was asked to do there.
8. She was a widow. Her husband was gassed in the Great War.
9. She supported her family by keeping a small grocer's shop.
10. She helped their mother keep the shop before she married.

Extrait n° 2, p. 44 :

The morning dawned. Ron had hardly gone to sleep. It was one of those grey Sundays in the middle of April that makes you forget that Spring is afoot. The seasons ran into one another unnoticed in those times. It was always dark winter in your heart. It was certainly not a day which called for final decision-making that leaves your conscience clear as a summer sky. And yet a decision had to be made. The family had just had breakfast in the kitchen as usual. The dining-room, as was mostly the case with such people in France at that time, was a cold state room, as it were, barely used except on solemn occasions, three or four times a year at the most.

There was something stale about it. Today Terry was standing there before the huge mirror framed in dark oakwood above the mantelpiece. He was looking into his eyes searchingly. In through the glass door came the mother attended by the two other children.

Terry started. "I think I'll go", he said.

"When ?" the mother asked.

"Now. I had rather be done with it as soon as possible. I've had enough of playing hide-and-seek with those Huns ! I won't be long."

Ron, who had always been quick on the uptake, immediately understood where his elder brother intended to go. He could not help talking again, hoping for more response this time, everyone being wide awake in the cheerless room.

"You are not going to the Kommandantur, are you ?"

"Mind your own business !" Terry answered curtly.

"You don't believe they're going to keep you for just a quarter of an hour, do you ?"

A slap on the face was Terry's answer. Ron did not wince. Nor did the mother, appalled. Very shortly after that, Terry was embracing his two brothers lovingly. He kissed his mother and went out into the grey morning air following the road like an automaton. He stopped within a few yards of his destination. After a few moment's hesitation he became more clearly aware than ever now that that was the only solution if he wanted to spare them. Deliberately he walked the remaining yards and entered the solid stern house by the river, trembling.

- **Questions**

1. *What time of the year does this scene take place ?*
2. *What time of day was it ?*
3. *What sort of a room is the dining-room ?*
4. *Where was Terry standing ?*
5. *Why was he looking into his eyes searchingly ?*
6. *What has he decided to do ?*
7. *What about Ron's reaction to this ?*
8. *How does Terry answer his younger brother ?*
9. *Why ?*

10. What did Terry do before he went out ?
11. Why did Terry stop within a few yards of his destination ?
12. Why did he decide to act as he did ?
13. What does the Kommandantur look like ?
14. Where did it stand ?

• **Corrigé**

1. It takes place in Spring, in the middle of April.
2. It was the morning. The family had just had breakfast in the kitchen, as usual.
3. It's a cold state-room, as it were. The family used it only on solemn occasions.
4. He was standing before the huge mirror above the mantelpiece.
5. Because he had been thinking hard before taking a decision.
6. He has decided to go to the Kommandantur.
7. He can't help asking Terry : "You don't believe they are going to keep you for just a quarter of an hour, do you ?"
8. He gives him a slap on the face.
9. Not so much because he's angry with Ron but because he feels nervous and frightened.
10. He embraced his brothers lovingly and kissed his mother goodbye.
11. Probably because he was still hesitant or terrified.
12. Because he thought it was the best solution to spare his family.
13. It was a solid stern house.
14. It stood by a river.

A LAMP IN A WINDOW
Extrait n° 1, p. 50 :

Once I was invited to a wedding ; the bride suggested I drive up from New York with a pair of other guests, a Mr. and Mrs. Roberts, whom I had never met before. It was a cold April day, and on the ride to Connecticut the Robertses, a couple in their

early forties, seemed agreeable enough — no one you would want to spend a long weekend with, but not bad.

However, at the wedding reception a great deal of liquor was consumed, I should say a third of it by my chauffeurs. They were the last to leave the party — at approximately 11 P.M. — and I was most wary of accompanying them ; I knew they were drunk, but I didn't realize *how* drunk. We had driven about twenty miles, the car weaving considerably, and Mr. and Mrs. Roberts insulting each other in the most extraordinary language (really, it was a moment out of *Who's Afraid of Virginia Woolf ?*), when Mr. Roberts, very understandably, made a wrong turn and got lost on a dark country road. I kept asking them, finally begging them, to stop the car and let me out, but they were so involved in their invectives that they ignored me. Eventually the car stopped of its own accord (temporarily) when it swiped against the side of a tree. I used the opportunity to jump out the car's back door and run into the woods. Presently the cursed vehicle drove off, leaving me alone in the icy dark. I'm sure my hosts never missed me ; Lord knows I didn't miss them.

But it wasn't a joy to be stranded out there on a windy cold night. I started walking, hoping I'd reach a highway. I walked for half an hour without sighting a habitation. Then, just off the road, I saw a small frame cottage with a porch and a window lighted by a lamp. I tiptoed onto the porch and looked in the window ; an elderly woman with soft white hair and a round pleasant face was sitting by a fireside reading a book. There was a cat curled in her lap, and several others slumbering at her feet.

• **Questions**

1. *Where did the wedding take place ?*
2. *Did the Robertses drink a lot at the wedding reception ?*
3. *At what time did they leave the party ?*
4. *Why was the narrator wary of accompanying them ?*

5. *What did the Robertses do on the way ?*
6. *What happened ?*
7. *What did the narrator ask the Robertses ?*
8. *Did they let him out ?*
9. *Why did the car eventually stop of its own accord ?*
10. *What did the narrator do then ?*
11. *Where did he find himself ?*
12. *How long did he walk before sighting a habitation ?*
13. *What did he see then ?*
14. *Who did he see through the window ?*
15. *What was the elderly woman doing ?*
16. *Did she have many cats ?*

• **Corrigé**

1. It took place in Connecticut, in the North East of the United States.
2. Yes, they did. They drank about a third of the liquor consumed.
3. They left at approximately 11 p.m.
4. Because Mr. and Mrs. Roberts were drunk.
5. They spent their time insulting each other in the most extraordinary language.
6. Mr. Robert, who was driving, made a wrong turn and got lost on a dark country road.
7. He kept asking them to stop the car and let him out.
8. No, they didn't. They ignored him because they were so involved in their invectives.
9. Because it swiped against the side of a tree.
10. He used the opportunity to jump out the car's back door.
11. He was stranded in the icy dark on a windy cold night.
12. He walked for half an hour.
13. He saw a small frame cottage with a porch and a window lighted by a lamp.
14. He saw an elderly woman with soft white hair and a round pleasant face.
15. She was sitting by a fireside reading a book.
16. Yes she had. One was curled in her lap. Several others were slumbering at her feet.

Extrait n° 2, p. 58 :

The next morning she gave me breakfast in her kitchen. Coffee and hot oatmeal with sugar and tinned cream, but I was hungry and it tasted great. The kitchen was shabbier than the rest of the house ; the stove, a rattling refrigerator, everything seemed on the edge of expiring. All except one large, somewhat modern object, a deep-freeze that fitted into a corner of the room.

She was chatting on : "I love birds. I feel so guilty about not tossing them crumbs during the winter. But I can't have them gathering around the house. Because of the cats. Do you care for cats ?"

"Yes, I once had a Siamese named Toma. She lived to be twelve, and we traveled everywhere together. All over the world. And when she died I never had the heart to get another."

"Then maybe you will understand this", she said, leading me over to the deep-freeze, and opening it. Inside was nothing but cats : stacks of frozen, perfectly preserved cats—dozens of them. It gave me an odd sensation. "All my old friends. Gone to rest. It's just that I couldn't bear to lose them. *Completely.*" She laughed, and said : "I guess you think I'm a bit dotty."

A bit dotty. Yes, a bit dotty, I thought as I walked under grey skies in the direction of the highway she had pointed out to me. But radiant : a lamp in a window.

• Questions

1. *Where did the narrator have breakfast ?*
2. *What did he have for breakfast ?*
3. *Did he like it ?*
4. *Why did the kitchen look shabbier than the rest of the house ?*
5. *Everything except what ?*
6. *Where was that deep-freeze ?*
7. *What do people keep in a deep-freeze ?*
8. *What does the elderly woman love, apart from cats ?*

9. *Why doesn't she toss them crumbs during the winter ?*
10. *Does the narrator care for cats too ?*
11. *What do you know about Toma ?*
12. *Did the narrator have another cat after Toma died ?*
13. *What did the old woman's deep-freeze contain ?*
14. *Why did she preserve her cats ?*
15. *What was the man's reaction to this ?*
16. *What did he think of his hostess ?*

• **Corrigé**

1. He had breakfast in the elderly woman's kitchen.
2. He had coffee and hot oatmeal with sugar and tinned cream.
3. Yes he thought it tasted great because he was hungry.
4. Because the stove, a rattling refrigerator, everything seemed on the edge of expiring.
5. Except a deep-freeze.
6. It fitted into a corner of the room.
7. They keep frozen foods.
8. She loves birds.
9. Because of the cats.
10. Yes, he does. He once had a cat and he travelled all over the world with her.
11. She was a Siamese and she lived to be twelve.
12. No, he didn't. He didn't have the heart to get another.
13. It contained nothing but frozen cats, dozens of them.
14. Because she couldn't bear to lose them completely.
15. It gave him an odd sensation.
16. He thought she was a bit dotty but radiant.

AFTER THE FAIR
Extrait n° 1, p. 66 :

Now there was nowhere, so slowly she turned towards the caravans on the outskirts of the field, and found all but two to be unlit. She waited, clutching her empty bag, and wondering which caravan she should disturb. At last she decided to knock upon the window of the little, shabby one near her, and, standing on tiptoes, she looked in. The fattest man she had ever seen was sitting in front of the stove, toasting a piece of bread. She tapped three times on the glass, then hid in the shadows. She heard him come to the top of the steps and call out "Who ? Who ?" but she dared not answer. "Who ? Who ?" he called again.

She laughed at his voice which was as thin as he was fat.

He heard her laughter and turned to where the darkness concealed her. "First you tap", he said, "then you hide, then you laugh."

She stepped into the circle of light, knowing she need no longer hide herself.

"A girl", he said. "Come in, and wipe your feet." He did not wait but retreated into his caravan, and she could do nothing but follow him up the steps and into the crowded room. He was seated again, and toasting the same piece of bread. "Have you come in ?" he said, for his back was towards her.

"Shall I close the door ?" she asked, and closed it before he replied.

She sat on the bed and watched him toast the bread until it burnt.

"I can toast better than you", she said.

"I don't doubt it", said the Fat Man.

- **Questions**

1. *Where did the caravans stand ?*
2. *How many were unlit ?*
3. *What was the girl clutching ?*
4. *Which caravan did she decide to disturb ?*
5. *Who was in the caravan ?*

6. *What was he doing ?*
7. *Why did the girl laugh at the Fat Man's voice ?*
8. *Could the Fat Man see the girl ?*
9. *Why did the girl step into the circle of light ?*
10. *Why ?*
11. *What does the Fat Man ask the girl to do before she comes in ?*
12. *What's a crowded room ?*
13. *Where did the girl sit ?*
14. *Did the girl tell the man the bread was burning ?*
15. *Does the little girl mock the Fat Man ?*

• **Corrigé**

1. They stood on the outskirts of the field.
2. All but two were unlit.
3. She was clutching her empty bag.
4. She knocked upon the window of the little shabby one.
5. There was the fattest man the little girl had ever seen.
6. He was sitting in front of the stove, toasting a piece of bread.
7. Because it was as thin as he was fat.
8. No, he couldn't. She was concealed in the darkness.
9. Because she knew she need no longer hide herself.
10. Because she wasn't afraid of the fat man any more.
11. He asks her to wipe her feet.
12. It's a room full of objects of all sorts.
13. She sat on the fat man's bed.
14. No, she watched him toast the bread till it burnt.
15. Yes she does. She tells him : "I can toast better than you."

Extrait n° 2, p. 72 :

Then the child began to cry. From a little wail its voice rose into a tempest of despair. The girl rocked it to and fro on her lap, but nothing soothed it.

"Stop it ! Stop it !" said the Fat Man, and the tears increased. Annie smothered it in kisses, but it howled again.

"We must do something", she said.
"Sing it a lullaby."

She sang, but the child did not like her singing.

"There's only one thing", said Annie, "we must take it on the roundabouts."With the child's arm around her neck she stumbled down the steps and ran towards the deserted fair, the Fat Man panting behind her.

She found her way through the tents and stalls into the centre of the ground where the wooden horses stood waiting, and clambered up on to a saddle. "Start the engine", she called out. In the distance the Fat Man could be heard cranking up the antique machine that drove the horses all the day into a wooden gallop. She heard the spasmodic humming of the engines ; the boards rattled under the horse's feet. She saw the Fat Man get up by her side, pull the central lever, and climb on to the saddle of the smallest horse of all. As the roundabout started, slowly at first and slowly gaining speed, the child at the girl's breast stopped crying and clapped its hands. The night wind tore through its hair, the music jangled in its ears. Round and round the wooden horses sped, drowning the cries of the wind with the beating of their hooves.

And so the men from the caravans found them, the Fat Man and the girl in black with a baby in her arms, racing round and round on their mechanical steeds to the ever-increasing music of the organ.

• Questions

1. *What did the baby begin to do ?*
2. *How did Annie try to soothe it ?*
3. *What did Annie decide to do after that ?*
4. *Where did the wooden horses stand ?*
5. *What did Annie ask the Fat Man to do ?*
6. *What did the Fat Man do after cranking up the antique machine ?*
7. *How did the baby react when the roundabout gained speed ?*
8. *What could be heard ?*

• **Corrigé**

1. It began to cry.
2. She rocked it to and fro on her lap. She smothered it in kisses, she sang it a lullaby.
3. She decided to take the baby on the roundabouts.
4. They stood in the centre of the ground.
5. She asked him to start the engine.
6. He climbed on to the saddle of the smallest horse of all.
7. It stopped crying and clapped its hands.
8. The cries of the wind, the beating of the horses' hooves and the ever-increasing music of the organ.

THE OPEN WINDOW

Extrait p. 82 :

"Out through that window, three years ago to a day, her husband and her two young brothers went off for their day's shooting. They never came back. In crossing the moor to their favourite snipe-shooting ground they were all three engulfed in a treacherous piece of bog. It had been that dreadful wet summer, you know, and places that were safe in other years gave way suddenly without warning. Their bodies were never recovered. That was the dreadful part of it." Here the child's voice lost its self-possessed note and became falteringly human. "Poor aunt always thinks that they will come back some day, they and the little brown spaniel that was lost with them, and walk in at that window just as they used to do. That is why the window is kept open every evening till it is quite dusk. Poor dear aunt, she has often told me how they went out, her husband with his white waterproof coat over his arm, and Ronnie, her youngest brother, singing, 'Bertie, why do you bound ?' as he always did to tease her, because she said it got on her nerves. Do you know, sometimes on still, quiet evenings like this, I almost get a creepy feeling that they will all walk in through that window—"

She broke off with a little shudder. It was a relief to Framton when the aunt bustled into the room with a whirl of apologies for being late in making her appearance.

"I hope Vera has been amusing you ?" she said.

"She has been very interesting," said Framton.

"I hope you don't mind the open window," said Mrs. Sappleton briskly ; "my husband and brothers will be home directly from shooting, and they always come in this way. They've been out for snipe in the marshes to-day, so they'll make a fine mess over my poor carpets. So like you men-folk, isn't it ?"

• **Questions**

1. *Where did Mrs. Sappleton's husband and brothers go ?*
2. *What happened to them ?*
3. *What about their bodies ?*
4. *What does Vera's aunt think ?*
5. *When is the French window kept open ?*
6. *Why did Ronnie sing ?*
7. *How did Mrs. Sappleton make her appearance ?*
8. *What question does Mrs. Sappleton put to Framton about The French window ?*
9. *Where have Mrs. Sappleton's husband and her brothers been ?*
10. *What about Mrs. Sappleton's carpet ?*

• **Corrigé**

1. They went off for their day's shooting three years ago to a day.
2. They were all three engulfed in a treacherous piece of bog.
3. Their bodies were never recovered.
4. She thinks they will come back some day and walk in at the open window.
5. It's kept open every evening till it's quite dusk.
6. He sang to tease Mrs. Sappleton, because she said the song told on her nerves.
7. She bustled into the room with a whirl of apologies.
8. She says "I hope you don't mind the open window?"
9. They've been out for snipe in the marshes.
10. The men will make a fine mess over Mrs. Sappleton's poor carpets.

MOTHER AND SON

Extrait n° 1, p. 94 :

Although it was only five o'clock, the sun had already set and the evening was very still, as all spring evenings are, just before the birds begin to sing themselves to sleep ; or maybe tell one another bedside stories. The village was quiet. The men had gone away to fish for the night after working all the morning with the sowing. Women were away milking the cows in the little fields among the crags.

Brigid Gill was alone in her cottage waiting for her little son to come home from school. He was now an hour late, and as he was only nine years she was very nervous about him, especially as he was her only child and he was a wild boy, always getting into mischief, mitching from school, fishing minnows on Sunday and building stone "castles" in the great crag above the village. She kept telling herself that she would give him a good scolding and beating when he came in, but at the same time her heart was thumping with anxiety and she started at every sound, rushing out to the door and looking down the winding road that was now dim with the shadows of evening. So many things could happen to a little boy.

- **Questions**

1. *What time of day was it ?*
2. *What season was it ?*
3. *What sort of an evening was it ?*
4. *Where had the men gone ?*
5. *What had they been doing in the day time ?*
6. *What about the women ?*
7. *Was Brigid Gill milking the cows too ?*
8. *Was he late ?*
9. *Why was his mother so anxious about him ?*
10. *What did the little boy enjoy doing ?*
11. *What did Brigid keep telling herself ?*
12. *What shows you Brigid was so anxious ?*
13. *What did she think ?*
14. *Was it dark now ?*

• **Corrigé**

1. It was five o'clock but the sun had already set.
2. It was spring.
3. The evening was very still and the village was quiet.
4. They had gone away to fish for the night.
5. They had been working all the morning with the sowing.
6. They were away milking the cows in the little fields among the crags.
7. No, she wasn't. She was in her cottage waiting for her little boy to come back from school.
8. Yes he was. He was an hour late.
9. Because he was her only child and he was always getting into mischief.
10. He enjoyed fishing minnows and building stone castles.
11. She kept telling herself she would give her son a good scolding and beating when he came back.
12. Her heart was thumping and she started at every sound.
13. She thought so many things could happen to a little boy.
14. Yes it was. The road was dim with the shadows of evening.

Extrait n° 2, p. 102 :

Stephen left his chair, came over to her and put his arms around her neck.

"Mother," he said, "I'll tell you what I saw on the crags if you promise not to tell father about me being late and playing ball in Red Michael's field."

"I'll do no such thing," she said.

"Oh, do, mother," he said, "and I'll never be late again, never, never, never."

"All right, Stephen ; what did you see, my little treasure ?"

He sat down beside her on the threshold and, looking wistfully out into the sky, his eyes became big and dreamy and his face assumed an expression of mystery and wonder.

"I saw a great big black horse", he said, "running in the sky over our heads, but none of the other boys saw it but me, and I didn't tell them about it. The horse had seven tails and three heads and its belly was so big that you could put our house into it. I saw it with my two eyes. I did, mother. And then it soared and galloped away, away, ever so far. Isn't that a great thing I saw, mother ?"

"It is, darling," she said dreamily, looking out into the sky, thinking of something with soft eyes. There was silence. Then Stephen spoke again without looking at her.

"Sure you won't tell on me, mother ?"

"No, treasure, I won't."

"On your soul you won't ?"

"Hush ! little one. Listen to the birds. They are beginning to sing. I won't tell at all. Listen to the beautiful ones."

They both sat in silence, listening and dreaming, both of them.

- **Questions**

1. *What does Stephen offer to tell his mother ?*
2. *On what condition ?*
3. *What does Stephen promise ?*
4. *Describe Stephen as he begins to tell his story.*
5. *What did Stephen see in the sky ?*
6. *How big was the horse ?*
7. *Is Stephen trying to convince his mother ?*
8. *Did Stephen's friends see the horse ?*
9. *Will Stephen's mother tell on him ?*
10. *Why ?*

- **Corrigé**

1. He'll tell her what he saw in the crags on the way back from school.
2. If she doesn't tell Stephen's father about his being late and playing in Red Michael's field.
3. He promises he'll never be late again.
4. His eyes became big and dreamy. His face assumed an expression of mystery and wonder.

5. He saw a great big horse with seven tails and three heads.
6. Its belly was so big that you could put Stephen's house into it.
7. Yes, he is. He says : "I saw it with my two eyes. »
8. No, they didn't. Stephen says : « None of the other boys saw it but me. »
9. No, she won't. She won't at all.
10. Because she loves her only son so much. She doesn't want him to get a good scolding and a good thrashing in the morning.

THE CASE FOR THE DEFENCE
Extrait p. 112 :

"And do you see the man here in court ?"

She looked straight at the big man in the dock, who stared hard at her with his pekingese eyes without emotion.

"Yes," she said, "there he is."

"You are quite certain ?"

She said simply, "I couldn't be mistaken, sir."

It was all as easy as that.

"Thank you, Mrs Salmon."

Counsel for the defence rose to cross-examine. If you had reported as many murder trials as I have, you would have known beforehand what line he would take. And I was right, up to a point.

"Now, Mrs Salmon, you must remember that a man's life may depend on your evidence."

"I do remember it, sir."

"Is your eyesight good ?"

"I have never had to wear spectacles, sir."

"You are a woman of fifty-five ?"

"Fifty-six, sir."

"And the man you saw was on the other side of the road ?"

"Yes, sir."

"And it was two o'clock in the morning. You must have remarkable eyes, Mrs Salmon ?"

"No, sir. There was moonlight, and when the man looked up, he had the lamplight on his face."

"And you have no doubt whatever that the man you saw is the prisoner ?"

I couldn't make out what he was at. He couldn't have expected any other answer than the one he got.

"None whatever, sir. It isn't a face one forgets."

Counsel took a look round the court for a moment. Then he said, "Do you mind, Mrs Salmon, examining again the people in court ? No, not the prisoner. Stand up, please, Mr Adams," and there at the back of the court with thick stout body and muscular legs and a pair of bulging eyes, was the exact image of the man in the dock. He was even dressed the same — tight blue suit and striped tie.

"Now think very carefully, Mrs Salmon. Can you still swear that the man you saw drop the hammer in Mrs Parker's garden was the prisoner — and not this man, who is his twin brother ?"

Of course she couldn't. She looked from one to the other and didn't say a word.

• **Questions**

1. *Where was the big man with the pekingese eyes ?*
2. *Was Mrs. Salmon certain she had seen the man in Mrs. Parker's garden ?*
3. *Why did the counsel for the defence rise ?*
4. *What may depend on Mrs. Salmon's evidence ?*
5. *Is Mrs. Salmon's eyesight good ?*
6. *What time was it when she saw the man on the other side of the road ?*
7. *What did the counsel ask Mrs. Salmon to do after taking a look round the court ?*
8. *Describe the man standing at the back of the court.*
9. *How was he dressed ?*
10. *Could Mrs. Adams swear that the prisoner was the man she saw in Mrs. Parker's garden ?*

• **Corrigé**

1. He was in the dock and he stared at Mrs. Salmon.
2. Yes she was. She said she couldn't be mistaken.
3. He rose to cross-examine.

4. A man's life may depend on her evidence, Adams's.
5. Yes it is, she's never had to wear glasses.
6. It was two o'clock in the morning.
7. He asked her to examine again the people in court.
8. He had a thick stout body and muscular legs and a pair of bulging eyes.
9. He was dressed the same as Mr. Adams. He wore a tight blue suit and a striped tie.
10. Of course she couldn't. She didn't say a word.

Mr. PREBLE GETS RID OF HIS WIFE
Extrait n° 1, p. 122 :

Mr. Preble was a plump middle-aged lawyer in Scarsdale. He used to kid with his stenographer about running away with him. "Let's run away together," he would say, during a pause in dictation. "All righty," she would say.

One rainy Monday afternoon, Mr. Preble was more serious about it than usual.

"Let's run away together," said Mr. Preble.

"All righty," said his stenographer. Mr. Preble jingled the keys in his pocket and looked out the window.

"My wife would be glad to get rid of me," he said.

"Would she give you a divorce ?" asked the stenographer.

"I don't suppose so," he said. The stenographer laughed.

"You'd have to get rid of your wife," she said.

Mr. Preble was unusually silent at dinner that night. About half an hour after coffee, he spoke without looking up from his paper.

"Let's go down in the cellar," Mr. Preble said to his wife.

"What for ?" she said, not looking up from her book.

"Oh, I don't know," he said. "We never go down in the cellar any more. The way we used to."

"We never did go down in the cellar that I remember," said Mrs. Preble. "I could rest easy the balance of my life if I never went down in the cellar." Mr. Preble was silent for several minutes.

• Questions

1. *Can you describe Mr. Preble ?*
2. *What did he use to say to his stenographer ?*
3. *When would he say that ?*
4. *Did the stenographer agree with Mr. Preble ?*
5. *What about Mr. Preble's wife ?*
6. *Was she prepared to give him a divorce ?*
7. *What about Mr. Preble's attitude at dinner that night ?*
8. *What did he do after dinner or perhaps even during the dinner ?*
9. *What did he say to his wife half an hour after coffee ?*
10. *Was that a habit with them ?*

• Corrigé

1. He's a plump middle-aged lawyer.
2. He would say to her : "Let's run away together."
3. He would say that during a pause in dictation.
4. Yes she did. She said "All righty".
5. She would probably be glad to get rid of her husband, according to Mr. Preble.
6. No, she wasn't. Mr. Preble supposed she wasn't.
7. He was unusually silent.
8. He read his newspaper.
9. He said to her, without looking up from his paper : "Let's go down in the cellar."
10. No, it wasn't. Mrs. Preble says : "We never did go down in the cellar that I remember."

Extrait n° 2, p. 130 :

"Listen," cried Mrs. Preble, throwing her book down, "will you be satisfied and shut up if I go down in the cellar ? Can I have a little peace if I go down in the cellar ? Will you let me alone then ?"

"Yes," said Mr. Preble. "But you spoil it by taking that attitude."

"Sure, sure, I always spoil everything. I stop reading right in the middle of a chapter. I'll never know how the story comes out — but that's nothing to you."

"Did I make you start reading the book ?" asked Mr. Preble. He opened the cellar door. "Here, you go first."

"Brrr," said Mrs. Preble, starting down the steps. "It's *cold* down here ! You *would* think of this, at this time of year ! Any other husband would have buried his wife in the summer."

"You can't arrange these things just whenever you want to," said Mr. Preble. "I didn't fall in love with this girl till late fall."

"Anybody else would have fallen in love with her long before that. She's been around for years. Why is it you always let other men get in ahead of you ? Mercy, but it's dirty down here ! What have you got there ?"

"I was going to hit you over the head with this shovel," said Mr. Preble.

"You were, huh ?" said Mrs. Preble. "Well, get that out of your mind. Do you want to leave a great big clue right here in the middle of everything where the first detective that comes snooping around will find it ? Go out in the street and find some piece of iron or something—something that doesn't belong to you."

"Oh, all right," said Mr. Preble. "But there won't be any piece of iron in the street. Women always expect to pick up a piece of iron anywhere."

"If you look in the right place you'll find it," said Mrs. Preble. "And don't be gone long. Don't you dare stop in at the cigar store. I'm not going to stand down here in this cold cellar all night and freeze."

"All right," said Mr. Preble. "I'll hurry."

"And shut that *door* behind you !" she screamed after him. "Where were you born—in a barn ?"

• Questions

1. *Why did Mrs. Preble throw her book down ?*
2. *What did Mr. Preble want his wife to do ?*
3. *What for ?*
4. *What did Mrs. Preble say as she started down the steps ?*
5. *Why didn't Mr. Preble think of burying his wife in the Summer ?*
6. *What was Mr. Preble going to do with the shovel ?*
7. *What would the shovel be to a detective ?*
8. *What does Mrs. Preble ask her husband to do ?*
9. *Must Mr. Preble be quick about it ?*
10. *What does Mrs. Preble scream after Mr. Preble ?*

• Corrigé

1. She threw her book down because her husband would not let her alone.
2. He wanted her to go down in the cellar with him.
3. Because he wanted to bury her.
4. She said : "It's cold down here !"
5. Because he didn't fall in love with his stenographer till late fall.
6. He was going to hit his wife over the head.
7. It would be a great big clue to the first detective that comes snooping around.
8. She asks him to go out in the street and find some piece of iron or something.
9. Yes, he must hurry. He mustn't stop in at the cigar store.
10. She screams : "Shut the door behind you ! Were you born in a barn ?"

A CLEAN WELL-LIGHTED PLACE
Extrait p. 140 :

The old man sitting in the shadow rapped on his saucer with his glass. The younger waiter went over to him.

"What do you want ?"

The old man looked at him. "Another brandy," he said.

"You'll be drunk," the waiter said. The old man looked at him. The waiter went away.

"He'll stay all night," he said to his colleague. "I'm sleepy now. I never get to bed before three o'clock. He should have killed himself last week."

The waiter took the brandy bottle and another saucer from the counter inside the café and marched out to the old man's table. He put down the saucer and poured the glass full of brandy.

"You should have killed yourself last week," he said to the deaf man. The old man motioned with his finger. "A little more," he said. The waiter poured on into the glass so that the brandy slopped over and ran down the stem into the top saucer of the pile. "Thank you," the old man said. The waiter took the bottle back inside the café. He sat down at the table with his colleague again.

"He's drunk now," he said.

"He's drunk every night."

"What did he want to kill himself for ?"

"How should I know ?"

"How did he do it ?"

"He hung himself with a rope."

"Who cut him down ?"

"His niece."

"Why did they do it ?"

"Fear for his soul."

"How much money has he got ?"

"He's got plenty."

"He must be eighty years old."

"Anyway I should say he was eighty."

"I wish he would go home. I never get to bed before three o'clock. What kind of hour is that to go to bed ?"

"He stays up because he likes it."

"He's lonely. I'm not lonely. I have a wife waiting in bed for me."

"He had a wife once too."

"A wife would be no good to him now."

"You can't tell. He might be better with a wife."

"His niece looks after him."

"I know. You said she cut him down."

"I wouldn't want to be that old. An old man is a nasty thing."

"Not always. This old man is clean. He drinks without spilling. Even now, drunk. Look at him."

"I don't want to look at him. I wish he would go home. He has no regard for those who must work.

- **Questions**

1. *How did the old man call the waiter ?*
2. *How long will the old man stay in the café, according to the younger waiter ?*
3. *What horrible thing did the waiter say to the deaf old man ?*
4. *Does the old man get drunk very often ?*
5. *How did the old man try to hang himself ?*
6. *How is it that he didn't succeed ?*
7. *Is the old man rich ?*
8. *How old is he ?*
9. *Why does he stay up in the café ?*
10. *Is the younger waiter lonely ?*
11. *Is this old man a nasty thing ?*
12. *What does the younger waiter wish ?*

- **Corrigé**

1. He rapped on his saucer with his glass.
2. The younger waiter says he will stay all night.
3. He said : "You should have killed yourself last week."
4. He's drunk every night.
5. He hung himself with a rope.
6. Because his niece cut him down.
7. Yes he is. He has plenty of money.

8. He must be eighty years old.
9. He stays up in the café because he likes it.
10. No, he is not. He has a wife waiting for him in bed.
11. No, he is not. He's clean. He drinks without spilling.
12. He wishes the old man would go home.

ALL SUMMER IN A DAY

Extrait p. 162 :

And then, of course, the biggest crime of all was that she had come here only five years ago from Earth, and she remembered the sun and the way the sun was and the sky was when she was four in Ohio. And they, they had been on Venus all their lives, and they had been only two years old when last the sun came out and had long since forgotten the colour and heat of it and the way it really was. But Margot remembered.

"It's like a penny", she said once, eyes closed.

"No it's not !" the children cried.

"It's like a fire", she said, "in the stove."

"You're lying, you don't remember !" cried the children.

But she remembered and stood quietly apart from all of them and watched the patterning windows. And once, a month ago, she had refused to shower in the school shower rooms, had clutched her hands to her ears and over her head, screaming the water mustn't touch her head. So after that, dimly, dimly, she sensed it, she was different and they knew her difference and kept away.

There was talk that her father and mother were taking her back to Earth next year ; it seemed vital to her that they do so, though it would mean the loss of thousands of dollars to her family. And so, the children hated her for all these reasons of big and little consequence. They hated her pale snow face, her waiting silence, her thinness, and her possible future.

"Get away !" The boy gave her another push. "What're you waiting for ?"

Then, for the first time, she turned and looked at him. And what she was waiting for was in her eyes.

"Well, don't wait around here !" cried the boy savagely. "You won't see nothing !"

Her lips moved.

"Nothing !" he cried. "It was all a joke, wasn't it ?" He turned to the other children. "Nothing's happening today. *Is* it ?"

They all blinked at him and then, understanding, laughed and shook their heads. "Nothing, nothing !"

"Oh, but", Margot whispered, her eyes helpless. "But this is the day, the scientists predict, they say, they *know*, the sun..."

"All a joke !" said the boy, and seized her roughly. "Hey, everyone, let's put her in a closet before teacher comes !"

"No", said Margot, falling back.

They surged about her, caught her up and bore her, protesting, and then pleading, and then crying, back into a tunnel, a room, a closet, where they slammed and locked the door. They stood looking at the door and saw it tremble from her beating and throwing herself against it. They heard her muffled cries. Then, smiling, they turned and went out and back down the tunnel, just as the teacher arrived.

- **Questions**

1. *What was Margot's biggest crime ?*
2. *And what made her superior to the other children, as a consequence ?*
3. *How old were the other children when they last saw the sun ?*
4. *What is the sun like, according to Margot ?*
5. *Do the children believe Margot when she says so ?*
6. *What had Margot refused to do a month ago ?*
7. *What had she screamed ?*
8. *Why did Margot refuse that contact with water ?*
9. *Why were Margot's father and mother taking her back to Earth next year ?*
10. *What was Margot waiting for when a boy gave her a push ?*

11. *How did she know it would come out ?*
12. *Did the other children believe that ?*
13. *What did they do to Margot ?*
14. *Did Margot try to defend herself ?*
15. *Did Margot try to get out of the closet ?*
16. *Who arrived when the other children came back down the tunnel ?*

• Corrigé

1. Her biggest crime was that she had come to Venus from Earth only five years ago.
2. She remembered the sun and the way the sun was and the sky was when she was four in Ohio.
3. They were only two and they had forgotten the heat and colour of the sun.
4. It's like a penny or a fire in the stove.
5. No, they don't, they cry : "You're lying, you don't remember !"
6. She had refused to shower in the school shower rooms.
7. She had screamed the water musn't touch her head.
8. Because it reminded her of the rain that had been falling on Venus for seven years.
9. Because it was vital to her. She was so pale and thin.
10. She was waiting for the sun to come out.
11. Because the scientists had predicted it.
12. No, they didn't, they laughed and shook their heads. They said it was a joke.
13. They seized her roughly and put her in a closet.
14. Yes she did. She protested, pleaded and cried.
15. Yes she did. She beat the door and threw herself against it.
16. The teacher did.

VOCABULAIRE À TRAVERS LES NOUVELLES

Voici *1 700 mots* rencontrés dans les nouvelles, suivis de leur traduction et d'un numéro de page qui renvoie au contexte.

A

a bit, *un peu* 60
above, *au-dessus de* 24
abroad, *à l'étranger* 56
acquaintance, *connaissance* 86
act as, *agir en qualité de* 30
add, *additionner* 30
adjoining, *attenant, voisin* 42
afraid (be), *avoir peur* 100
afterwards, *ensuite* 110
agree, *être d'accord* 70
agreement, *accord* 86
ahead of, *en avance sur* 126
ailment, *petite maladie* 86
alert, *alerte, vif* 88
alive, *vivant* 170
all but, *presque* 108
alley-cat, *chat de gouttière* 54
almost, *presque* 24
alone, *seul* 58, 130
aloud, *à haute voix* 54
although, *bien que* 94
altogether, *complètement* 168
amazing, *étonnant* 170
among, *parmi* 94, 170
anger, *colère* 100
angry with, *en colère contre* 12, 30
ankle, ***cheville*** 100
annoy, *agacer* 128
answer, *réponse* 46
anyway, *de toute façon* 54, 124
apology, *excuse* 84
appal, *atterrer* 46
apparatus, *appareil* 168
appearance, *apparition* 84
approach, *approcher de* 72
apron, *tablier* 96
a quarter of an hour, *un quart d'heure* 42
arm, *bras* 18, 88
as a matter of fact, *en fait* 34
as for, *quant à* 42
as it were, *pour ainsi dire* 16, 44
as usual, *comme d'habitude* 44
ashes, *braises* 96
ask, *demander* 28
asleep, *endormi* 24
assume, *prendre (un air)* 102
astrologer, *astrologue* 66
at last, *enfin* 58
at least, *au moins* 30
at the most, *au plus* 44
attend, *accompagner* 44 ; *assister à* 108
attract, *attirer* 22
aunt, *tante* 18, 80
automaton, *automate* 46
avoid, *éviter* 36
awake, *(r)éveillé* 46, 58
awake, awoke *ou* awaked, awoken *ou* awaked, *éveiller* 158
aware, *conscient* 48

B

babble, *jaser* 58
back, *dos* 68
back, *fond, arrière* 36
badly, *beaucoup, cruellement* 110
balding, *à la calvitie naissante* 36
bang, *coup violent* 40 ; *en plein* 118
bank, *rive* 90
bare, *nu* 96
barely, *à peine* 44
barn, *grange* 134
batter, *battre* 108
battlefield, *champ de bataille* 30
bead, *perle* 158
bear, bore, born, *supporter, porter* 60, 90, 166
beat, beat, beaten, *battre* 76
because of, *à cause de* 60
become, became, become, *devenir* 40, 84
bedside, *chevet* 94

C

D

E

F

G

J

K

L

O

P

Q

R

S

U

V

W

Y

IMPRIMÉ EN FRANCE PAR BRODARD ET TAUPIN
Usine de La Flèche (Sarthe), le 14-08-1990.
1135D-5 - N° d'Éditeur 2278, août 1986.

PRESSES POCKET - 8, rue Garancière - 75006 Paris
Tél. 46.34.12.80